ÉRAMOS LA SAL DEL MAR

ROXANNE BOUCHARD

ÉRAMOS LA SAL DEL MAR

TRADUCCIÓN DE
CLAUDIA CASANOVA

Primera edición: junio de 2024
Título original: *Nous étions le sel de la mer*

© VLB éditeur, Montréal, Canadá, 2014
© de la traducción, Claudia Casanova, 2024
© de esta edición, Futurbox Project, S. L., 2024
Todos los derechos reservados, incluido el derecho de reproducción total o parcial de la obra.

Diseño de cubierta: Taller de los Libros
Imagen de cubierta: Unsplash - Charlie Harutaka
Corrección: Sofía Tros de Ilarduya

Publicado por Principal de los Libros
C/ Roger de Flor, n.º 49, escalera B, entresuelo, despacho 10
08013, Barcelona
info@principaldeloslibros.com
www.principaldeloslibros.com

ISBN: 978-84-18216-80-0
THEMA: FF
Depósito Legal: B 10207-2024
Preimpresión: Taller de los Libros
Impresión y encuadernación: Liberdúplex
Impreso en España — *Printed in Spain*

La traducción de este libro ha sido posible gracias a una subvención del Gobierno de Quebec (SODEC).

A mis padres, Claude y Colette. Os quiero.

«Algunos vienen aquí y presumen.
Alardean, quieren impresionarnos.
Explotan de cerveza.
Los llamamos turistas».

Bass, habitante de Buenaventura

1. Zonas de pesca

El *Alberto* (1974)

Cuando O'Neil Poirier vio el casco del velero perfilado por el ojo de buey de su camarote, pensó que el día empezaba realmente mal. Poirier venía de las islas de la Magdalena, traía su carácter y sus dos ayudantes. Llegaron a Mont-Louis la víspera, solo con la intención de repostar para el viaje a Anticosti, donde los esperaban el bacalao y el arenque. La noche anterior se acostaron temprano, para salir con el alba, y no oyeron amarrar el velero a su lado. Probablemente, el zumbido del generador amortiguó los pasos de la tripulación vecina.

O'Neil Poirier dijo a sus muchachos que se levantaran y, enfurruñado, el pescador subió a cubierta a hacer un poco de ruido, para que los veraneantes comprendieran claramente que no eran bienvenidos. Cuando un hombre se levanta a las tres y media de la madrugada para ir a trabajar a las gélidas aguas del estuario del San Lorenzo, no le apetece tener que apretujarse en un velero lleno de turistas somnolientos, que se resisten a madrugar y refunfuñan porque temen que los pescadores no aseguren bien las amarras.

O'Neil salió. Para colmo de males, el propietario del velero había tenido la desfachatez de conectarse a la electricidad del pesquero, en vez de tirar el cable al muelle. O'Neil Poirier lo desenchufó bruscamente, se inclinó sobre el monocasco y golpeó con fuerza en la cubierta.

—¡Eh, animal! ¡Sal de ahí! ¡Tenemos que hablar!

Entonces, oyó un gemido de mujer en el interior, un lamento largo y desgarrador. Poirier sintió que se le erizaba el pelo de la nuca, porque el pescador nunca había oído gritos como ese. O'Neil Poirier se había enfrentado a vientos de setenta y cinco nudos en el mar de Anticosti, y no era ningún

11

cobarde. Agarró el gran cuchillo que utilizaba para abrirle el vientre al bacalao y saltó al velero. Entonces retumbó otro grito, más jadeante que el primero. Abrió la escotilla y bajó los cinco escalones en un santiamén.

—¡Eh, eh! ¡Basta! ¿Qué ocurre?

No hubo respuesta. Solo una respiración estridente y un movimiento desordenado. Hacía calor y el ambiente era húmedo. Entre la penumbra y el desorden, Poirier tardó un rato en distinguir qué sucedía. Se acercó lentamente al asiento lateral, donde la mujer estaba tumbada, aún receloso, y cuando vio lo que pasaba, no dudó. Se adelantó y, con su habitual ímpetu, cortó el cordón umbilical, lavó al bebé con agua caliente y arrojó la placenta a los peces.

Luego, limpió la frente de la joven madre; dejó con ella al recién nacido, envuelto en una sábana; los cubrió con una manta caliente, y abandonó el balandro sin hacer ruido.

Aquel día, los hombres del *Alberto* movieron con mucha delicadeza el velero de la mujer que había tenido que amarrarse a ellos, comprobaron que las defensas eran sólidas, y volvieron a conectar el cable eléctrico en el muelle. Se hicieron a la mar con un poco de retraso, y miraron hacia atrás durante mucho tiempo.

Referencias (2007)

Cyrille solía decir que el mar era como una colcha: trozos de olas unidos por hilos de luz solar. Decía que el mar se tragaba las historias del mundo y las retenía en su vientre de cobalto durante mucho tiempo, devolviendo solo reflejos distorsionados; decía que los acontecimientos de las últimas semanas se hundirían lentamente en las sombras de la memoria.

Antes, me imaginaba blanca y translúcida. Cristal inmaculado. Vacía. Incluso mi médico pensaba que estaba pálida. Demasiado pálida.

—Creo que estás pálida.

—Es mi tez natural.

—¿Cómo te encuentras?

—He agotado mi cuota de días malos y he dejado de contar las horas.

—¿De contar las horas?

—Sí. Cuando me despertaba, contaba el número de horas que me quedaban de vida antes de volver a dormir. Dejé de hacerlo hace dos meses. Creo que eso significa algo.

—Sí, yo diría que mucho. ¿Estás viendo a un psicólogo?

—No. No creo que me gustase. Tengo amigos y no quiero pagar por charlar.

El médico se quita las gafas rectangulares y las deja en la mesa. Ese hombre me había vacunado, curado el sarampión, una apendicitis e innumerables resfriados, gripes y demás cajas de pañuelos. Me conocía desde hacía tanto tiempo que tenía derecho a opinar sobre mí.

—Catherine, ¿por qué tengo la sensación de que no estás bien?

—Estoy bien, doctor… Es que… Es como si hubiera perdido el manual de instrucciones de la euforia y el entusiasmo. Me siento vacía. Translúcida. ¿Alguna vez ha sentido que el mundo gira sin usted, que ha bajado del tren y se queda de pie, en la vía, observando la fiesta desde la ventana insonorizada de al lado? Pues en este momento no estoy en ninguna parte. Ni en la fiesta ni con los mirones. Solo soy una ventana transparente, doctor. Sin sentimientos. Nada de nada.

—¿Cuántos años tienes?

—Treinta y tres, pero hay días en que soy mucho mayor.

—Debes cuidarte, Catherine. Eres guapa, estás sana…

—A veces me duele el corazón. Me mareo y me tumbo en el suelo, con los ojos ciegos, esperando que la mano de la muerte se calme para poder levantarme de nuevo.

—Son bajadas de tensión. ¿Las sufres con regularidad?

—No, pero podría ocurrir más a menudo. Esto es duro para mi corazón.

—Cuando te suceda, puedes tumbarte en el suelo con las piernas levantadas, apoyadas en la pared. Te sentirás mejor.

—¿Y qué hago con el resto?

—¿El resto?

—Sí, las noticias terroríficas de la televisión, la muerte de mi madre, las plantas que no florecen en invierno, el tiempo de mierda, los cómicos sin gracia, los anuncios obligatorios, los políticos tontos, las películas de tiros, las tareas domésticas sin hacer, el polvo de los días, la cama arrugada y las sobras recalentadas que se pegan en la sartén… ¿Qué hago con todo eso?

El médico suspira. Debía de estar cansado de salvar la vida a pesadas como yo, que no saben qué hacer con su vida y desperdician sus milagros. ¿Qué sentido tiene recetar antibióticos a alguien con gripe si se va a ahorcar la semana siguiente?

—¿Cuánto hace que murió tu madre, Catherine?

—Quince meses.

Me había dicho a mí misma que cuando murieran mis padres, me iría. Llevaba años navegando por los lagos, izando las velas por toda la parte occidental de Montreal, y soñaba con el mar. Quería ver Gaspesia abriendo la ría, acurrucarme en la Baie-des-Chaleurs, gritar al Atlántico. Tenía motivos para marcharme. Había recibido hacía poco una carta sellada en Cayo Hueso, en la que me citaban en un pequeño pueblo pesquero de Gaspesia. Sabía que, para resolver mi historia, tendría que empezar por viajar allí.

Pero me faltaba valor, y acumulaba las estaciones en estratos grises, en las estanterías de mi chalé adosado, muy zen. ¿Para qué servía desear, o soñar, o amar? Ya no lo sabía. Pese a todo, tenía dudas respecto a mi liberación. Inmóvil, observaba cómo las aceras crujían bajo las pisadas de los transeúntes. Era un marinero en tierra, en dique seco, y sin vela. Lastrado por el plomo.

—Cambia de actitud, Catherine.

—¿Actitud? ¡Son hechos, doctor! Hay personas que tienen proyectos, metas. Yo, yo… estoy viva, pero no entiendo por qué debería entusiasmarme.

—Eres una idealista. Quieres que la vida sea emocionante. Pero la emoción es un sentimiento juvenil. En realidad, la vida es la búsqueda de lo cotidiano. Solo hay dos opciones: desesperarse o aprender. Así que aprende, Catherine.

—¿Aprender que la vida es monótona?

—Aprender la posible belleza del día a día.

—Ah.

A su espalda, las persianas verticales filtraban un poco de luz polvorienta que, con los años, había amarilleado los viejos diplomas en latín, enmarcados.

—Se acerca el verano… ¿Por qué no te vas de viaje?

—¿Un viaje? ¿Cree que ir a Marruecos a hacer turismo sexual hará que mi vida sea más excitante?

—No. Solo hablo de un poco de exotismo.

—El exotismo es un señuelo, doctor, una diversión temporal para los aficionados a la fotografía, que hacen álbumes de recortes con sus vidas.

—Eres dura y condescendiente. Tu ironía te hace injusta.

—Discúlpeme. Es cierto: me gusta conducir. Me libera. Pero malgasto gasolina, y dicen que es malo para el medio ambiente. Doy vueltas en círculos y siempre vuelvo al mismo sitio.

El doctor se levanta, con su bata blanca, para despedirse de mí.

—¿No navegabas con tu padre?

—Sí, pero ya sabe lo que dicen: partir es traicionar un poco…

—Pues traiciona mucho, Catherine, sal de ti misma, de tu cabeza, e intenta no volver a ella demasiado rápidamente…

Regresé a casa. Releí la carta de Cayo Hueso. ¿Dónde estaba Caplan? Consulté el mapa. Luego ordené mis asuntos, hice las maletas y me puse en marcha. Como si hubiera sido la receta del médico. Pensé: «Ya veremos».

Y vi.

Hoy, el agua extiende su alfombra tormentosa contra el casco del velero y hace vacilar el carácter racheado del levante. El viento hincha las velas, el rojo deslumbra en el horizonte, el amanecer llena de colores el mar y lo convierte en un fresco escarlata. El cielo se vuelve azul, con la cantidad justa de rosa para celebrar el sol. Vuelvo las pupilas, rebosantes de luz, una última vez hacia la escarpada costa de Baie-des-Chaleurs, que ya está lejos, y desaparece en la obstinada bruma del amanecer.

Me inclino por la borda. En el espejo quebrado del agua, soy una ventana que ha estallado, un mosaico hecho añicos, un recuerdo disfuncional con el tiempo desordenado, un amasijo de imágenes que algún orfebre loco ha dispuesto en orden disléxico. Abro las manos y dejo que la bobina de recuerdos se deslice por la ola, desplegándose por última vez.

Dragadores y arrastreros

—Se lo contaré. ¿El hotel restaurante de la playa de Caplan? ¡Se quemó, señorita!

El hombre abrió el lavavajillas demasiado pronto y salió una violenta nube de vapor. Lo cerró de golpe y se volvió hacia mí. Estiró el cuello por encima de la barra. Quería echarle un vistazo a la carta de Cayo Hueso, que yo había vuelto a abrir para comprobar la información, pero me eché hacia atrás.

—Y solo le diré una cosa: ¡menudo incendio! Todo el pueblo se reunió allí, en plena noche; ¡vino gente de Saint-Siméon y Buenaventura a verlo! Aproveché la ocasión para abrir el bar. ¡Duró dos días! Las llamas devoraban las paredes, los muelles de las camas saltaban, y los bomberos no sabían por dónde tirar. ¡Había ceniza hasta en la playa! Y aún más: ¡se quemó todo! El hotel, el bar y las máquinas tragaperras. Espero que no esté muy decepcionada.

Sonreí. Si hubiera conducido diez horas por las máquinas tragaperras del hotel restaurante de la playa de Caplan, seguramente me habría decepcionado, sí.

—Mire, mire: estaba al otro lado de la iglesia, un poco al oeste, pero ya no queda nada. Hará cosa de unos dos meses, diría yo. Todo el mundo lo sabe. No entiendo cómo no lo vio, ¡salió en la primera página del *Eco de la Bahía*! Probablemente, el incendio fue provocado, según dicen, y las aseguradoras no quieren pagar. En situaciones así, ¡siempre se buscan culpables! Y le diré aún más: es extraño que la enviaran a dormir allí.

Comprobé la fecha. La carta había salido de Cayo Hueso dos meses antes. Volví a guardarla en el bolso. Aún no tenía nada que ocultar, pero tampoco nada que decir. El tipo recogió los restos de la *pizza,* los tiró a la basura y se apartó, insatisfecho.

—Solo le diré una cosa: el mejor sitio para alojarse es la casa de Guylaine, aquí al lado. ¡Estará mucho más cómoda que en el hotel quemado!

Volvió a abrir el lavavajillas, que seguía echando humo, manteniéndose a una distancia prudencial. Cogió un paño de cuadros rojos y, como un domador de circo, empezó a dar latigazos al vapor. Luego, con una barbilla de orgullo patrio señaló una gran casa situada justo al este del café. Colgada en el acantilado, observaba el mar con una mirada tranquila. Un hostal encantador, muy acogedor.

—¡Es el más bonito de la zona! Muy tranquilo, Guylaine no tiene hijos ni marido. Y más allá, está el muelle pesquero y el Café du Havre, justo al lado. Si quiere conocer a los pescadores, tiene que ir a comer allí, a media mañana, cuando vuelven del mar. A esta hora, Guylaine da un paseo a diario, seguro que no tarda en asomar por aquí, siempre viene a verme...

Se emociona y, sin darse cuenta, coge un vaso demasiado caliente, hace malabarismos con él, lo arroja sobre la encimera con una maldición, mira otra vez al hostal y luego, suspirando, se vuelve hacia mí.

—Mientras tanto, ¿le apetece un café?

Nunca me han gustado las pensiones familiares, tienes que charlar, contar quién eres, de dónde vienes, adónde vas, cuánto tiempo vas a quedarte y escuchar a los dueños relatar los detalles de cuánto ha cambiado la región. Pero bueno, hay que olvidarse de encontrar un hotel por aquí, y nunca se me ha dado bien acampar, así que tendré que alojarme en la casa de Guylaine o... ¿o dónde?

Recogió mi plato, mi vaso vacío y colocó una taza en la barra antes de volver a la carga, señalando con un dedo índice interrogador mi bolso.

—Si busca a alguien de por aquí, probablemente pueda ayudarla.

Lo dudaba. Giré la banqueta para mirar hacia el fondo del bar. Me acuerdo porque, en ese momento, solo podía pensar en el mar. En su pesado olor, la playa oscureciéndose lentamente, que pronto se ocultaría bajo el edredón opaco de la noche. Sin luz, ¿qué podía verse desde allí?

—Solo le diré una cosa: conozco a mucha gente de aquí.

Yo aún no sabía cómo hablar de esa mujer. Su nombre siempre había sido impronunciable, y ahora, de un día para otro, debía decirlo como si nada. ¿Tendría que retorcerlo siete veces alrededor de la lengua, y darle vueltas en la boca como un vino especial, o aplastarlo con las muelas para ablandarlo?

—¿Cómo se llama la persona que busca?

Debería acostumbrarme al nombre, al menos durante un tiempo; fingir y convertirlo en parte de mi repertorio, si no de mi repertorio familiar, al menos del lingüístico. Así que, por primera vez, mientras contemplaba el mar, lo dije. Respiré hondo y lo confesé.

—Marie Garant... ¿La conoce?

El hombre dio un paso atrás. Su rostro iluminado se apagó, como la llama de una vela que alguien sopla de repente. Me observó minuciosamente, atento y suspicaz.

—¿Es amiga suya?

—No, no es amiga mía. Realmente, no la conozco...

Volvió a coger el vaso y empezó a frotarlo con ganas.

—¡Uf! ¡Me he asustado, la verdad! Porque le diré algo: Marie Garant es una mujer que no cae muy bien por aquí. De manera que, yo en su lugar, si fuera turista, no hablaría mucho de ella, porque así no hará amigos.

—¿Cómo?

—Pero usted no es de aquí, así que no lo sabía, claro...

—No, no lo sabía.

—¿Ha venido por ella?

—Eh... No.

Una mentirijilla.

—Estoy de vacaciones.

—¡Ah! ¡Una turista! Bueno, ¡bienvenida! Me llamo Renaud. Renaud Boissonneau, ¡decano de la escuela secundaria y todo un hombre de negocios!

—Encantada...

—Ya le digo: ¡vamos a cuidar muy bien de usted! ¿Le ha gustado la *pizza?* La mayoría de los turistas aún no han llegado,

¡porque, normalmente, mi local lo llenan! ¡Uf! Esto siempre está abarrotado, y todo el mundo piensa que es muy original. ¿Ha visto la decoración? ¡Cargada de tiempo y experiencia! No sé si se ha dado cuenta, pero estamos en la antigua casa parroquial. ¡Por eso la iglesia está al lado! La terraza da la vuelta: los que no quieran ver el campanario mientras beben una cerveza pueden sentarse frente al mar o en el muelle. Y además el cura vive arriba. Así que le diré una cosa: uno se toma un par de copas o tres, y, cuando ya está dispuesto a confesarse, ¡sube las escaleras!

Había conseguido domar el lavavajillas, del que extraía ruidosamente unos cubiertos que por suerte eran irrompibles.

—¡Aquí yo soy el que lo hace todo! Fíjese, ¿ve la decoración? ¡Yo la organicé! ¡Ya le digo, lo cogí todo del sótano! Y vaya si es original: ruedas de carro colgando del techo (donde enganché lámparas de aceite), zuecos, casetas de madera, herramientas, sierras, cables, cuerdas; puse impermeables viejos en un rincón… ¿Necesita uno? Es cierto que hoy hace buen tiempo… Pero últimamente llueve mucho, ¿no cree?

—No me había dado cuenta…

—¡Una chica de ciudad!

Como si la distancia le permitiera entrar en confidencias, de repente se inclina hacia mí en un tono casi susurrante.

—¿Quiere que le diga una cosa? Me ocupo de la decoración, del servicio de mesa, lavo los platos, y pronto seré, ¿qué? ¡Ayudante de cocina! ¡Con cincuenta y tres años! No hay edad para ser joven, ¿verdad, señorita?

Se incorpora y cierra el lavavajillas de golpe.

—Todo lo que ve aquí procede de nuestra casa: el globo terráqueo, las cámaras de fotografía antiguas, los mapas, el reloj de abuelo, el *godendart,* las herraduras de caballo (¿se dice herraduras de caballo o de caballos? Ya le digo: creo que las dos cosas valen), cuencos, macetas de terracota, tazas desparejadas, ¡incluso libros de recetas! Entonces, dígame: ¿por dónde ha venido? ¿Por el Valle o por La Pointe?

—Eh… El Valle.

—¡Hábleme de la gente que evita un rodeo innecesario!

Frota la barra como si intentara aturdir al trapo.

—¿Un rodeo innecesario?

—¡La Pointe! Percé, Bassan, la isla Buenaventura… ¡Es un rodeo inútil, señorita! ¿Piensa ir?

—No lo sé. Aún no tengo nada previsto.

—¡Pues hoy me han llegado las guías turísticas! Todavía no las he leído, pero… ¡Ah!, ¡ahí viene la hermosa Guylaine!

De repente, lanza el trapo hacia el fregadero como una porquería engorrosa.

Guylaine Leblanc aparentaba sesenta y cinco años. Se sujetaba el pelo canoso en un moño suelto, lo que le daba ese aspecto bondadoso que tienen las abuelas en las películas americanas de la sobremesa. Sonríe con ternura, y hace ojitos a Renaud, que se derrite.

—Guylaine, ¿conoces a la turista que acaba de llegar? ¿Cómo se llama usted?

—Catherine.

—¿Catherine qué?

—Day. Catherine Day.

—Catherine Day quiere alojarse en tu hostal; seguro que tienes una habitación para ella.

Renaud besó a Guylaine en las mejillas antes de que la mujer me arrastrara al sur de la carretera 132, donde había instalado su tienda, Le Pointe de Couture. Allí vendía ropa y hacía arreglos. El hostal estaba detrás, lejos del ruido. Tenía una amplia planta baja, decorada como el bar de Renaud, con un sorprendente y reconfortante revoltijo de antigüedades, sillones tranquilos, y un gran patio con vistas a la playa. Los turistas se alojaban en las tres habitaciones de la primera planta, mientras que Guylaine dormía en algún lugar, arriba de la escalera que conduce a la buhardilla.

Me ofreció una habitación frente al mar, su favorita, según dijo, adornada con madera salada, blanca y azul, y una cama cubierta con una colcha hecha a mano.

Era una habitación muy bonita.

Mi primera mañana en Gaspesia empezó frente a un sol amarillo e inmóvil. Bajé las escaleras para reunirme con los demás y desayunar en el hostal.

—... mis cuatro hijos ya se habían ido de casa y mi segundo marido acababa de morir, así que, cuando el médico me dijo que había que extirparme el pecho, no fue fácil; me planteaba qué sería de mí.

Me serví un café. Una pareja joven se arrullaba en la mesa y una mujer mayor perseguía a Guylaine, parloteando a voz en grito.

—... porque, no nos engañemos, a mis sesenta y seis años, la vida me ha envejecido y, si me falta un pecho, ¿qué hombre me querrá? Siempre he vivido para mis hijos.

La anfitriona estaba removiendo la masa de las tortitas con ese aire atento y despreocupado que da a la gente la impresión de que se la escucha, y hace las delicias de los que se lanzan rápidamente a contar sus confidencias.

—... y es la primera vez que me voy de viaje, porque nunca he viajado, no, nunca he tenido planes... ¡Ni siquiera sé qué me gusta, señora! ¿Tiene alguna comida favorita? Pues yo no. ¿Me entiende?

Me terminé la taza de un trago y salí hacia el Café du Havre.

Allí comía casi todas las mañanas. Es un sitio precioso para relajarse al borde del muelle, en un ambiente marinero, donde los camareros van y vienen, eficientes pero tranquilos. El bullicio da vueltas en círculos, se escapa por la ventana y entra por la puerta lateral. Tienes la certeza de no confundirte demasiado, lo que te alivia un poco de la obligación diaria de estar en sintonía con el mundo, a tiempo, y siguiendo puntualmente el horario, tan irreprochable en la elipse fija del día. Y tan seguro de su huso horario.

—¡Por el santo copón de todas las hostias! ¿Qué te había dicho? ¡Ahí están los amerindios, que otra vez vuelven con la bajamar!

Espera el desayuno con el corpachón aferrado a la taza de café. Es fuerte, lleva el pelo largo recogido en la nuca y un pañuelo rojo en la cabeza, pantalones vaqueros, botas de trabajo y jersey gris. El pescador y su ayudante habían vuelto casi con las manos vacías. Estaba tomando mi segundo café cuando llegó su barco. Cada vez hay menos langostas y los dos hombres están ansiosos. Se acerca la camarera, pelirroja, de ojos verdes y sonrisa joven. Deja los platos de huevos revueltos sobre los dibujos infantiles que adornan la mesa. Los hombres la miran, agradecidos. Y se marcha.

—Por el santo copón de todas las hostias, mira, mira: otra vez van a embarrancar. Pasa el primer barco, uff…, ¿pasas?

La bajamar acuna el café con una luz casi demasiado brillante. Virutas de luz solar llenan el este en movimiento.

—Qué justo. ¡Y el otro que aún no ha llegado!

Me encantan los hombres, su presencia, su virilidad. La forma generosa que algunos tienen de amar a sus esposas con ternura a veces me duele.

—Por el santo copón, esos no se ponen nerviosos. Claro, ya se sabe, ¡su barco lo paga el Gobierno!

—Bu-bu-bueno: tam-tam-también hacen su trabajo.

—Claro… ¿De vacaciones?

De repente, se volvió hacia mí, sin que yo lo esperase. Al observarlo todo el tiempo, había cruzado la frontera de la desvergüenza sin darme cuenta. Sus ojos azules se clavaron en mí tan rápido que perdí el equilibrio y tuve que agarrarme a la mesa para no caerme.

—Sí. —Aquí no pasa casi nada, ¿eh?

—Eh… no.

—Quiero decir, pasan cosas, pero no como en la ciudad: ¡las cosas del mar! En verano, la gente vive de la pesca… Es la buena temporada.

Manos morenas. Cuadradas.

—¿Y en invierno?

—¿En invierno? ¡Vive con esperanza! La pesca no es *yabe,* no es fácil. Aquí solo hay cuatro barcos. El mío, el de Cyrille y los de los amerindios. Falta uno. Los amerindios siempre llegan tarde.

—¿De dónde son?

—De la reserva. Gesgapegiac. Amarran sus barcos aquí, porque su caladero no está lejos. Fíjate, ¡si el Gobierno viniera a drenar el canal, habría muchos más barcos! Pues no, santo copón de todas las hostias: ¡no se preocupa de nada! Si construyera un muelle en condiciones, vendrían más barcos de pesca y de recreo… ¡Y al café le iría mucho mejor!

—¿Por qué se retrasan tanto los amerindios?

—Son así, se acuestan tarde, se levantan tarde y ¡se pierden la marea! Venir aquí con la marea baja no es *yabe*. Pero ¿qué quieres que te diga? ¡Nunca van con la marea! Siempre les pasa lo mismo, el barco se mete por la desembocadura, un hombre se adelanta para guiar al timonel por el canal, pero no hay agua. El capitán acelera el motor para intentar cruzar el banco de arena, pero encalla. ¿Qué le había dicho? ¡Ahí viene el segundo barco! ¡Santo cielo! ¡Va a embarrancar!

—¿No los ayuda?

—¡Si quiere mojarse los pies, adelante, señorita! Pero está demasiado fría para mí. Ya se las arreglarán.

—Están a-a acostumbrados.

—¡Si no, esperarán a que vuelva la marea! O los remolcarán. Bueno… bueno… ¿Qué le he dicho? Siempre se las arreglan. ¡Jérémie ni siquiera se pone nervioso!

En la proa de la segunda embarcación, un gigante, con el cuerpo como la madera dura con la que antiguamente se hacían los mástiles, sostenía despreocupadamente un lazo en la mano izquierda.

—Y tú, ¿cómo te llamas?

—Catherine Day.

—Yo, Vital Bujold. Mi barco es el *Manic 5*. Él es Victor Ferlatte, mi ayudante.

A punto de cumplir los sesenta. Por lo menos. Si no más.

—¿Estás de vacaciones, Catherine?

—No lo sé.

—¿Vas a Percé?

—No estoy segura de que las actividades turísticas me parezcan interesantes, pero me da miedo que los días se me hagan largos…

Los hombres se rieron, como si me hubiera tropezado con unos tacones.

—¡Santo copón! ¡Pues precisamente lo que hay en Gaspesia son días largos!

—¿De verdad es tan aburrido este lugar?

—Aburrido no. Es de otra manera. Gaspesia es una tierra quieta, una tierra que no se mueve. ¡Si quieres quedarte en Caplan, tendrás que aprender a quedarte quieta!

Vital apartó lentamente la servilleta, después de colocar los cubiertos en el plato, y apoyó los antebrazos en la mesa. La camarera pasó, lo recogió todo, rellenó las tazas y se marchó. Victor se quedó mirando a los amerindios sin verlos. El gigante había saltado al muelle, asegurado las amarras y charlaba, riendo, con la tripulación del barco vecino. De repente, el estruendo del café se coló por las rendijas, entre las tablas, y algo empezó a apoderarse de mí.

—¡Los turistas son graciosos! Vienen de vacaciones y se pasan todo el tiempo mirando el reloj y gritando a la camarera porque no les sirve en diez minutos...

—¡Cuan-cuan-cuando llueve, nos maldicen a-a-a nosotros, como si fuera culpa nuestra!

—Aquí, los turistas están de paso. Llaman por teléfono, reservan una habitación, llegan a última hora de la tarde, visitan la iglesia, buscan ágatas, cenan en el bar y se acuestan. Al día siguiente, desayunan y se marchan a toda prisa. ¿Prisa para qué?

Victor sacudió la cabeza, compadeciéndose de todos los visitantes.

—¡Santo copón! ¿A que no se entiende, Victor?

Vital volvió a clavar sus ojos en los míos, como una barra de hierro.

—Si quieres aventuras, tienes que ir a Disneyland. Aquí no hay nada emocionante. No hay nada, excepto el mar. Hemos dejado de vivir. Incluso hemos dejado de querer. ¡A veces queremos tan poco que el tiempo acaba adelantándonos! La mayoría de los turistas no lo soportan y se van.

—Así que no te culparemos si te vas.

—¿Y si me quedo?

—¿Tienes tiempo que perder?

—Ni que perder, ni que ganar.

—Pues quédate un poco antes de irte. Da unas vueltas por aquí. Por el muelle, la playa. Ya verás.

Yo espiaba al gran amerindio.

—¿Y qué pasará?

—¡Santo copón de todas las hostias! ¡Nada! Es lo que te decía: cuando miras al mar, ¡no hace falta que pase nada!

—Pue-pue-puedes recoger ágatas. Hay bastantes en la orilla.

—Vale. Me pondré a eso. A no hacer nada.

Los hombres se levantaron.

—Vamos a vender las langostas. Te dejamos con los amerindios. Puedes hablar con ellos, si quieres…

Quizá me ruboricé. Vital se inclinó sobre mí un momento.

—Ese de allí, Jérémie, es tan fuerte que ni te lo crees. ¡Ay! ¡Santo copón! Los amerindios son robustos. Hay que reconocerlo. Bueno, pues nada… ¡Adiós, preciosa!

Salieron. Yo seguía mirando al amerindio alto. Jérémie.

No pasará nada.

Aquel día, el cielo escupió una llovizna molesta y helada, que calaba los huesos y producía escalofríos. Me arropé en un sillón del hostal y abrí un libro ilustrado de navegación que encontré por ahí. Mala idea. La depre se me enganchó a los brazos y chorreaba a mi alrededor.

El sol empezaba a desaparecer cuando me presenté en el bar de Renaud, a última hora de la tarde.

El hombre fregaba unos cubiertos. Tres cuchillos grandes, de carnicero, nuevos.

—¿Quiere ir a Percé?

—No necesariamente. Solo me preguntaba qué le parecía la idea…

—¡Ah, le ha entrado el espíritu viajero!

—Sé que estoy de vacaciones y tengo que aprender a no hacer nada, pero no es fácil.

Colocó amorosamente sus armas blancas sobre una tabla de madera aparentemente nueva.

—Bueno, solo le diré una cosa: ¡necesita una guía! ¿Ha visto la de Gaspesia?

—No.

—Recibí una pila el otro día. Si le apetece moverse, ¡tengo que enseñársela!

Se estiró y cogió una del expositor. La abrió y hojeó delante de mí.

—Tenga. Mírela: ¡unas fotos en color preciosas! Le diré una cosa: normalmente, los turistas siguen lo trazado. ¡Pero hay que salir hacia el norte, por ejemplo! Mire, mire si está bien hecha. Empiezas por la costa: «Visite los jardines de Métis, la remontada del salmón de Matane, y la casa de los seis matrimonios», y, después, llegas a la Alta Gaspesia. No sé si es más alta que el resto, pero en cualquier caso: «Las turbinas eólicas de Cap-Chat le fascinarán. No se pierda el parque nacional de Gaspesia ni el museo de los faros de La Martre». Luego está La Pointe: «Sus pueblos de colores, el parque de Forillon, Percé y su peñasco, la isla Buenaventura, sus alcatraces y las tiendas multicolores». Y, por último, la Baie-des-Chaleurs: «¡La bahía donde toda la familia puede relajarse y bañarse en el mar!». Después, solo le diré una cosa: subes por el Valle para volver a Montreal lo antes posible, al mismo tiempo que todo el mundo, para pillar el atasco del Día del Trabajo, ¡y luego llegas agotado, después de tres mil kilómetros, para lavar el coche y volver al trabajo a la mañana siguiente!

Cerró ruidosamente la guía, la enrolló en un cilindro y la agitó, como un evangelista agitando un panfleto satánico, sobre su cabeza.

—Ya le digo: ¿le parecen unas buenas vacaciones? ¡Claro que no! Vaya, señorita Catherine, súbase en su coche y recorra del suroeste al noreste, pero ¿qué conseguirá, eh? Nada. En otros lugares, los pueblos son pobres, los moteles baratillos, los restaurantes sosos y el mar aburrido. ¡Las tiendas no venden más que tonterías! Porquerías, chapas de «¡Ama a tu mujer!», vasos de chupito de Le Rocher, tazas de Percé, gorras de punto de Canadá, lámparas hechas con conchas. ¡Todo es una maldita obscenidad! ¡Y encima alojada en tugurios de mala muerte! Después de las cinco, el tipo del hotel va a empezar a bromear con usted, diciéndole lo afortunada que es por poder pasar la noche en casa de su cuñada, ¡que le alquila una habitación ridícula, con vistas al patio trasero, a un precio de locura! ¿Eso es lo que quiere?

—Eh... ¿No?

—¡No!

Arrojó violentamente la anti-Biblia turística al cubo de basura abierto.

—Es más, si va hacia La Pointe, tendrá el impulso de seguir la guía al revés, y eso cansa mucho; ese tipo de cosas son

27

agotadoras, ¡sobre todo en vacaciones! Cuando el camino está trazado, es mucho más fácil seguirlo. Y usted, señorita Catherine, no necesita dar vueltas: ¡ya ha llegado! Cree que se aburre, ¿verdad? Eso es porque aún no se ha acostumbrado. ¡Aún no ha pillado el ritmo!

—Ah…

—Solo le diré una cosa, señorita Catherine: ¡los turistas traen demasiadas cosas de viaje! Cuando uno se va, ¡tiene que dejarse a sí mismo en casa!

—Ajá…

—Escuche: puede ir hasta La Pointe, pero es mucho mejor que se quede aquí, con nosotros. ¡En casa de Guylaine!

Cuando terminó su espectáculo, fue a la cocina a coger una bolsa, de la que sacó, con cuidado, un delantal nuevo, que desplegó orgulloso y se puso con cuidado. En su pecho ostentaba el título de: «Ayudante de cocina», en letras bordadas. Se colocó un gorrito ridículo y ordenó los cuchillos limpios sobre la nueva tabla.

—¿Renaud?

—Sí, señorita Catherine. ¿Qué puedo hacer para satisfacer a una bella clienta como usted?

—Vital… ¿Conoce a Vital, el pescador?

—¡Sí, lo conozco! Le diré una cosa: ¡apuesto a que ya está enamorada! Le robó el corazón en cuanto le soltó su famoso: santo copón de todas las hostias. ¡Y ahora querrá lavarle las camisas, limpiarle los zapatos y casarse con él! ¡Guylaine! ¡Vas a tener que preparar un vestido de novia! ¡Vamos a casar a nuestra turista!

Guylaine apenas había entrado cuando se vio envuelta en el torbellino.

—¿Ah, sí? ¿Con quién?

—Me voy y ahí lo dejo: ¡con Vital!

—¿Con el santo copón? Ya está casado, Catherine…

Me debatía como una langosta en agua bendita.

—¡Claro que no! He conocido a Vital en la cafetería y me ha hablado de…

—¡De Cyrille Bernard!

—¿Cyrille Bernard? ¿Quién es Cyrille Bernard?

—Cyrille está soltero…

—Llamaré a Vital esta noche para que se lo presente. ¿Va a ir mañana al café? Porque solo le diré una cosa, señorita Catherine: ¡cuando uno está melancólico es porque no tiene bien amarrado el corazón! ¡Así que vamos a encontrarle a alguien a quien amar!

—Renaud bromea mucho, Catherine, pero es cierto que Cyrille te distraerá.

—Ya verá: ¡no querrá ir a Percé a perder el tiempo en tonterías!

<hr/>

Pues eso. También podría admitir de inmediato que, cuando me devastó la gloriosa historia de amor garantizada por todos los cuentos de hadas de mi infancia, no supe cómo afrontarlo.

No hablaba de eso. Nunca lo hice. No tengo un don espontáneo para las confidencias más íntimas, y me costaba admitir mi traición. Había quemado nueve años de vida matrimonial en una noche. Con una chispa mal colocada, había reducido mi relación a cenizas.

Avergonzada, temía volver a sentarme a la mesa del strippóker del amor, así que me abroché pudorosamente el cuello de mis historias del pasado, en la garganta anudada. Por miedo, consternación o evasión, opté por un celibato jactancioso, que agitaba como un sonajero ruidoso, gritando orgullosa, a pleno pulmón: «¡Soy una mujer libre!», mientras apuraba mis tardes solitarias con pastas recalentadas y películas de chicas con actores vergonzosamente románticos. La verdad era que no sabía muy bien qué hacer con mi soledad mal asumida, y soñaba en silencio con liberarme un poco de ella. Tenía el corazón calcinado, y sospechaba que el amor no volvería a encenderme, pero aún lo esperaba en secreto.

El día anterior, el poderío indolente del gigante amerindio me impresionó y conmovió profundamente. Así que, por supuesto, tenía curiosidad por conocer al otro pescador. En cuanto me desperté aquella mañana, me asomé a la ventana de mi habitación para mirar el muelle. El barco del hombre con el extraño nombre de Cyrille Bernard no estaba… A la velocidad del rayo, me enjaboné, me arreglé y me maquillé. Elegí mi vestido de verano más bonito y me puse tacones. Seguro que no parece muy normal ir maquillada y con tacones altos al encuentro de un hombre que acaba de volver de pescar, pero mi feminidad no siempre fue apropiada.

Así que allí estaba yo, sentada en el café, mucho antes de la hora en la que los barcos regresan de pescar, con los pies atados, el pelo recogido detrás de las orejas y un vestido de verano sin una arruga. Corría una brisa cálida, un soplo que levanta las faldas, y el aire marino que entraba por la ventana me ruborizaba las mejillas.

Los barcos aparecieron al final de la mañana. Había bebido tanta cafeína que me temblaban las manos sudorosas. Se acercaron y amarraron. Crucé las piernas en una pausa relajada. Y los pescadores saltaron al muelle.

Sinceramente, no sé qué pudo llevarme a creer que Cyrille Bernard era un hombre joven, guapo y audaz. De verdad que no lo sé. Vital, Victor, Renaud y Guylaine, todos me habían advertido que no esperara nada de Gaspesia, así que, ¿por qué demonios me había disfrazado de esa forma? Porque Cyrille, admitámoslo, no parecía gran cosa. La edad le había diseminado el pelo, alargado desmesuradamente las orejas y separado los dientes de manera anárquica. Tenía cicatrices por toda la cara y, a pesar de su amabilidad, costaba acostumbrarse a su aspecto.

En una fracción de segundo, escapar se convirtió en mi única opción. Dejé el dinero en la mesa, cogí el bolso y corrí hacia la salida, pero llegaron tan rápido que su entrada me impidió salir. Y Vital hizo el resto. Cuando me vio, se volvió despreocupadamente hacia Cyrille y me señaló, como se hace con una baratija de treinta céntimos, colocada en la estantería de una tienda de recuerdos baratos.

—¡Es ella!

El viejo pescador levantó un poco la cabeza, como un capitán que evalúa un futuro marinero. Yo contuve una sonrisa.

«No conocemos el mar».

Me examinó de los pies a la cabeza y de la cabeza a los pies, mientras yo, con el bolso, el vestido llamativo, el collar hundido en el escote y los tacones, me diluía en un charco de vergüenza sobre el felpudo de la puerta.

—Es la chica que quiere conocerte.

—He… he terminado de comer…, ya me iba… Podemos vernos más tarde, ¿vale?

—Copón bendito, Cyrille, te lo digo en serio, ¡no tienes mano con las mujeres!

Las risas me rodaron por encima, mientras me peleaba cobardemente, avergonzada de todo lo que soy, hacia una puerta que bloqueaba firmemente Cyrille, quien, obviamente, no se movió. Vital, Victor y el otro pescador fueron a las mesas, pero Cyrille Bernard se quedó ahí, como un portero obstinado. Viví un momento de ansiedad, lo admito. Casi de pánico.

«Agua y sal».

—Ufufuf… Cálmate. ¡Si sales corriendo, me faltará el aliento para alcanzarte!

Respiraba con dificultad.

—Disculpe… Yo… Tengo cosas que hacer…

—Una turista nunca tiene nada que hacer. Ufufuf… ¿Cómo te llamas?

—Catherine.

—¿Catherine qué?

—Day. Catherine Day.

—Ufufuf… Mírame, Catherine Day…

Levanté la cabeza y sus ojos azules se clavaron en mí.

«Una profundidad insondable, un carácter imprevisible, oleaje y mareas».

Dio un paso atrás.

«Y sin embargo».

—Ufufuf… ¿De dónde eres?

—Montreal.

—¿Por qué quieres verme? Ufufuf… ¿Quieres que te lleve a pasear en el barco? No me gusta llevar turistas a pescar…

«Cuando el casco gira hacia mar abierto, cuando las largas y efímeras olas me elevan a la cima del mundo y me devuelven a su cuna susurrante; cuando el viento se cuela por la génova y se inclina sobre la vela mayor, entonces, todas las dudas se

31

disipan y se disuelven. Tenso las cuerdas, maniobro el timón y el horizonte es mío».

—No, no. No es eso. Yo… estoy de vacaciones, no tengo nada que hacer y Renaud dijo que podría…

—Que podría ¿qué?

—No sé… Hablarme del mar, para distraerme y hacerme cambiar de opinión. Para aprender.

Se rio burlonamente y me ofendió.

—Si quieres aprender sobre el mar, vas a tener que dejar de correr, muchacha. Eso es lo primero que puedo decirte. Búscate una mecedora, siéntate en un banco frente a las olas y ¡déjate balancear! Eso es todo. Relájate, será un comienzo. Ufufuf…

«Allí soy feliz: en la estremecedora y tumultuosa majestuosidad del mar abierto».

Se apartó y pude escapar, aunque, extrañamente, ya no me apetecía. Caminé despacio de vuelta al hostal. Me quité los zapatos y caminé descalza por las piedrecitas sembradas de algas. Al contrario de la marea, a lo lejos, los amerindios salían del arco del horizonte.

Los primeros turistas iban llegando poco a poco a la playa, pero el mar aún estaba demasiado frío como para que nadie se atreviera a zambullirse alegremente. Sentada en la arena, deambulé sin rumbo fijo.

«Cuando baja la marea, un ancla se abalanza sobre mi garganta. Tira un poco más con cada ola, asfixiándome. La marea sube y me duele, aquí, en el pecho, un eco que se traga el contorno de las palabras, un susurro masticado, una pérdida».

Las doce y media. Bajo el sol, niños valientes rompían con coraje el pliegue frío del agua. Niñas perfectas tiritaban dentro de unos bikinis coloridos, mirando a los chicos, medio morenos, que se lanzaban un *frisbee*.

«El mar sacude mis imágenes invertidas en su duro oleaje y, en el extremo de mis brazos agitados, cuelgan los aleluyas descompuestos de mis naufragios. A mi pesar».

Me levanté rápido, demasiado rápido, aturdida, caminé por el límite de las olas para moverme. Lancé guijarros al agua y lancé una sonrisa mentirosa a los niños que pasaban. Con los pies en la arena, me llené las manos de piedras.

—¿Te has aficionado a las ágatas, pequeña? Ufufuf…

Esa respiración desagradable, como el silbido del fuelle de cuero curtido, solo podía ser de Cyrille. Levanté la vista.

—Enséñamelas.

Abrí la mano. Media docena de piedras rojas, verdes y blancas.

—He encontrado piedras muy bonitas, llenas de estrías y jaspeados, pero no ágatas.

—Ufufuf… Nunca he entendido por qué la gente pasa el rato buscando ágatas. Un juego de paciencia, supongo.

Doblé los dedos.

—Son piedras semipreciosas, según he oído.

—No sé si preciosas, pero las que tienes en la mano son muy afortunadas. Ufufuf…

Abrí las manos de nuevo, para ver.

—Aparte de eso, tienes una ágata grande al lado del pie izquierdo…

La recogí.

Echó a andar de nuevo y lo seguí. Me alegré de que hubiera venido a buscarme.

—¿Te has quitado el vestidito de gala? Ufufuf… No me has dejado verlo mucho tiempo.

—Estas cosas hay que ganárselas.

—Renaud le dijo a Vital que querías conocerme. Ufufuf… ¿Quieres ir a pescar?

—No. Fue idea de Renaud, dijo que me entretendrías con tus historias.

—Ufufuf… ¡Debes de estar aburridísima!

—Me he sentido un poco extraña desde que llegué. No estoy segura de que esto me guste. Cuando paso mucho tiempo mirando el mar, me siento mal. Como si algo quisiera salir de mi corazón, pero no sé qué.

—Eso es normal.

—¿Es normal?

—Llegas de vacaciones, estás de buen humor, en plena forma, y crees que el mar te sentará bien. Pero no es cierto. El mar es duro, hay que ser fuerte para enfrentarse a él. Nos da vueltas a los recuerdos como una lavadora.

—No tengo tantos recuerdos a los que darles vueltas.

—No hace falta, el mar te los inventará. Ufufuf… Mientras tanto, ven, mi cabaña está justo ahí. Vamos a fumar un canuto en el porche y a contar las olas. Ufufuf…

Dejé las piedras con cuidado en la escalera de entrada a la cabaña, como tesoros que olvidaré recoger cuando me marche. El sol deslumbrante cortaba el agua en fragmentos en movimiento.

—Precioso, ¿verdad?

—Dan ganas de zambullirse.

—Ufufuf… Ni loco. ¡Odio nadar!

—¿Cómo? ¿Eres pescador y no nadas?

—¡No hay ni un pescador por aquí que sepa nadar! Ufufuf… Dirás que eso no ayuda mucho ni es oportuno. Pero da igual.

—Pensé que te gustaba el mar.

—¡Amo el mar, no el agua! Odio el agua. Hay demasiadas cosas ahí dentro como para mojarme. Ufufuf…

—¡Lo desprecias!

—Pero eso no impide que me parezca precioso, por ejemplo. Ufufuf… Parece un mosaico.

—¡Eres un poeta, Cyrille Bernard!

—No, es que fumo demasiada hierba.

Me eché a reír. Enrolló el porro, lo encendió, y el tiempo quedó suspendido en el mar.

Dos olas.

—Este lo he enriquecido con algas y sal marina. Ufufuf… Cuando fumas esto, flotas hasta en tierra. Ufufuf… ¡Y puedes irte lejos durante mucho tiempo!

No tenía nada que decir.

—Aquí, en los buenos años de paz, había un tráfico de drogas que no te lo creerías. Ufufuf… ¡Se pasaba a todas horas! Una vez, a un traficante lo asustó la aduana y tiró todos los barriles al mar. ¡Cuando los vimos llegar a la playa! Ufufuf… Todavía tengo tres barriles vacíos en la bodega y, ¿sabes qué?, treinta años después, ¡aún huele a marihuana del sur! El billete de avión sale muy barato: metes la cabeza dentro, ufufuf…, y ¡llegas directamente a Jamaica!

Me pasó el porro y el día se relajó.

Tres olas.

—¿Estás sola?

—Sí.

—Ufufuf… ¿Y por qué?

—Por nada. Así son las cosas.

—¿No hay un tipo con suerte junto al que duermas acurrucada?

—¿Cómo?

—A los veinte años, te lanzas al amor y se convierte en lo cotidiano. Ufufuf… Conjugas el nosotros en un nidito abuhardillado, llenas la buhardilla de niños y duermes acurrucado. ¿Tú no? ¿No te acurrucas?

—No.

—¿Por qué?

Tres, cuatro, cinco olas.

—Lo intenté, pero…

—Pero ¿qué?

—Es difícil decirlo… Tienes un buen trabajo, una casa, un novio, un nidito acogedor, pero… se acercan los treinta. Entonces, entras en crisis, te planteas hacia dónde vas y por qué cuentas el dinero. Ves a tu novio y te parece aburrido, así que no te imaginas multiplicándolo. Todo lo que te parecía bonito y divertido se ha convertido en gordo y estúpido.

—No estás gorda…

Tres olas.

—Una noche, lo engañé. Llevábamos meses sin hacer el amor. Sé que no debería decir eso, que no es una excusa. No tengo excusas. A la mañana siguiente, a las nueve, se fue. Sin decir una palabra. Hizo las maletas en diez minutos y se fue para siempre.

—Ufufuf… ¡Qué estupidez!

—¿Qué?

—Encontrar la manera de sentirte culpable. Para conservar a una mujer, tienes que actuar como un hombre. Si no, ella buscará en otra parte. Es normal.

Seis olas.

—Ufufuf… Que hayas hundido un barco no significa que seas un mal marinero, pequeña…

—¿Estás casado, Cyrille?

—No. Ufufuf… ¡Pero eso no me impide tener una mujer en mi corazón!

—¡No he dicho lo contrario!

—Lo has pensado.

—¿Duermes acurrucado?

—Ufufuf… No.

—¿Por qué? ¿Eres un mal marinero?

Encogió sus huesudos hombros y entrecerró los ojos mirando al mar. Sus manos agrietadas descansaban sobre los reposabrazos de su silla. Desvió la mirada.

—A veces, pequeña, no tienes suficientes oportunidades para decirle a una mujer que la quieres.

Una ola.

—Se casó con mi hermano.

Me eché a reír.

—Disculpa.

Me dedicó una suave sonrisa y me pasó su enorme mano por el pelo. El sol pegaba suavemente, sin acosar a nadie, y el viento de levante arrullaba un hermoso oleaje blanco en la marea creciente. Cyrille dejaba ir las olas y era fácil.

—Nunca me he casado, pequeña, y me doy cuenta de que lo que más he echado de menos es una casa a la que volver, con una mujer junto a la estufa. Una mujer para calentar los platos, la cocina, la cama. ¿Te parece gracioso? Ufufuf… Mi mujer habría ido a la peluquería todos los viernes por la mañana y plantado flores rojas alrededor de la escalera de entrada.

—¡Te habría regañado para que sacaras la basura!

—Y yo lo habría hecho.

Dos olas.

—Ojalá hubiera tenido una esposa que proteger, pequeña. Habría cortado el césped y le habría plantado un huerto con tomates.

—¿Tomates?

—Y lechugas, de hoja rizada, zanahorias, fresas y arándanos. Ufufuf… Si hubiera tenido mujer, habría comido arándanos.

—¿Por qué arándanos?

—Siempre he soñado con cultivar arándanos.

—Plántalos.

—Ufufuf. Cultivar arándanos lleva mucho tiempo. Un año preparas la tierra, el siguiente siembras las plantas y, el tercero, ya tienes arándanos.

—Siembra unos pocos. Tendrás arándanos en tres años…

Cinco olas. O seis.

—Ufufuf… De todas formas, es extraño que una chica guapa como tú pierda el tiempo esperando a un viejo como yo…

Aquella noche me quedé despierta hasta tarde, envuelta en una colcha, en una tumbona, en el balcón del hostal. Unos enamorados jóvenes caminaban cogidos de la mano por la playa. Se susurraban palabras cariñosas y se reían, ajenos a todo lo que los rodeaba. Los amantes que se disponen a cerrar las cortinas de su dormitorio. Mañana, la joven se despertará y besará la espalda tibia de su hombre. Acurrucados entre las sábanas arrugadas, él respirará lentamente el día indeciso.

Los barcos estaban amarrados en paz, contra el muelle. Distinguí la envergadura de Jérémie. Debía de ser tranquilizador atarse a algo sólido. Volví la mirada hacia el mar abierto.

«Es a pesar de nosotros mismos. Embarcamos y echamos el mundo por la borda porque cargamos con el infinito y nuestra única respuesta es el horizonte».

~

—En realidad, la pesca no ha enriquecido a muchos canadienses franceses.

—Catherine, ¿conoces al cura? Ufufuf… No es pescador, pero lo perdonamos.

El padre Leblanc se sentó. Pronto aprendí que atendía dos parroquias: la iglesia y el bar. Vital, Victor, Cyrille y yo ya estábamos en la mesa.

—¡Es verdad que los pescadores de la bahía no se han enriquecido! ¡Mi padre hizo de todo! Trabajó para los ingleses, tuvo una gaspesiana...

—Sí. ¡Y-y-y se metió en-en-en un buen lío!

—¿Sabes qué son las gaspesianas, pequeña? Ufufuf... Unos barcos muy grandes que el Gobierno federal proporcionaba a los pescadores. Se los alquilaba con derecho a compra, ya entiendes, pero la pesca da tan poco que, cuando el Gobierno se dio cuenta, ¡les quitó los barcos! Sin indemnización, sin nada: ¡los pescadores se pasaron dos años pescando en balde! Ufufuf...

—1960. La verdad es que lo perdieron todo. Las gaspesianas se pudrieron en el patio de los museos.

La camarera pelirroja deja los huevos, sirve el café, sonríe y se marcha. Los hombres, con sus camisas de cuadros, vaqueros y botas de trabajo, clavan los tenedores en las tortillas.

—Pero la pesca se paga mejor hoy en día, ¿no?

—Ufufuf... ¡Pagar, se paga, pero el mar está vacío!

—¿Por el cambio climático?

—Hay mu-mu-muchas teorías por ahí, pero, por supuesto, eso no ayuda.

—¡Todo es culpa de los arrastreros de vieiras! Ufufuf... Están destrozando el fondo del mar. Deforestación marítima, lo llaman. Por eso el mar está vacío. ¡Lo han destrozado todo!

El sacerdote resume la conversación.

—Calentamiento global, arrastreros y Gobierno... ¡Los tres azotes de los pescadores!

Los platos se vacían.

—¿Y has visto cómo nos obligan a pescar los cangrejos? Ufufuf... Nos dicen que devolvamos las hembras al agua y nos quedemos solo con los machos. A mí no me importa, pero cuando no haya machos, ¡las hembras no criarán solas! Ufufuf... Y no quiero ni hablar del estado de los muelles. ¿Has visto los muelles?

—¡Hay-hay-hay tanto de lo que quejarse que tendremos que ir al-al-al paro otra vez este invierno!

—Ufufuf... No puedes trabajar todo el año y encima quejarte, ¿verdad, pequeña?

38

Poco a poco me siento como en casa, entre los míos.

—¿Por eso pescáis? ¿Para tener algo de lo que quejaros?

—Pescamos porque somos pescadores. Ufufuf… ¡Lo he hecho toda mi vida! ¡No voy a empezar a cortar el césped!

—La verdad es que las viejas historias de pesca son más emocionantes que un día de siega, ¿verdad, Cyrille?

—Yo, padre, no espero mucho del verano. Ufufuf… A estas alturas, si no tuviera recuerdos, solo sería un pobre hombre.

—¡Santo copón de todas las hostias! ¿Recuerdos o mentiras, Cyrille?

El viejo pescador se encoge de hombros. La camarera pelirroja vuelve a pasar, recoge los platos y se va.

—Somos pescadores y contamos la historia del pasado. Ufufuf… ¡Si no nos dejan alargar la pesca, nos da igual morirnos de aburrimiento! ¡Así nos callamos para siempre!

Victor asiente con rápidos movimientos de cabeza. Un ultimo sorbo de café. Cyrille mira el reloj, recoge la red, el pescado y la memoria, dispuesto a marcharse. Vital parece descontento.

—¿Nos cuentas alguna historia de pesca, Vital?

Lo dije con un ritmo ligero, acorde con la suavidad de principios de verano. Para mi asombro, se giró en bloque. Acabábamos de levantarnos para salir, así que estaba lo bastante cerca de mí como para que sintiera que su solidez se volvía repentinamente quebradiza.

—No. Ni de pesca ni de nada. Yo asumo la vida diaria, ¡santo copón! No quiero contarme historias.

Levanté la vista y sus ojos me clavaron en la puerta.

—Ni que me las cuenten.

Por un momento, pensé que se había dado cuenta de mis intenciones, dejé el dinero sobre la mesa y me apresuré a salir. Fuera, la conversación cambió de rumbo y me olvidé momentáneamente del incidente. El cura se marchó hacia la casa parroquial, pero se volvió, y preguntó:

—¿Recogeréis las nasas mañana?

—Ha-ha-ha-habrá que hacerlo.

Vital también se acercó, suavizado por el aire marino y el sedoso susurro de la orilla.

—Mañana o pasado mañana.

—¿Ha terminado la temporada?

—Dentro de tres semanas llegará la del-del-del cangrejo. El-el-el buey de mar.

—Ufufuf… Es otra clase de nasa…

—¿Y qué hacéis mientras tanto?

—Santo copón, ¡nada! Nos echamos a reír.

Era guapo. Con los pies firmemente plantados en el suelo, las rodillas fuertes en sus vaqueros desgastados, anclado, arraigado en el duro núcleo de la tierra. Se despidió con un gesto y siguió su camino. Cyrille se volvió hacia mí.

—Ufufuf… Pequeña, si no tienes nada que hacer y quieres conocer la belleza de un amanecer en el mar, puedes embarcar. Ufufuf… Mañana, nosotros iremos a sacar las nasas. Gérard y yo zarparemos un poco más tarde de lo habitual. Hay sitio, si quieres.

—Creía que no aceptabas turistas a bordo, Cyrille.

—Ufufuf… ¡Nunca!

—¿Entonces?

—No es lo mismo, ¡te estoy invitando!

—No sé…

—Cyrille tiene razón. Si quieres conocer el mar, sube a bordo. Su barco es mu-mu-muy estable.

—Solo tiene un defecto, está mojado, pero no te asustarás… Ufufuf… ¡Y además, yo estaré ahí!

El grupo se separó en dirección a las furgonetas. Yo seguí a Cyrille.

—Me encantaría ir al mar, pero…

—Ufufuf… Mañana remontaremos un tercio de las nasas, así que saldremos sobre las cinco y media. Trae botas y gorra, y te llevaré en mi barco. Ufufuf…

Subió a su furgoneta y arrancó el motor.

—Lo pensaré, ¿vale?

—A las cinco y media en el muelle.

Un gesto de la mano, un poco de polvo y me encontré sola en la orilla.

—Solo le digo una cosa, señorita Catherine, esto son unas buenas vacaciones, ¿no?

40

El dueño del bar, con su elegante delantal de «Ayudante de cocina», el gorro ridículo de tejido sanitario, pela zanahorias.

—Tiene razón, Renaud. Cyrille incluso me ha invitado a pescar mañana.

—¡Una gran idea! ¡Una gran idea! ¿Va a ir?

Pelador en mano, golpea con fuerza las zanahorias, y las mondas de color naranja brotan como de un volcán en erupción.

—Todavía no lo he decidido…

—Vaya antes de que acabe la temporada. Y le diré una cosa, tiene suerte de que Cyrille Bernard la invite, porque a él no le gustan los turistas a bordo. Es raro que los invite. Le encantará: el barco, el oleaje, las langostas… ¡Y el amanecer! El amanecer es mucho más bonito aquí que en Buenaventura.

—¡Está entusiasmado, Renaud! ¿Le gustaría subir a bordo? Puedo pedírselo a Cyrille…

Levanta el arma homicida y la agita enérgicamente de izquierda a derecha.

—¡No, señorita Catherine, yo no!

—¿Por qué?

Un trozo de zanahoria cae sobre su ridículo gorro. Sigue adelante, indiferente y concentrado.

—¡Oh, no, no quiero ir! Solo le diré una cosa: ¡es demasiado peligroso! Aquí la gente se ahoga continuamente. Vas a pescar de buen humor y luego se levanta viento y te mareas, el barco se agita, no sabes dónde ponerte y ¡venga! Te ahogas. Incluso hay estadísticas al respecto, ¡cifras! No se lo va a creer, ¡pero se ahoga más gente de la que muere en accidentes de tráfico! Y cuando ves el cuerpo de un ahogado, no es bonito… Está hinchado y azulado.

Asqueado, tira el pelador al fregadero, mete las zanahorias en un caldero de agua, salpicando toda la barra; sale corriendo a llevar el caldero a la cocina y vuelve a aparecer.

—¡Todos los años hay muertos, señorita! Turistas, pescadores, todo tipo de ahogados. Y vienen de todas partes: de Nuevo Brunswick sobre todo, pero también de Percé… Son las corrientes las que traen los ahogados a la bahía. Una vez, llegaron unos gemelos de Maria. ¡Gemelos! ¡Tenían los mismos padres!

No es cosa de risa. Lo sé porque mi familia no era pescadora, pero perdí dos hermanos en una canoa…

Coge un trapo y empieza a limpiar la tabla de madera. La frota enérgicamente, con las dos manos, como si estuviera realizando un masaje cardíaco.

—¿En una canoa?

—Ha pasado mucho tiempo. Le diré, mi madre me obligó a venir a casa para dar de comer a las gallinas, de lo contrario me habría ido con los otros. No éramos viejos. Íbamos a cazar perdices por la costa, con escopetas de perdigones. Mis hermanos se fueron sin mí, por las gallinas. Entonces llegó la borrasca y los encontraron, ahogados. A treinta pies de la orilla, en ocho pies de agua, ¿puede creerlo, señorita?

Desde hace un rato, dos clientes agitan la mano, impacientes, desde un rincón del bar.

—Es muy triste. Lo siento mucho.

—Solo le diré una cosa: ¡en mi familia es insólito el número de muertes que hemos sufrido! Es por culpa de un tío abuelo, que casó a su hija con un primo, y no pagó la dispensa. ¿Sabe lo que es una dispensa, señorita Catherine? Es un papel que te permite casarte con un primo. Y debería haber pagado. La gente del pueblo vino dos veces a montar escándalo y, le diré, la tercera vez, como seguía sin querer pagar, hicieron un espantajo embalsamado del pobre hombre y lo tiraron por el puente de la vía, ¿sabe dónde? Aquí arriba, donde murió el cojo hace dos años.

Los clientes carraspean, agitados.

—Por eso, solo le diré una cosa, desde entonces, en todas mis anteriores generaciones, ha habido muertes brutales. Cuando atropellaron a mi padre con su tractor, me harté: fui a buscar al cura e hicimos un exorcismo.

Da golpecitos con el índice derecho en la barra, como un magistrado haciendo una demostración.

—¿Qué exorcizó?

—Nuestra casa. Pero no con el cura del pueblo, no, no; solo le diré que fuimos a buscar un cura bendecido.

—¿Un cura bendecido?

—El párroco de Buenaventura está bendecido y conoce su trabajo. Vinieron todos los del pueblo que quisieron, ¡y no fueron pocos los que rezaron! Después, dimos tres vueltas por la casa, con una jarra de agua de Pascua, y el cura me hizo verter el agua bendita sobre el rosal del rincón, que había plantado mi tatarabuela. ¿Y qué pasó? El rosal se pudrió a las dos semanas. ¡El exorcismo había funcionado! Ahora mismo, ¡nadie de mi familia se muere!

Se quita el gorrito ridículo y el delantal de «Ayudante de cocina», que dobla con cariño, y va a tomar nota de los pedidos de los clientes impacientes. Me quedo sola unos minutos con el silencio entre las manos. Vuelve.

—¿Ha pensado alguna vez en mudarse, Renaud?

—¿Adónde, señorita?

—No sé... Alejarse del mar...

—¿Lejos del mar? ¡No habla en serio, señorita Catherine! ¡El mar es nuestro hogar! ¡Solo porque haya habido ahogados no voy a mudarme! ¡Y le diré que hasta es normal ahogarse! Así que esa no es una razón para no ir.

Coge un par de cervezas de la nevera, unos vasos, un plato y una copa de vino.

—¿Ir adónde?

—¡De pesca con Cyrille! Como turista, ¡tiene que saber lo que es el mar y lo que es ahogarse! Por supuesto que yo no iría. Pero es una experiencia, y hay que vivir las experiencias turísticas. Así que solo le diré una cosa: es una buena idea ir con Cyrille. ¡Adelante! Con él no hay peligro, ¡su familia ya ha pagado!

—¿Cómo que su familia ya ha pagado?

Abre metódicamente las botellas de cerveza.

—Cyrille también perdió dos hermanos. Y nunca los encontraron. Los muertos de aquí, es raro, pero creo que van hacia el mar. Es por las corrientes. ¿Quiere otra cerveza?

—¿Cyrille ha perdido a dos hermanos?

—No ponga esa cara, señorita Catherine. En todas las familias hay ahogados: en la mía, en la de Cyrille...

—¿Y en la de Vital?

Desvió la mirada, sin contestar. Llevó unas cervezas a la mesa del fondo y volvió a plantarse delante de mí.

—Y diga, ¿los chicos van a sacar las nasas, ya?

—Cyrille empezará mañana, sí. Sacará un tercio del tirón.

—¡Es mejor así, es menos agotador para su salud! ¡Y es una buena idea que vaya, señorita Catherine!

—Lo pensaré…

Se pone de nuevo el gorro y se alisa el delantal con ambas manos; mientras, yo dejo el dinero en la barra.

—Bueno, me voy, Renaud.

—¿Ya?

—Sí. Voy a dar un paseo por la playa.

—¡Puede venir a cenar, si le apetece! Le diré una cosa: habrá pescado, ¡con zanahorias ralladas a mano!

Me perdí el regreso de los amerindios. Bajé al muelle demasiado tarde, a la caída de la noche, y me senté junto a los barcos de pesca. Vacíos, se adormilaban, arrullados por la suave redondez de las olas, que zumbaban contra el muelle; apenas abrieron un ojo cuando llegué. Les daba igual. Suspiraron y volvieron a dormirse, grandes felinos lascivos, sobre el cojín azul del agua. Leí sus nombres y extendí la mirada hacia el horizonte.

Al otro lado del rompeolas, la bahía, como una vieja y barata prostituta, se había puesto su vestido de lentejuelas escarlata. El espectáculo nocturno estaba en su apogeo. En los acantilados, el sol poniente iluminaba las ventanas de las casas orientadas al oeste. Ella estaba allí. En alguna parte. Probablemente, la mujer que me había dado a luz también contemplaba ese espectáculo.

Había llegado pocos días antes y el mar empezaba a afectarme. Yo también quería venir de ahí, desde el hueco arremolinado de mi sangre hasta la punta de las olas. Tenía la marea en el cuerpo y probablemente un poco de sal en los ojos.

Allí, en aquel maltrecho muelle de Ruisseau-Leblanc, pensé que tal vez había llegado el momento de dejar atrás la amargura y el resentimiento. Así que decidí embarcarme con Cyrille y preguntarle si la conocía. Respiré hondo en la oscuridad.

Conocer a Marie Garant.

Pensar en ello me tranquilizó. Debí de pasarme casi una hora imaginando el encuentro, alargando las manos más allá de lo conocido, para sacar a aquella mujer del purgatorio en el que estaba condenada, intentando volver a poner su foto en el marco de mi memoria en blanco.

«Me legaron el *Pilar,* y allí fui».

Más tarde, cuando la gente me pregunte qué hice esa velada, me resultará difícil responder otra cosa que no sea eso. Que había resucitado del olvido a la mujer que me había dado a luz, como quien encuentra una lámpara de peltre perdida, la frota para devolverle el brillo y enciende de nuevo la mecha. Qué feliz había sido.

«Me legaron el *Pilar,* y tengo el mar para beber».

Volví pronto a casa de Guylaine, la saludé rápidamente y subí a acostarme. Por primera vez en mucho tiempo, tenía ganas de hacer algo. Deseaba que llegase la mañana. No veía la hora de hacerme a la mar, navegar con Cyrille, contemplar el paisaje y conocer a Marie Garant.

«Me legaron el *Pilar.* A pesar de lo que hay que pagar al mar, vamos a bordo, tú, yo y los nuestros.

—Ufufuf… ¡Hola, pequeña! ¡Así que te has animado, al final!

—Pues sí.

—Pero aún no nos vamos.

—¿Cómo? ¿Qué pasa?

—Es Vital. Ufufuf… Si te gustan las historias de pescadores, ¡estás de suerte!

—No te entiendo.

—Parece que ha pescado un ahogado con la red… Ufufuf… Lo ha dicho por radio.

«Lo que hay que pagar al mar».

—¿Quién es el muerto?

—Ufufuf… Seguro que ninguno de nosotros; ¡estamos todos aquí! Vamos, pequeña, te tomaba el pelo; aún no lo sabemos. Ufufuf… Si Vital no lo ha dicho, es que no lo conocerá. Será un turista de Nuevo Brunswick, que se fue con el kayak y se perdió. O un campeón de natación al que atrapó la marea. Ufufuf… Siempre es la misma historia.

Gérard está apoyado en la furgoneta. Dos barcos desconocidos han atracado en el muelle. Más allá, un hombre habla con dificultad por un radiotransmisor.

—¿Quiénes son todas estas personas?

—Unos tipos de New Richmond. Vienen a ver. Con un acontecimiento como este, la langosta puede esperar una hora o dos. Ufufuf... Los ahogados dan vueltas por la bahía, así que es muy probable que sea alguien de su zona... Y ese es Robichaud, el forense. No hablo con él. Me repugna.

Pero parece un tipo agradable. Incluso me dirige un saludo distraído, que forma un notable hoyuelo bajo su ojo izquierdo. Cyrille se fuma un porro, aunque casi no son ni las seis. El forense, Robichaud, lo ignora. Unos cuantos hombres se han reunido, más o menos, alrededor de la furgoneta, donde Cyrille alardea.

—En cualquier caso, ufufuf... Yo quiero que me entierren de pie, sin embalsamar, frente al mar.

—No te hagas ilusiones; ¡aquí nadie querrá embalsamarte, Cyrille!

—En mi tierra, con los ojos abiertos. Eso es lo que le dije a mi hermana. Ufufuf... Le dije: cuando me muera, me enterrarás de pie, con mi mortaja, delante de la cabaña. Quiero poder mirar el mar durante mucho tiempo después de morir, comprobar si las nasas de langosta se llenan en mayo, y si la caballa pica en agosto.

—No dejarás escapar un pez, ¿verdad, Cyrille?

—¡No, señor! Ufufuf... Quiero ver las grandes mareas de otoño salar el muelle. ¡Y el amanecer! ¡No quiero perderme nada!

Da una calada. Los hombres ríen, tranquilos. No hay prisa.

A través del humo del porro, se dibuja su pelo canoso que deserta poco a poco de la frente arrugada, en la que hace tiempo se encastró una cicatriz profunda. Inhala con dificultad, pero habla sin parar.

—Cyrille, no quiero disgustarte, pero creo que solo puede enterrarse a la gente en el cementerio...

—Mi hermana también lo cree. Le molestan este tipo de caprichos, ¡ella lo llama «capricho»! Ufufuf... ¡No me gustan los cementerios, pequeña! ¡Hay demasiada gente allí! Y no porque no sean tranquilos, ¡son mucho más tranquilos que muchas de las personas vivas que conozco! Pero precisamente por eso..., ufufuf. ¡Me parecen aburridos!

—¿Por qué no te incineras, Cyrille? Así tu hermana podrá arrojar tus cenizas al mar.

—¿Estás loca, pequeña? Ufufuf… El calor nunca me ha gustado.

Todos ríen, menos Gérard, el ayudante de Cyrille, silencioso como una playa después de la lluvia. Apenas decía nada desde que vendió su cuota de pesca. Creía que hacía un buen negocio, con los doscientos mil dólares, pero dos años después de la prejubilación, tuvo que volver a la red y trabajar para Cyrille.

—Eso me recuerda que el mes pasado vi unos fuegos fatuos… ¿Los has visto alguna vez, pequeña?

—No.

El barco de Vital aparece de repente como una mancha pálida en el horizonte, y la gente lo séñala vagamente con un dedo o la barbilla.

—No son difíciles de ver… Primero, tienes que ir a un cementerio, donde entierran a la gente. Ufufuf… ¡No un cementerio cualquiera! Un cementerio de verdad, con actividad. La mejor época es en primavera, sobre todo, si han muerto muchos en invierno. Ufufuf… ¿Se dice ha muerto o han muerto? Seguro que tú lo sabes, pequeña.

—Se dice de las dos maneras, Cyrille, pero según cuándo.

—Ufufuf… En cualquier caso, en primavera, el congelador está lleno, y luego, en algún momento, cuando la tierra se descongela, deciden enterrarlos a todos. Y entonces aparecen los fuegos fatuos. Así que esperas durante la noche, con la esperanza de que la luna no esté demasiado llena, y luego observas. A medida que los cadáveres se descongelan, empiezan a suspirar a pleno pulmón. Es como el gas, creo, que se incendia en cuanto atraviesa la tierra. Ufufuf… Sale de la tierra y, cuando el viento lo arrastra, sube por la cima y huye hacia el bosque, en el limité de la cuarta carretera. Ufufuf…

A medida que se acerca, el barco se dibuja más claramente. Seguimos escuchando a Cyrille, pero todo el mundo mira al mar.

—En cualquier caso, mi cabaña está al lado del cementerio, y los veo todos los años. No quiero que me entierren con esos otros. Ufufuf… ¿Qué haría yo, enterrado con un montón de viejos podridos, que no conozco, y que se pasarían toda la eternidad suspirando a mi espalda?

Cyrille guarda silencio. El barco entra en el puerto deportivo, atraca y amarra. Vital está claramente enfurecido, y Victor, intranquilo. Con la cabeza gacha, apenas saludan a la gente del muelle, sin mirar a Cyrille. En el fondo plano del gran pesquero, entre los contenedores y las calderas, yace un cuerpo, que los hombres habían cubierto con una lona.

El forense sube a bordo.

—Ufufuf… Robichaud también es el médico. Certificará la muerte.

Los pescadores levantan la lona. Desde el muelle solo se ve un cuerpo enredado en una gran red verde, remendada con hilos amarillos y rosas.

—Van a tener que sacarlo completamente enredado.

El forense, con el aire oficial de quien desempeña una función, dice:

—Deberíamos esperar al investigador de la Policía de Quebec, pero no hay nadie libre esta mañana. Así que necesitaremos que nos ayuden algunos hombres, para llevar el cuerpo envuelto en la red a la funeraria de los hermanos Langevin.

—¿A pie?

—Los hermanos Langevin están pescando. No volverán hasta dentro de dos o tres horas. Tengo la llave de la funeraria. Tendremos que dejar el cuerpo en la cámara frigorífica. Cyrille, hay que echar hacia atrás tu furgoneta.

El aludido se sobresalta.

—Ufufuf… ¿Por qué yo?

—Porque tienes la caja de carga vacía.

—Vaya: ¡haces bien tu trabajo y acabas arrastrando un cadáver! ¡Esas cosas dan mala suerte! Ufufuf… ¡Los coches no están para transportar muertos!

—Ni los barcos tampoco, santo copón de todas las hostias, ¡y aun así lo he traído hasta aquí!

—Cyrille tiene razón, los coches no están hechos para llevar la muerte…

—Gérard, ¿y tu furgoneta?

—Mi furgoneta está en el garaje.

—Escucha, Cyrille: te necesitamos aquí. ¡No podemos esperar a que el cuerpo se pudra al sol! Tenemos que llevarlo a casa de los Langevin. Y no hay otra manera.

El viejo pescador sacude la cabeza, como para despejarse. Vacila un momento y luego asiente malhumorado.

—De acuerdo. Hay que mover la furgoneta a la rampa de botadura, pero dejad libres tres metros, para tener espacio en que movernos. Cualquiera que pueda echar una mano se colocará entre el barco y la furgoneta y ayudará a subir la red.

Cyrille dio marcha atrás con la furgoneta. Los pescadores se acercaron. Los hombres de mar, con camisas a cuadros y vaqueros viejos, desgastados por la sal, corpulentos, con los rostros surcados por el paso pertinaz del viento, los ojos casi completamente cerrados de tanto mirar al sol de frente y buscar boyas al amanecer, con la barba negra y la gorra calada, fueron al barco de Vital para sacar el cadáver.

Al acercarse a la muerte, se dejaron de tonterías, y se hizo un silencio opaco. Cyrille se apoyó en la caja de carga, un poco enfurruñado. Los hombres agarraron el extremo de la red y empezaron a tirar, torpe y desordenadamente.

—¡No tiréis demasiado fuerte de la red! No vayamos a cargarnos el cuerpo.

El forense, Robichaud, parecía liado. Nadie sabía muy bien cómo actuar. De repente, alguien debió de hacer un movimiento brusco, porque la cabeza se movió. El forense se sobresaltó.

—¡Cuidado! ¡Cuidado con Marie Garant!

—¡¿Qué?! Ufufuf… ¿Es Marie Garant? Ufufuf…

Todo el mundo se quedó paralizado. Cyrille se abalanzó hacia el barco, empujando a los pescadores, y cayó de rodillas delante de la mujer muerta, con el rostro devastado. Sin entender muy bien cómo, me vi sentada en uno de los duros bloques de cemento que pueblan el muelle.

—Marie… Ufufuf… Marie Garant…

Levantó suavemente el cuerpo frío, lo abrazó y acunó. Lenta y suavemente, como una ola.

«Si estás leyendo esto, es porque me habré bebido el mar. Le dirás a Cyrille que ya está: yo también me bebí el mar».

Los hombres, con las botas de pesca y los guantes manchados, se dieron la vuelta para tragarse el horizonte. Dentro de mí se hizo un silencio tan grande que me zumbaban los oídos, como si la vida acabara de darme una bofetada. La respiración silbante de Cyrille rasgaba el aire. Su cuerpo flaco, arrodillado junto a la mujer muerta, se había hecho añicos como una tormenta que se abalanza sobre un viejo pescador.

El forense estaba de espaldas. Se hacía el digno, pero respiraba con dificultad, como un hombre conteniendo el vómito. Vital miró a Cyrille, enfadado o avergonzado, antes de alejarse hacia la parte delantera del barco, para no volver.

Victor avanzó. Se persignó delante de la mujer muerta, se inclinó para poner la mano en el hombro de Cyrille, y le dijo algo en voz baja. Cyrille asintió con la cabeza, sin dejar de abrazar a la muerta. El ayudante de Vital se enderezó y se volvió hacia el muelle.

—Va-va-vamos a rezar un-un-un avemaría.

Los hombres se persignaron y el tartamudo comenzó la oración.

—Dios te-te-te salve María, llena eres de-de-de gracia, el Señor sea con-con-contigo, bendita tú ere-r-eres de entre to-to-todas las mujeres y bendito es el-el-el fruto de-de-de tu vientre.

—Santa María, Madre de Dios, ruega por nosotros, pecadores, ahora y en la hora de nuestra muerte. Amén.

Se acercaron lentamente. Le quitaron con suavidad el cuerpo de las manos, y Cyrille se levantó, empapado del mar que traía Marie Garant. Se quedó quieto un momento, aturdido, mirándolos; luego salió del barco y fue hacia la furgoneta. Al pasar, me lanzó la mirada vacía de un hombre sin un lugar donde enterrar sus penas. Atrapé esa mirada y la guardé en el fondo de mis ojos, donde se quedará mucho tiempo, como la viva imagen de la desolación.

En silencio, los pescadores depositaron suavemente el cuerpo de Marie Garant en la parte trasera de la furgoneta. Cyrille cogió su parka y la deslizó bajo la cabeza de la muerta, para que pudiera descansar cómodamente. La red, demasiado larga, caía por el suelo, pero nadie se atrevió a ponerla sobre el cuerpo ya envuelto.

Y así, el extraño cortejo fúnebre de Marie Garant abandonó el muelle. El forense encabezaba la marcha; lo seguía la furgoneta de un Cyrille abatido, que transportaba a una delicada mujer mayor, con el pelo blanco enmarañado. Marie Garant. La mujer que Cyrille amaba. La red que enredaba el cuerpo azulado de la mujer muerta caía por fuera de la caja de carga. Cuatro hombres recogieron respetuosamente los bordes y sostuvieron la insólita cola fúnebre.

No volví a levantarme hasta que los amerindios llegaron, mucho más tarde. Aparcaron sus furgonetas a un lado y caminaron en silencio hacia el muelle, mientras Vital terminaba de limpiar su barco. El gigante, Jérémie, me sonrió. Me dolió tanto que me aparté del mar.

Nasas y redes

Joaquín Morales siempre había odiado trabajar en verano. En verano, los cuerpos se descomponen más rápidamente, los olores llenan el aire con violencia y es imposible escapar de la putrefacción. Cuando el sol ablanda el asfalto y los vapores acuosos desdibujan los contornos, cuando el sudor perla las comisuras de los párpados y la camisa se pega a la piel, uno puede imaginarse lo que sufre la carne muerta. Encontrar un cadáver en invierno no es emocionante. En verano es, sencillamente, repugnante.

Además, es una época del año irritante y el calor disminuye la paciencia; es bien sabido que, en verano, hay más asesinatos: pasionales, familiares, agresiones en la carretera... La ociosidad estival convierte al veraneante más pacífico en un asesino desbocado.

Por no hablar de los interrogatorios en las salas mal climatizadas, con luces de neón grises, zumbantes, que te pone la tez cetrina. Cuando sales, das unos pasos tambaleándote, por la luz cegadora, antes de recuperar el equilibrio.

No. Investigar es un trabajo de invierno. Desde que llegó a Quebec, Joaquín Morales está convencido de eso. Este año, ha logrado por primera vez un mes de vacaciones. Ha trabajado con diligencia, ha acumulado horas, años de antigüedad, ha trabajado en casos repugnantes y todo el tinglado, y, por fin, ha conseguido un mes de veraneo. ¿La buena vida a la vuelta de la esquina? Sí y no...

Morales y su mujer se mudan a Baie-des-Chaleurs. Ella es escultora, y dice que necesita su propio espacio. Los hijos ya se han ido de casa, Morales consiguió el traslado, y ya está.

Sarah le pidió que se adelantara cinco días, para limpiar la casa y esperar a que llegaran los muebles. A Joaquín no le parecía necesario, pero su mujer insistió. Dijo que le sentaría bien, en el ecuador de su vida, pasar solo unos días para hacer balance.

Las mujeres dicen eso cuando llegan a la menopausia, que quieren irse a un retiro cerrado o a un todo incluido con sus amigas, en el sur, para «encontrarse a sí mismas». Estas cosas le ponen de los nervios. Él no caza, no pesca, e ir a holgazanear a un retiro de autocuidados... Y volver a México... ¡El país ha cambiado tanto desde que se fue! Cada vez que ha ido allí en los últimos años, las cosas salieron mal. Unos granujas mexicanos le robaron, se perdió en las calles turísticas de Cancún y los niños de su antiguo barrio le contestaban en inglés. No, Joaquín Morales no busca profundizar unas raíces inútiles, ni distanciarse de su mujer.

Sin embargo, no niega que, últimamente, los cincuenta le han dado un toque y, sin afirmar perentoriamente que la andropausia exista fuera de los libros, a veces siente brotar un germen de melancolía en algún lugar de su interior. De ahí a «encontrarse a sí mismo». Que esté deprimido no significa que haya perdido el rumbo.

Pero bueno, Sarah insistió, así que él dijo que sí. Le dice que sí a menudo. Es menos complicado de esa manera.

Salió hacia las tres de la madrugada. Estaba despierto y, ya que tenía que hacer el trayecto, podía disfrutar del amanecer a lo largo del río. Cinco días solo a orillas del mar. Echará de menos a su mujer, eso seguro. Limpiará un poco la casa mientras la espera. También podría aprovechar el tiempo para hacer cosas que le gustan: correr antes del amanecer, observar a los pescadores, dejar los calcetines y los calzoncillos sucios tirados por el salón, ver películas aburridas en la tele plagadas de anuncios, comer patatas fritas sabor barbacoa, sentarse en una terraza a tomar tequilas de tercera categoría y mirar a las turistas guapas en bikini. ¿Por qué no? Pararse en el arcén de la vida y ver pasar el tiempo. Que lo dejen en paz, con los pies en un puf, gracias y buenas noches.

La perspectiva le hace sonreír. Con el coche y el remolque cargados con el equipaje, llega al final de la carretera silbando, como un hombre que ya se ve allí y que, por fin, piensa que está deseando llegar.

Pero no.

Debe de ser alrededor del mediodía cuando Joaquín Morales se vuelve hacia el faro, por la cara de la isla de los piratas. En el patio de su nueva casa lo espera una mujer. Tiene unos cincuenta años, una expresión irónica en el rostro y el pelo castaño, espigado con hilos blancos, sujeto en una trenza, detrás de sus macizos hombros. Marlène Forest lo mira llegar, paciente. Es la segunda vez que Morales ve a su nueva jefa. Sale del coche.

—¿Un comité de bienvenida? —dice, enarcando una ceja.

—Hola, inspector Morales. ¿Qué tal el viaje?

—Bien.

Un apretón de manos en el que Morales siente que sus vacaciones se desmoronan.

—¿Sabe? Algunas personas se pelean por la exclusividad de los casos. Pero yo no. Tengo bastante trabajo como para compartirlo. De momento, hay que decir que andamos un poco desbordados: además de las muertes ordinarias y el plus del verano, estamos con un caso de drogas importante, con un equipo especial. Se suponía que el equipo nos iba a quitar parte del trabajo, pero ya sabe cómo es esto, siempre hacen falta más manos. Nos alegra que esté aquí.

Eso no presagia nada bueno.

—¿Quién le ha dicho que llegaba hoy?

—Su mujer. La hemos llamado sobre las diez. ¿Ha apagado el móvil?

—Estoy de vacaciones…

—Gaspesia no es un lugar de vacaciones, inspector Morales. Y menos en verano. Pidió un traslado y me alegra ser la primera en felicitarlo.

—Gracias.

—¿Tiene hambre?

—Puedo esperar.

—En cualquier caso, no hay elección, tenemos que ver el cadáver enseguida si queremos que salga esta tarde para la autopsia.

—¿Cómo dice?

—El instituto médico forense está en Montreal, muy lejos, pero siempre recibimos los resultados rápidamente. Ya lo verá.

—Escuche, señora…

Despreocupada, se dirige al coche y abre la puerta.

—Teniente. Creo que es mejor ir en mi coche, el suyo está lleno de maletas. No tardaré mucho en traerlo de vuelta.

—El viaje ha sido largo y tengo que preparar la casa…

Se vuelve hacia él.

—¿Para cuando llegue su mujer? Qué romántico, inspector, pero tenemos un muerto entre manos y la tapicería puede esperar. Tendrá sus vacaciones, no se preocupe. Pero en otro momento. Ahora lo necesito para una investigación rutinaria. Estoy segura de que no será un caso importante, pero no tengo a nadie más.

—Supongo que…

—Suponga lo menos posible, inspector. Limítese a los hechos.

Se sienta, da un portazo, y Morales acaba subiendo. Marlène Forest arranca. Una última mirada a la casa antes de girar hacia la carretera.

—¿Ha visto el cuerpo?

—No. Hemos tenido una mañana de locos y, cuando he sabido que venía, he preferido esperarlo.

Conduce sin ninguna urgencia.

—¿Esperarme?

—Caplan es un pueblo pequeño, inspector. Conozco al tipo que encontró el cuerpo, no es ninguna broma. Anoche hubo un robo en el distrito cuarto y usaron su mazo para derribar la puerta, así que ya lo ha interrogado una policía joven, un poco pedante. Debe de estar hasta la coronilla. Dicen que se ha tirado de los pelos con la nueva, ya me entiende…

Marlène Forest sonríe, orgullosa de una pequeña venganza.

—En definitiva, me pareció inútil interrogarlo tres veces en un día, ¿me entiende?

—¿Es el ladrón?

—No, no. Al menos, no lo parece. Es un buen tipo, que presta sus herramientas, y se encuentra en una situación delicada. Vital tiene mal genio, hay que darle un respiro: recogió un cadáver al amanecer y, cuando llegó al muelle, descubrió que habían utilizado sus herramientas en un robo… Suficiente como para irritar a un hombre, ¿no? Solo le digo que, aunque estemos lejos de la ciudad, a nuestra manera, también tenemos movimiento, ¿comprende?

—¿Adónde vamos ahora?

—La comisaría está en Buenaventura, pero nosotros vamos a la funeraria de los hermanos Langevin, en Caplan. Vital encontró el cuerpo a primera hora de la mañana y los pescadores lo llevaron allí, a la espera de trasladarlo al centro de autopsias.

—¿Por qué no lo dejaron en la escena del crimen?

—¿La escena del crimen? —Vuelve a esbozar su sonrisa burlona.

—Mire a la izquierda.

El coche circulaba en dirección oeste, por la 132.

—Lo pescaron en una red. La escena del crimen, inspector Morales, es el mar.

—Marie Garant.

Las estadísticas de ahogamientos en verano las dominan los hombres. Nadadores ambiciosos, remeros en kayak demasiado entusiastas, pescadores borrachos. Morales esperaba una situación de imprudencia, acompañada de una turista con los ojos enrojecidos llorosos, de la que lo libraría el psicólogo de turno.

Pero Marie Garant.

Una mujer. Sesenta años, azul y delgada, envuelta en una red de malla pequeña, el pelo blanco embadurnado de sal, la piel lavada por el mar. Marie Garant. Cuando Langevin, el de la funeraria, abrió una bolsa con indiferencia, aunque también con delicadeza, Robichaud, el forense, se apresuró a frenarlo.

—Cuidado con Marie Garant…

Morales se pone los guantes y duda: ¿debe tocarla? Siempre lo mismo: ¿cómo se toca la muerte? Sobre todo en las mujeres. Hay una especie de pudor asociado al cadáver de una mujer. Viva, podría negarse. No me retuerzas el cuello, no; no leas las marcas de mi ropa, no me levantes la cabeza, no me cojas la mano, te lo prohíbo. Muerta, ya no tiene nada que rechazar. Las mujeres muertas están desarmadas y Morales, incómodo. No dejaríamos que cualquiera desnudara el cuerpo abandonado de nuestra madre. Morales mueve suavemente el cabello de

Marie Garant, que se escapa de la red. ¿Despejarle la cara? No se atreve. Más vale dejar que el equipo de autopsias la libere de la engorrosa red que la momifica.

Entonces la mira, solo eso. Los labios finos, los párpados cerrados, los brazos cruzados sobre el pecho, como si hubiera decidido que, para morir, había que colocarse en la postura tierna de un niño acunado. Una sobria blusa azul de algodón, cuyos botones se desprendieron, probablemente cuando su cuerpo quedó atrapado en la red. Ropa de buen corte. Pantalones de algodón, también azules. Los pies descalzos. ¿Llevaba zapatos y los perdió en el agua? ¿Sandalias? ¿Gafas? Sin joyas, ni pendientes, pulsera, anillo o collar; a menos que se las hayan robado los pescadores. Suaves arrugas surcan sus sienes, pero no da la impresión de fragilidad. Más bien de solidez, a pesar de su feminidad y su edad. Se desprende fuerza de sus hombros. Confianza y algo más. La mira de nuevo, más de cerca. ¿Qué? Algo molesta al investigador. Y, de repente, Joaquín lo comprende: esta mujer es feliz. Da un paso atrás. Le incomoda tanta paz y seguridad en la felicidad. Nadie es tan feliz, es imposible. Ni vivo, ni muerto.

Langevin, el embalsamador, cierra la bolsa sobre el cuerpo de Marie Garant. Marlène Forest se había quedado fuera, acariciando al gran perro nórdico de los Langevin, que vigilaba somnoliento en la esquina de la escalera. Morales se da cuenta de que le está largando la investigación, muy satisfecha de librarse de un caso en el que están directamente implicadas personas de su pueblo.

Los hombres no dijeron casi nada al salir.

Morales quería ir a ver el pesquero, pero Vital lo esperaba en comisaría para el interrogatorio, así que Marlène insistió en llevarlo, con el forense, a la comisaría de Buenaventura.

Sigue conduciendo. El forense habla. Habla despacio, con la garganta espesa, como si tuviera a Marie Garant delante todo el tiempo.

—La pescó el equipo de Vital Bujold, del *Manic 5*. Sobre las cinco y cuarto. Sacaron la red y allí estaba ella, con la solla y las estrellas de mar. Dejaron el cuerpo en el bote y lo cubrieron con una lona, para no verlo o que no se lo comiera el sol, no sé.

Hay que entender que lo trajeran así al puerto deportivo. Vital debe de andar por los sesenta y ocho. El otro hombre a bordo es Victor Ferlatte. Más o menos de la misma edad. Llevan años pescando juntos.

El forense se vuelve hacia Morales y lo mira atentamente. ¿Confiar en él? Marlène insistió en endosarle la investigación, y ella sabe lo delicado que es el caso de Marie Garant. Aun así, le molesta que un forastero se inmiscuya en sus asuntos. Y encima mexicano... No lo perderá de vista, porque los problemas y las disputas llegan pronto en los pueblos pequeños como este.

—Probablemente habrá sido un accidente, pero no hay más remedio que investigarlo. Ya verá que se soluciona rápido.

Sentado a su lado, en el asiento trasero, Joaquín también lo observa. Un anciano que ordena investigar una muerte, que ni siquiera parece sospechosa, suena a triste historia de amor.

El forense suspira.

—¿Por dónde le gustaría empezar?

—¿Vivía en Caplan?

Morales casi no tiene acento. A Robichaud le sorprende.

—Sí y no. Tiene que entender que ella viajaba mucho. En un velero. Tenía una casa en el acantilado, pero llevaba dos años fuera. Probablemente regresaba del sur cuando sucedió. Aún no hemos encontrado el velero, pero debería aparecer pronto.

—¿Navegaba sola?

—Sí. Tiene que entender, inspector, que Marie Garant no era una mujer corriente. A los cinco años ya navegaba con sus padres. Su padre murió, luego su madre. Cuando tenía veinte años, se hizo a la mar sola. Todo el mundo estaba en contra, ¡pero a ella le agobiaba! Estuvo fuera mucho tiempo. Cuatro años, tal vez cinco. Tiene que entender que, seguramente, vivía de manera peligrosa. Era una buena época: sin lugar a dudas, con un pasaporte canadiense y un velero estable, probablemente haría negocios, ya me entiende... En el sur debió de ganar bastante dinero. Pero lo digo sin saber. Realmente, no sabemos mucho de Marie Garant. Cuando lo piensas, uno no sabe mucho ni de su propia familia. Ni siquiera de uno mismo...

El caso es que volvió. Una mujer hermosa. Llevaba vestidos de colores, reía con descaro y bebía ron. Tiene que entender que eso aquí no se veía a menudo. Se casó y enviudó rápidamente. Entonces empezó a hacer tonterías. Yo creí que se había vuelto loca. Tal vez lo estaba antes. Quizá todos nos volvemos un poco locos cuando la vida nos arranca el corazón.

—¿Qué tonterías?

—Salía por los bares, soltaba patadas, maldecía, escupía al suelo… Tonterías.

—¿Escupía en el suelo?

—Tiene que entender que no era una buena compañía, si quiere que le diga la verdad. Se pasaba la vida bajando al sur y volviendo. Podía desaparecer años. Nunca sabíamos cuándo se iba ni cuándo volvía.

—¿Así que nadie sabía que Marie Garant había vuelto a Gaspesia?

—Tengo que decirle que no, nadie lo sabía. Al menos que yo sepa.

—Necesitaré un informe médico, el testamento…

—Le daré el informe médico, yo era su médico de cabecera. Estaba enferma, pero controlada con una buena medicación. Le daré los detalles. Iré a ver al notario por lo del testamento. Es un amigo, se ocupará rápidamente.

—La lista de gente que la conocía, la quería, la odiaba…

—En realidad, no vivía con el resto de nosotros. Debió de volver por nostalgia. La nostalgia es muy popular por aquí…

—¿Puede saberse qué barcos estaban en el mar esa noche?

—No hay control de tráfico marítimo.

—¿Y las condiciones meteorológicas de los tres últimos días?

—Sí. Marlène se encargará de darle la información.

—Tenemos que encontrar el velero. ¿Aquí hay farero, puerto deportivo o un puesto de guardacostas?

—En Rivière-au-Renard.

—Tendremos que ver si emitió una llamada de auxilio.

—Marlène se encargará de eso, ¿verdad, Marlène?

—Sí, forense.

—Si firma la orden de registro, iré a su casa.

Habían llegado a la comisaría. El forense levantó la vista y Marlène salió, discretamente.

—Tiene que entender, inspector, que normalmente aquí no pasa nada. Acaba de llegar, no lo sabe… Ordené una investigación, porque no podía hacer otra cosa. Cuando alguien muere, tienes que dar explicaciones, y soy lo bastante viejo para saber que, ante las autoridades, no puedes salir del apuro con trucos de papeleo. Yo no habría pedido nada. Suele pasar, una anciana que muere en el mar… Sobre todo, porque vivía en su velero. Acababa de volver del sur y hacía meses que no la veíamos, así que su casa está deshabitada. Tendremos que encontrar el velero. Pero, para eso, necesitaremos averiguar dónde anclaba cuando venía, lo cual es imposible de adivinar, porque Marie Garant siempre ha sido una mujer testaruda y escurridiza.

»Hay que entender que el mar da de comer, pero que cada familia paga una cuota de vida a las aguas. Los ahogamientos son frecuentes. Un pescador, un niño descuidado… Cada vez, tenemos que abrir una investigación. ¿Y qué encontramos? Un accidente, torpeza, mala suerte. Así es la vida a orillas del mar. Y sin embargo, no podemos prescindir del mar. Verá, yo nací con el mar en el patio; jugué en él toda mi juventud. Lo eché tanto de menos mientras estudiaba en la ciudad que volví y nunca conseguí volver a salir del pueblo.

»Hay que entender que el mar es todo esto: la ola que te lleva mar adentro y te trae de vuelta. Un balanceo de indecisiones, pero ahí te quedas, hipnotizado, cautivo. Hasta el día en que te elige… Imagino que en eso consiste la pasión… Una marejada que te lleva más lejos de lo que creías posible y luego te arroja de nuevo a la dura arena, como un viejo idiota.

Cerró los ojos para volver a ver a Marie Garant en la pantalla descolorida de sus párpados.

—Mañana tendrá la orden. Mañana. Hoy estoy viejo y cansado. No quiero que cualquiera entre de cualquier manera en casa de Marie Garant.

—¿Perdón?

Un vago gesto de la mano que borra las imágenes del pasado.

—Langevin llevará el cuerpo a Montreal para la autopsia. Empiece por interrogar a Vital Bujold. Lleva horas esperando.

Después, vaya a su nueva casa y deshaga las maletas. Mañana, entrará en casa de Marie Garant.

Sorprendido, Morales se pregunta si debe reaccionar. Exigir ver la casa. Inmediatamente. Demostrar que sabe cómo llevar una investigación, imponer su ritmo a los relojes gaspesianos. Pero duda. El tiempo de titubeo, y ya es demasiado tarde.

—Sabe, inspector... ¿Es inspector o detective? Santo copón de todas las hostias, puedo parecer inocente, pero he tenido un día de aúpa. Y la temporada no está pagada. ¡Santo copón, claro que no está pagada! Usted no es de aquí, así que no puede saberlo... ¡Y ahora, pescamos cadáveres con las redes de cebo!

En cuanto Vital Bujold regresó a casa, después de la pesca desastrosa, lo llamaron de la comisaría de Buenaventura, donde (la mala suerte existe) tuvo que someterse a su segundo interrogatorio del día. No estaba nervioso, pero, evidentemente, irritado, sobre todo quería estar en otra parte. Se contiene. Morales se sienta frente a él. Estar en otro sitio es un lujo de turistas.

—¿Quiere contarme lo que ocurrió?

—No tengo mucho que decir. Salí a pescar a eso de las cuatro y cuarto. Siempre salgo antes que los demás, ¡sobre todo que los amerindios! Usted no los ha visto: ¡los amerindios se fueron a las seis! No tenemos nada contra ellos, pero nunca zarpan con la marea.

—¿Y entonces?

El pescador suspira. Es quince años mayor que Morales, más alto, más fuerte, tallado en arcilla dura y torneado hacia alta mar. De pronto, Morales lo envidia.

Envidia su estatura, y el poder de un hombre que sabe dónde está.

—Empecé a levantar las nasas. Tres langostas por la mañana. ¡Ni siquiera eran grandes! ¡Santo copón! ¡Estamos a punto de pagar por pescar! Cuando llegué a la red... Solo tiro una red. Para el cebo. A veces pesco un poco de solla o una gallineta, que vendo con la langosta. Cuando consigo alguna.

Su silla está lejos de la mesa. Hace gestos sencillos mientras habla. Sinceros.

—Mientras retiraba la boya para recoger la red, Victor gritó: «Hemos enganchado algo grande, ¡está tirando!». Igual ni siquiera gritó, o lo gritó tartamudeando, pero es lo mismo. Por eso fui a echarle una mano, para asegurarme de que no se rompía nada, y Victor me dijo que veía algo raro. Eso también lo dijo tartamudeando. Siempre tartamudea, dice todo tartamudeando. Cuando era joven, se cayó en un pozo. Desde entonces, tartamudea en cada frase. Yo lo conocí antes del accidente, pero me he acostumbrado. Soy paciente, espero a que acabe, porque no le gusta que la gente termine las frases por él.

—Por favor, continúe.

El pescador levanta una ceja, que Morales capta al vuelo. Lo ha presionado innecesariamente, lo sabe, pero no es un día de suerte para nadie.

—No hay mucho que decir al respecto, ¡santo copón! Pronto nos dimos cuenta de que era un cadáver, por eso lo subimos a bordo. No lo reconocimos enseguida, porque lo cogimos de la punta de los pies. Lo subimos a pulso con mucho cuidado, vale, aunque no fue muy divertido. ¡Santo copón! ¡No sé cómo lo aguantan ustedes, los policías! Ni los enterradores. En fin: cada hombre está hecho para su trabajo…

—Si usted lo dice…

Otra ceja, tal vez despectiva.

—Así que lo dejamos en la cubierta y echamos una lona por encima del cuerpo. Por la mañana, los pájaros nos rodean; les gusta que tiremos los desperdicios de pescado. No queríamos que las gaviotas le picotearan la cara.

—¿Y después?

—Pues llamé a los guardacostas. Están en Rivière-au-Renard, así que no se desplazan mucho. Suelen enviar al forense; tienen un barco y les gusta jugar a los policías voluntarios. Parece que es asunto suyo, porque siempre los llaman a ellos. Pero en este caso, no podían hacer gran cosa: nos dijeron que volviéramos a puerto, aunque no habíamos terminado de levantar las nasas. Así que eso hicimos. En cualquier caso, no queríamos trabajar con eso a bordo. La respetamos, aunque estuviera loca.

—¿Loca?

El pescador se arrepiente. Ha sido más franco de lo que le habría gustado. Demasiado tarde.

—Es una forma de hablar. Era una mujer que siempre andaba de correrías por otros países. Se iba, pensábamos que nunca volvería, y entonces, ¡pum!, una mañana, ¡ahí estaba su barco!

—¿Le molestaba que se fuera de viaje? ¿O que volviera?

—¿De dónde es usted?

Morales está acostumbrado.

—De Longueuil.

Vital Bujold asiente.

—No digo que esté loca porque se fuera a otro país. Digo que estaba loca porque se comportaba de forma extraña. Rabiosa. Se bajaba del velero y pateaba las algas. ¡Algas! ¿Quién quiere darle patadas a las algas? Nadie. ¡Hay que estar loco para hacer una estupidez así!

—No le gustaba Marie Garant.

—No solo a mí; Marie Garant no le gustaba a nadie, en general. ¡Pero esa no era razón para querer verla muerta! ¡No vaya a confundirse! Todo lo que hice fue recogerla. A su edad, ya no vale la pena pedir su muerte. Y a mi edad, santo copón, ya hemos aprendido a no matar. Sabes que la muerte vendrá sola. Pero no debería preocuparse por eso: una anciana que se ahogó al caer de su velero. No es una gran investigación. Lo demás, muerto y enterrado.

—¿Qué está muerto y enterrado?

—Nada.

—Aun así, cuéntemelo.

—¿Que quiere que le cuente…?

Vital se pone en el borde de su silla, apoyando las manos sobre la mesa, como si se dispusiera a marcharse. Algo lo exaspera. «¿Qué le pasa?», se pregunta Joaquín Morales. ¿Por qué se impacienta tanto este hombre? Si Vital se enfada, quizá sea relevante. O tal vez no. No parece un tipo al que se pueda manipular fácilmente.

El pescador lo mira, se domina y cruza las manos sobre su regazo.

—Bueno… ¿Sabe, inspector? En el pasado, las cosas no eran iguales… La pesca, por ejemplo, ya no es como antes…

¡Antes, la bahía estaba llena y los pescadores capturaban muchos peces! En primavera, hacíamos cinco o seis montones de arenques, de tres o cuatro metros de altura. Llenábamos los carros y los esparcíamos por los campos; servía de abono para las patatas. Ahora usan eperlano. No cambia el sabor... ¡Todo esto para decir que ya no queda arenque! Tampoco bacalao.

Astuto el pescador. Se va por las ramas.

—¿Y su relación con la muerta?

—Bueno... Solo para decir que todo ha cambiado. El mar está vacío. Vacío, vacío, vacío. ¡Santo copón! ¡Falta agua! ¡Antes había mucha más agua que ahora! Y ahogados... Ahogados para volver loco a cualquiera... A veces, uno pensaba que era imposible tanto accidente. Siempre he creído que el mar no podía tragarse tanta gente, pero las investigaciones siempre lo han demostrado: son ahogamientos naturales, accidentes...

—¿Qué le sucedió a Marie Garant?

—Tiene que entenderlo, inspector: el pasado era distinto. Por ejemplo, las mareas... Antes, las mareas eran mayores; en primavera y otoño, había mareas vivas. Los viejos decían que el mar estaba pesado. El agua era diferente, las olas gruesas, todo lleno de sal... Dejaba marcas en el muelle. Este muelle, por cierto, iba a construirse en línea recta, pero el tipo, el ingeniero, se murió a los treinta metros. Se ahogó. Así que lo fijaron y se quedó así. La entrada se llena de arena continuamente, porque ahí se forma una especie de remolino...

—¡No me habla de la muerte de Marie Garant!

—Solo hablo de eso, inspector. Es que lo abarco todo; no entro en detalles. Cuando era joven, mi madre me decía: «¡Tienes los ojos más grandes que el cuerpo!». Lo mismo ocurre con el mar: ¡no es cierto que esté hambriento! No es cierto que el mar sea culpable de todo. Mi madre murió de pena. Si hubiera visto eso, por la mañana... ¡Santo copón de todos los cielos! ¡Es tremendo! Nunca se sabe lo que el mar echará en las redes...

—...

—Bueno, si no tiene ninguna pregunta más, iré a preparar el barco para mañana.

Un mal día. Morales aún no lo sabe, pero Gaspesia no ha terminado de darle de leches. Por no hablar de Sarah... ¿Por qué no contesta?

Poco después del interrogatorio, Marlène Forest lleva a Morales a su casa. Al llegar a la puerta, se da cuenta de que ha olvidado las llaves de la casa nueva en Longueuil... Intenta llamar a Sarah para ver si sabe dónde puede haber un duplicado, pero no contesta. Ni en el teléfono fijo ni en el móvil. Morales parpadea. Esto no significa que estén mal, ¿no?

Es que... ¿Cómo decirlo?

Treinta años antes, Joaquín Morales conoció a la mujer que se convertiría en el amor de su vida. Era un novato y patrullaba de noche por Ciudad de México, a la vez que estudiaba para convertirse en inspector, en el Instituto para la Seguridad y la Democracia. Tenía veintidós años, silbaba a las chicas en minifalda, pasaba el tiempo libre en las playas de Cancún y soñaba con un reguero de niños bronceados, corriendo desnudos por las aguas cristalinas del Caribe. Representante de las fuerzas del orden en plenos años setenta, soñaba con la justicia y tenía alma de superhéroe en un país convertido en el almacén de la droga de Norteamérica. De familia íntegra, recta y desbordada de buenas intenciones, Joaquín Morales nació para alejar a la viuda y el huérfano de los trapos andrajosos y vestirlos con ropa de gala. Quería castigar la crueldad, reparar la ruta desviada de la injusticia y convertirse en el protagonista adorado, aunque discreto, de una odisea moderna. La virtud brillaba en su frente y la integridad florecía en su ojal.

Una noche de junio, Ciudad de México dormía segura bajo la vigilancia del valiente agente Morales. El policía, mientras patrullaba cerca del aeropuerto internacional Benito Juárez, se encontró con una joven que, llorando, intentaba desesperadamente que la entendieran unos transeúntes tan amables como desconocedores de la lengua francesa.

El patrullero Morales aparcó el coche y se acercó a la hermosa joven llorosa. Había oído tantas historias picantes de turistas blancas en busca de aventuras que, aunque se contuvo, le pareció muy deseable. A sus dieciocho años, con los ojos empañados de desesperación, y una falda de campesina arrugada, Sarah Banchard era la mismísima imagen de la huérfana angustiada, que excita el alma poética de los aspirantes a superhéroes. Y también su cuerpo.

Joaquín Morales, sacando un pecho igual de salvador que flacucho, se dirigió a la señorita. ¿Qué ocurría? Utilizando signos elocuentes y un inglés dudoso, la chica dejó claro que quería llamar al extranjero, pero no sabía cómo, porque los teléfonos mexicanos despotricaban un galimatías inextricable en español, que no podía descifrar.

De hecho, Sarah Blanchard se había metido en un lío que solo su fogosa juventud podía, si no justificar, al menos explicar. Hija única de una familia acomodada que vivía en los suburbios, había decidido, tras una agria discusión con su madre, rebelarse como una aspirante a bohemia, seguidora de las humeantes ilusiones de Paz y Amor. Huyó de casa como una colegiala aquejada por la fiebre de la aventura, y se embarcó en el primer vuelo a México, segura de que los viajes forjan la juventud, donde la esperaba, según aseguró más tarde, un escritor entusiasta, que la había bombardeado con cartas de amor. El joven le dio instrucciones para ir del aeropuerto a su piso de soltero, pero Sarah Blanchard, principiante tanto en el arte de la fuga como en el del amor, se equivocó de aeropuerto y compró un vuelo a Ciudad de México en lugar de a Cancún. No todos los países son pequeños para quienes se quieren tanto...

No se dio cuenta del error hasta que llegó a su destino y, en el remolino pestilente de esta ciudad asfixiante, se desesperó. ¡Qué locura esa moda de la libertad y los viajes! ¿Qué estúpida droga había inhalado para marcharse por una cabezonería? ¿Qué hacía ahí? Presa del pánico, intentó comprar un billete de regreso. Corrió al mostrador pero, para colmo de males, se había quedado sin dinero. Temblorosa, llorosa y angustiada, salió del aeropuerto y dobló mecánicamente la esquina de una calle. Desafiando todo orgullo juvenil, se lanzó a la primera cabina telefónica donde, veinte minutos y muchos pañuelos más tarde, el futuro inspector Morales llegó para rescatarla.

Con la desinteresada ayuda del mencionado Morales, Sarah Blanchard pudo, al fin, hablar con su madre y buscar una pensión austera, limpia y segura, donde pasó tres días antes de que, por fin, llegara el dinero de sus paternales mecenas para comprar el billete de vuelta a casa.

Mientras tanto, ¿abusó el joven patrullero Morales de su posición para seducir a la joven fugitiva? Nada de eso. Todo lo contrario. Sarah Blanchard, avergonzada de tanta desgracia, frente a un agente de la ley mexicano muy guapo, joven, bronceado y musculoso, quería demostrar, ella, que se exhibía tan libremente liberada, fumando cigarrillos en plena calle y vistiendo blusas transparentes sin ningún pudor, ni sujetador, que la niña de los suburbios también era una mujer. Por cierto, había robado unos preservativos del cajón de la mesilla del padre de una amiga, que guardó, por si acaso, en el bolso. La segunda noche, cuando el patrullero Morales quedó para cenar con ella en la ciudad, se dio cuenta de que la núbil quebequesa tenía expuestos los tres preservativos en la acogedora y limpia salita que había alquilado; una sutil invitación, pensó él. El patrullero Morales, sin echarse atrás ante ningún obstáculo para cumplir con su tarea de servir a la honesta mujer hasta el final, consiguió explotar los tres condones en mal estado, antes mencionados, durante la noche apasionada que siguió a la cena mexicana picante.

Y así, en esa época de liberación sexual, Sarah Blanchard perdió, a la vez que sus aspiraciones a viajar, una virginidad convertida en obsoleta, ridícula e incluso engorrosa. Y, también así, regresó a casa, descubrió que estaba embarazada, su madre se puso en contacto con el Instituto para la Seguridad y la Democracia, denunció al joven policía, que, tan íntegro como arrogante, ofreció puros a todo el mundo, recogió sus pertenencias y aterrizó en Quebec, en Navidad, para casarse con la joven embarazada.

Joaquín Morales se convirtió así en ciudadano canadiense y aprendió a odiar el gris de noviembre, los sabañones de febrero, el olor dulzón y apestoso de las cabañas de azúcar y, de vez en cuando, a utilizar algunas palabras blasfemas de su propia cosecha. Aprendió francés casi sin acento, se convirtió en un buen policía, y luego en un brillante investigador. Incluso llegó a elogiarse su capacidad de observación y su paciencia de halcón para rodear a sus presas y cazar las más difíciles.

Por encima de todo, Joaquín Morales amaba a Sarah Blanchard. Apasionadamente. En cuanto llegó a Quebec, la alegría de convertirse en padre y conocer a su bonita y llorona Blanche le produjeron la sensación de una bocanada de especias suaves y le iluminaron la vida, de tal manera que, Sarah Blanchard, rindiéndose ante su encanto sureño y su alma salvadora, también lo amó apasionadamente durante años.

Y ya está.

Dos hijos y treinta años de matrimonio después, Joaquín Morales se da de bruces con las inseguridades de los cincuenta. ¿Es normal, a veces, sentirse inseguro, deprimido y... dudar?

¿Por qué Sarah no contesta al teléfono? Insistió en que se fuera cinco días antes que ella... Ahora se pregunta si hay gato encerrado. Luego sacude la cabeza. La distancia, el cansancio del viaje, la ironía de su jefa y el interrogatorio inútil le enmarañan las ideas. «No te preocupes —se dice a sí mismo—. Te llamará más tarde». Se monta en el coche, todavía encorvado por el peso del equipaje, y va al barco de Vital Bujold. Sube a bordo y mira a su alrededor, inútilmente. ¿Qué esconde Vital? El pescador se anda por las ramas, está claro, y Morales sospecha que no va a sacarle la verdad. Marlène Forest debe de estar riéndose de él por lo bajini, por cómo le ha endosado la muerta...

Finalmente, al anochecer, en el muelle, Morales recuerda que tiene hambre y, al ver la luz de un bar, vuelve al coche y corre al último restaurante abierto del pueblo.

—Ah, bueno, ya le digo, no es porque no quiera servirlo, pero la cocina está cerrada a esta hora.

—Tostadas, queso... ¿Tiene algo?

Renaud lo mira de arriba abajo.

—Voy a preguntarle: ¿es usted turista? ¿Dónde se aloja?

—Compré la casa de los Vigneault, en el lado de la isla de los piratas.

—¡Ah! ¿Es usted el inspector de policía?

—Inspector Morales, sí.

—Y dígame: ¿de dónde es? ¿De México? ¿De Punta Cana?

—De Longueuil.

—Ah, bueno, nunca lo habría dicho...

En la barra, un hombre con alzacuello gira lentamente la cabeza hacia Morales.

—Déjeme decirle que no todos los días llega un nuevo inspector de Longueuil a Caplan, así que puedo calentarle una *pizza,* si quiere. Venga, siéntese en la barra para que podamos hablar...

Joaquín no contesta. Comprueba sus mensajes de texto. No hay noticias de Sarah. Quizá el inspector debería aprovechar el maná de los cotilleos del pueblo, pero no tiene ganas de nada. Esa noche no.

—*Pizza,* sí. Pero prefiero sentarme junto a la ventana. Gracias.

—Ah.

El silencio cae de bruces.

—¡Bueno, siéntese donde quiera, claro que sí!

Morales pide una cerveza y va a la ventana, mientras Renaud se pone el gorro ridículo y el delantal de «Ayudante de cocina», y arma un jaleo de mil demonios en la cocina, como si estuviera asesinando una *pepperoni* especialmente virulenta.

Encontrar el velero. Registrar la casa. Comprobar el testamento. Esperar los resultados de la autopsia. Cerrará el caso rápidamente. Entonces, ¿por qué Morales siente tanta impaciencia de repente? ¿Marlène? ¿Vital Bujold? ¿Sus vacaciones fallidas? ¿Sarah?

—¿Está investigando la muerte de Marie Garant?

A Joaquín Morales casi le da un infarto. Renaud se ha acercado con sigilo, como un espía de película de serie B, y luego suelta la frase. Deja la cerveza en la mesa.

—Sí...

El tabernero mira a su alrededor y luego se inclina, para confiarse a Morales.

—Podría contárselo todo, porque yo sé todo lo que pasa aquí, inspector...

—Ah. Sí... Muy bien. Gracias.

Hay un tipo así en toda investigación, y Morales da con él esa noche. Maldito día.

—Le aseguro que no le haré perder el tiempo…

—¿Era amigo de Marie Garant?

—¡No!

—¿Enemigo?

—¡Chitón! ¡Aquí no!

Morales mira a su alrededor: aparte del cura medio borracho de la barra, el bar está vacío.

—¿Por qué?

—Le diré muchísimas cosas, pero solo en comisaría, en una declaración de verdad, inspector de policía Morales…

—¿Quiere que le ordene ir a comisaría para que declare?

—Bueno, depende…

—¿De qué depende?

—De si quiere saber la verdad…

—Muy bien. ¿Mañana por la tarde?

—Le diré que mañana no puedo, porque un bar como este da mucho trabajo. Estoy ocupado todo el día, pero, por supuesto, quiero responder a todas sus preguntas, aunque sin que interfiera en mi horario… ¿Pasado mañana?

—Muy bien. A las dos en punto.

—Me vendría mejor por la mañana, antes de abrir.

—De acuerdo. Nueve y media.

—Bien. Tengo que preguntarle: ¿me citará?

—No. Solo debe acudir a comisaría.

—¿Y quiere darme su tarjeta, por si tengo alguna información urgente?

—Puede llamar a la comisaría y dejar un mensaje.

—¿Y si no está?

—¿Es mi *pizza* lo que huele a quemado?

Renaud sale corriendo.

Morales se vuelve hacia la ventana, que la opacidad de la noche ha transformado en un espejo. La mesa parece alargarse, los cubiertos se multiplican, la cerveza se parte en dos y aparece su gemela, transparente. Odia eso. Enfrentarse a sí mismo y preguntarse qué hace ahí, en la antesala de ninguna parte, esperando una llamada telefónica y una *pizza* quemada.

Fuera, una grieta de luna rompe el mar, y el cristal vuelve a ser translúcido. Una silueta camina lentamente hacia el centro de la estela luminosa y araña el agua con una uña gigante. Morales la observa. Vuelve hacia el hostal, vacila, y regresa hacia la playa.

—Tengo que decirle que es la señorita Day...

—Ah.

Renaud coloca la *pizza* sobre la mesa. Ha raspado las esquinas ennegrecidas con un cuchillo.

—Es una turista que se aloja en casa de Guylaine, la modista...

—¿Renaud?

En la barra, el hombre del alzacuellos llama al dueño del bar.

—... Y tendría que decirle solo una cosa...

—¡Renaud!

—... Y es...

—¡RENAUD!

El cura quiere otra copa. Inmediatamente.

—Hablaremos de ello durante mi declaración...

El dueño del bar se marcha y le guiña un ojo al cansado policía. Morales empieza a comer *pizza*. Distingue la solitaria silueta femenina, recortada como una sombra china sobre papel de arroz. Se mueve lenta y delicadamente hacia el este. Y, después, la pierde de vista. ¿Por qué Sarah no le devuelve la llamada? Desde hace unos meses, los hilos de su vida se le escapan de las manos, se le enredan en los pies, le tuercen los tobillos y lo hacen tropezar. Siente melancolía, una vaga sensación de envejecer y... ¿cómo decirlo?

Una nube se traga la luna creciente, y no queda nada en la ventana, que la oscuridad ha convertido ahora en un espejo, en el reflejo cansado de su propio rostro. Joaquín Morales se mira. Cincuenta y dos años. Las canas del tiempo le salpican el pelo de estrellas fugaces. Algunos dicen que eso le da cierto encanto. Cruza la mirada consigo mismo. Viejo y... ridículo.

Luego baja la vista.

2. El trazado de los mapas

El *Alberto* (1974)

Cuando O'Neil Poirier regresó de Anticosti, siete días después, el velero estaba inmóvil, silencioso, cerrado, todavía amarrado al muelle, donde él y sus hombres lo habían dejado.

El pescador atracó el *Alberto,* y fue a ver al tipo del almacén de pescado para preguntar… Ah, sí, había una mujer con un bebé en el velero. Pero, al parecer, tenía cosas que hacer en la ciudad, y uno de los repartidores la llevó con el bebé en la furgoneta del almacén de pescado; de eso hacía dos o tres días. ¿Fue el martes o el miércoles? Pobre repartidor, atrapado con una mujer y un bebé, ¡menudo problema! Aunque parece ser que pagó bien, y el repartidor acababa de casarse. No era rico y le vino muy bien. ¿Sabes de quién hablo, O'Neil? De Daraîche, el tipo alto y duro que nunca dice ni palabra. Pues sí, él se fue con la chica y el bebé. ¿Cuándo volverán? Él, ayer. Tardó un poco en llegar a la ciudad, la furgoneta se averió. Oí que la transmisión estaba desgastada. Habría podido tener un accidente. ¿Te imaginas? ¡Con un recién nacido! ¡Habría sido un desastre! La mujer no sabemos cuándo volverá. Al parecer, Daraîche le dejó su horario y la mujer dijo que se pondría en contacto con él.

El chico del almacén añadió que al jefe le pareció que el velero molestaba ahí, y por eso pensaban trasladarlo al final del muelle. O'Neil Poirier respondió que los cargueros de la mina de Schefferville levantaban olas muy grandes y que el velero corría el peligro de chocar contra el muelle y hundirse. El tipo de la pescadería se encogió de hombros; a todos les importaba un bledo, solo querían descargar el pescado cómodamente, y el velero era un incordio. Poirier dijo que él lo había amarrado allí, así que sus hombres y él se ocuparían del velero.

Eso es lo que hicieron. Vaciaron el *Alberto* y se encargaron del velero, sin desperfectos. Luego lo remolcaron lentamente hasta el centro de la bahía, para despejar el muelle y la rampa de botadura y alejarlo de la salida de los cargueros. Lo remolcaron hasta el caladero de langosta. Si los pesqueros pequeños podían pasar por allí, también habría suficiente agua para el velero. Lo fondearon un poco lejos y tiraron la sirga al *Alberto* para asegurarse de que no garreara y, como la noche era cálida, Poirier durmió en la cubierta, por si acaso. Al día siguiente, cuando los hombres zarparon de nuevo, el velero seguía en el mismo lugar. Añadieron una segunda ancla al *Pilar* (Poirier anotó el nombre del velero en su cabeza, por si acaso), una de las del *Alberto,* que podía aguantar con mal tiempo, a la que colocaron un bidón sujeto al cabo de amarre; si la mujer llegaba mientras ellos estaban fuera y quería zarpar sin esperarlos (como temía O'Neil), solo tendría que soltar el cabo de amarre, y los muchachos, a su regreso, podrían recuperar el ancla gracias al bidón flotante.

Pero el *Alberto* tuvo ocasión de pescar casi todo el verano, navegar y vender la captura de la temporada antes de que la joven madre regresara a su barco y O'Neil pudiera por fin hablar con ella.

El trazado de los mapas (2007)

Cyril decía que toda verdad es inestable y escurridiza. Los que se hacen al mar lo saben: lo que se deposita sobre la ola se rompe y se reconstruye constantemente. Bueno. Decía que el viento, la corriente y el oleaje son insaciables, y que hay que estar alerta, incluso en una balsa de aceite. Lo que está aquí, ahora, te hará mentir en diez minutos. Decía que solo existimos gracias a la mentira emotiva de la vida.

Hasta entonces, había aceptado, a mi pesar, que el azar me depara un destino y que me ocurre lo incomprensible. Pero tengo que admitir que, cuando Cyrille cayó de rodillas ante el cuerpo de Marie Garant, envuelto en la red, me quedé sin respiración para el avemaría.

Estuve deambulando un buen rato antes de decidirme; luego, llamé a la puerta del cura Leblanc, a la hora oscura en la que salen los lobos. Una bombilla tenue, protegida por un accesorio sospechoso, atraía a una alegre bandada de moscas de verano a su halo amarillento. Una de ellas, atrapada en la trampa del globo, zumbaba febrilmente. Esperé. Me había dado cuenta de que solía beber algo en el bar; no me importaba molestarlo. Buscaba alguien para que me aclarara y, como párroco, debía tener respuestas. En la ventana de cristal esmerilado estaba dibujada una paloma volando hacia un triángulo de luz. Volví a tocar el timbre.

Al fin, el párroco abrió la puerta, me miró asombrado y se quedó en el umbral. Su aliento a vino me llegaba a un metro de distancia. Con las rodillas temblorosas, se apoyaba en el picaporte que lo sostenía valientemente.

—Siento molestarlo, padre, pero necesito hablar con alguien.

—La verdad es que no estoy en condiciones de hablar con nadie, señorita Day…

—Garant. Mi nombre es Catherine Garant. Marie Garant era mi madre.

Se rascó la nuca.

—¿Está aquí para rezar o para charlar?

Nos quedamos junto al marco de la puerta, yo para entrar, él para echarme.

—No debería haberle mentido. Le pido perdón… Estoy… Estoy pasando por un momento difícil. Vine a Gaspesia para encontrar a mi madre. Está muerta. Yo… no tengo respuestas y me siento sola.

—¿Qué quiere que haga?

—No sé… ¿Recibirme? Usted ha hecho votos…

—El único deseo que tengo, señorita Garant, es poder beberme un vaso tranquilamente antes de irme a la cama.

—Está borracho.

—La verdad es que eso pasa. Incluso a los alcohólicos. ¿No me reprochará que busque un remedio a la desgracia, usted que viene a llamar a mi puerta en plena noche?

Dudé un momento, lo suficiente para impacientarme. Entonces me enderecé.

—¡Eso es, padre! ¡Puede beberse el vaso mañana! Porque he pagado el diezmo toda mi vida, a una iglesia que nunca he pisado, y la única noche que vengo a pedir ayuda, ¡no me echará! El resto del año, puede beber todo lo que quiera, pero esta noche, ¡ni hablar de que un hombre de Dios se escude en un vaso de vino para negarme…!

—¿Negarle qué, hija mía?

—¡Una explicación! Vine a Gaspesia para encontrarme con mi madre, mi padre, un amante, ¡alguien! ¡Alguien con respuestas! Pero nadie acude a la cita, y aquí estoy, con las manos vacías… ¡Ni siquiera usted quiere hablar conmigo!

Soltó el puño quejumbroso y retrocedió cinco pasos tambaleantes para ir a sentarse en la escalera. Suspiró. Las fuertes pisadas habían desgastado los escalones. El pasamanos tenía huellas de dedos, y daba la impresión de que unos gatos con garras se habían aferrado a las grietas de la madera para subir al piso de arriba. Las paredes eran de ese color blanco cansado, que los decoradores llaman cáscara de huevo; yo habría dicho blanco apagado, sucio. Un blanco triste. El traje negro del cura hacía juego con el conjunto: pantalones arrugados, cinturón desgastado, un alzacuellos sospechoso y una camisa morada.

—Catherine, está llamando a la puerta equivocada.

—Renaud me dijo que un cura había bendecido su casa y que, desde entonces…

Se pasó una mano arrugada por la frente calva y me miró con compasión. En fin.

—¿Es eso lo que quiere, un milagro? La verdad, se presenta en mi puerta a una hora intempestiva, con mentirijillas, triste como el mar de invierno, ¿y quiere que la bendiga para que pueda dormir en paz? Pero mi pobre niña, ¿quién duerme en paz hoy? ¿Quién? Nómbreme a alguien capaz de dormir tranquilamente.

—No lo entiendo.

Se levantó, obviamente para ponerme de patitas al otro lado de la puerta de cristal.

—Ese es el misterio de la fe: no se entiende, y aun así ¡seguimos viviendo!

—No me hace ni pizca de gracia con eso de los misterios.

—¿Gracia? Váyase a casa, Catherine Day, hija de Marie Garant: el misterio seguirá, pero duerma en paz: en el nombre del Padre, del Hijo y del Espíritu Santo, ¡está salvada!

—¿Aleluya?

—¡Deje de buscar y comprenda que la vida es una oportunidad! ¡Acéptelo! Ame a un hombre, tenga un bebé, o haga como su madre, váyase, pero ¡enfréntese a la vida sin mí!

Me empujó hacia la salida con más firmeza de la que yo lo creía capaz. Al retroceder, muy a mi pesar, jugué mi última carta.

—¿Mi madre acaba de morir y eso es todo lo que tiene que decirme?

—Sí.

—¡Hábleme de mi padre! ¿Quién es mi padre?

—No le mentiré, Catherine: ya no tiene madre, y el único padre que puede encontrar aquí es Dios. ¡El hombre que está delante de usted no tiene nada más que decir!

—Eso es injusto.

—Buenas noches para usted también.

Cerró la puerta y me encontré bajo el halo amarillento de la lámpara sucia. La mosca, aún atrapada en la translúcida luminaria, golpeaba en vano la chisporroteante bombilla.

Yves Carle ya casi no duerme desde que una mujer jugó con su corazón. Merodea por ahí. Lleva quince años así, y Thérèse dice que es peor en invierno.

—¡Es insoportable! Y lo peor: ¡no puede ser bueno para la salud!

Yves se encoge de hombros y levanta los brazos al cielo.

—¡Te preocupas por nada! Después de tres baipases ¡tengo el corazón de teflón!

Le ofrece una sonrisa tierna, casi tímida, a la que ella no puede resistirse.

—¿No vas a pedir el divorcio?

—¡¿Estás loco?! ¡Somos demasiado mayores para divorciarnos! ¡Demasiados problemas!

Así, cada noche, en las horas más oscuras, cuando las agujas del reloj giran a la derecha, Yves Carle se despierta, mira fijamente al techo, detecta la respiración nocturna de Thérèse y se levanta. Empieza su día.

Al llegar la primavera, Yves Carle esperó que el hielo se derritiera como un arce espera la savia. En los brumosos días de abril, vigilaba. Sentado en la galería, esperaba pacientemente a que se abrieran las aguas, hasta que llegaba el verano y el mar se abría. Ahora, esta es la costumbre: cuando la Vía Láctea le traza el rumbo, Yves Carle iza las velas y regresa solo después de despedirse de los pescadores. Thérèse dice que eso tampoco está bien, que ella se despierta cada media hora y se pone nerviosa; teme que a él le ocurra algo malo. Añade que, al final, da igual la edad del hombre, «nunca deja dormir en paz a una mujer».

La misma noche que llamé en vano a la puerta del Señor, Yves Carle se hizo a la mar. Aquejado de insomnio por la aguja de las primeras horas del día, soltó amarras e izó la cortina de la vela mayor hacia el firmamento estrellado. La luna estaba en todo su esplendor y él sabía lo que buscaba.

Se enteró de que habían encontrado el cadáver de Marie Garant y eso era lo único que le rondaba por la cabeza. Marie sacada del mar. ¿Y el *Pilar?* ¿Hundido? Yves Carle había imaginado el barco volcado, las velas bajo el agua, pesadas y desplegadas. Y el resto: los platos, los vasos de plástico flotando en el casco invertido, las herramientas, los mapas, los compases atravesando el agua y aplastándose pesadamente contra las paredes laterales, y el suelo desprendiéndose... ¿El *Pilar* hundido? No había suficientes nudos de viento para volcar el barco y, si se hubiera abierto una vía de agua en el casco, Marie habría llamado a los guardacostas... A no ser que se cayera del barco y el *Pilar* siguiera sin ella.

Yves Carle se quedó con esa hipótesis.

Trazó la posible ruta en la carta náutica. Se rumoreaba que no estaba desfigurada, lo que indicaba que no pasó mucho tiempo en el agua. Consultó la *Tabla de mareas* y el *Atlas de corrientes;* se acostó para no disgustar a Thérèse y esperó a que llegara la hora.

Esa noche, el viento soplaba del oeste, con fuerza de entre quince y diecisiete nudos. Yves llegó al Banc-des-Fous en menos de tres horas. Las rencillas entre los clanes de Buenaventura-Caplan y Paspébiac eran bien conocidas, por lo que no sería de extrañar que los marineros de Paspébiac hubieran visto el barco y se hicieran los ciegos. Pero Yves Carle se preguntó por qué los de Caplan no pusieron sobre la pista al inspector de policía. Es como si nadie quisiera encontrar el barco... Demasiados recuerdos, tal vez. O demasiado miedo.

El marinero rodea la punta de New Carlisle, bordeando el acantilado. Sabe que el velero estará allí. Sin embargo, cuando lo ve, de lejos, duda, deseando que la pesadilla fuera solo un sueño. La botavara se balancea de izquierda a derecha y la escotilla de popa está abierta. Yves vira y recorre el barco. Una, dos veces. Arría las velas y echa el ancla.

Se agacha y coge el transmisor VHF.

—Guardia Costera de Rivière-au-Renard, Guardia Costera de Rivière-au-Renard, Guardia Costera de Rivière-au-

Renard, aquí *Vuelo Nocturno, Vuelo Nocturno, Vuelo Nocturno.* Respondan.

El guardacostas reacciona de inmediato.

—*Vuelo Nocturno,* aquí la Guardia Costera de Rivière-au-Renard. Cambio.

A esa hora del día, es poco probable que lluevan las llamadas.

—He encontrado un velero abandonado llamado *Pilar.* La policía de Buenaventura probablemente estará buscándolo, porque su dueña apareció ahogada ayer. Cambio.

De repente, Yves Carle se siente viejo. Cansado. El guardacostas le pregunta su posición, le pide que se quede donde está y que no toque el velero. Que espere. Yves Carle saca el móvil del bolsillo y marca el número de su casa. Le tiembla la mano.

—¿Diga?

La voz de su mujer suena somnolienta y muy preocupada.

—¿Thérèse? Soy Yves.

—¿Yves? ¿Dónde estás? ¿Te ha pasado algo?

—No te preocupes. Solo te llamo para decirte…, bueno…, que aún te quiero.

Un silencio se cierne sobre la noche. Yves cierra los ojos.

—¿Has encontrado el *Pilar?*

—Sí.

—Yo también lo siento.

Vuelve a abrir los ojos.

—¿Yves?

—¿Sí?

—Yo solo…

—Lo sé, Thérèse. Lo sé. Ahora vuelve a dormirte.

La Guardia Costera de Rivière-au-Renard, que no tenía demasiadas ganas de enviar a sus hombres por la noche para remolcar un velero abandonado, endosó el arrastre a la comisaría de Buenaventura, porque, al fin y al cabo, les correspondía a ellos el caso de Marie Garant. La comisaría de Buenaventura, que solo contaba con dos equipos nocturnos, que ya estaban recorriendo su territorio, tomó la iniciativa de llamar a Robichaud, el forense, muy conocido por sus actividades de voluntariado en el mar, y por su implicación, a menudo intempestiva, en casos policiales.

Por eso, poco después, Yves Carle vio llegar el barco de Robichaud, acompañado de un solo tripulante, su vecino, Marc Lapierre, guía de pesca deportiva en Buenaventura. A Yves nunca le gustó Lapierre. Está demasiado flaco, rechina los huesos y mira hipócritamente hacia abajo cuando te habla.

—*Vuelo Nocturno, Vuelo Nocturno, Vuelo Nocturno,* aquí *La Mer Veille, La Mer Veille, La Mer Veille.* Adelante.

Yves suspira y coge el transmisor VHF.

—*La Mer Veille,* aquí *Vuelo Nocturno.* Cambio.

—¿Yves? ¿Te has acercado al barco? Cambio.

—No, forense. No me he movido de aquí. Cambio.

—De acuerdo. Nos encargaremos nosotros. Pero quédate cerca. *La Mer Veille,* cierro.

—*Vuelo Nocturno,* corto y cierro.

Yves Carle se encoge de hombros. ¿Puede hacerse un café, quizá? El sol se levanta sin esfuerzo sobre la bahía. El agua está lisa, plana; el viento ha amainado. Habrá que volver a motor. La lancha del forense va como un demonio, resonando con fuerza por la mañana. En general, los veleros odian los barcos a motor. Es un hecho bien conocido. Y viceversa.

Yves Carle se había prometido no involucrarse más, pero cuando vio que el forense se acercaba al *Pilar* y saltaba al barco de la fallecida, cogió instintivamente el transmisor VHF.

—*Pilar, Pilar, Pilar,* aquí *Vuelo Nocturno.* ¡Responda!

—*Vuelo Nocturno,* aquí *Pilar.* Cambio.

A Yves Carle le repugna la voz de un hombre identificando al *Pilar;* le dan ganas de escupir al suelo.

—Escuche, forense, no estoy seguro de que sea buena idea abordar el barco de Marie Garant. Sería mejor dejar que la policía haga su trabajo. Cambio.

—*Vuelo Nocturno,* tienes que entender que debo llevar de vuelta el velero para la investigación. Y tú regresarás con nosotros, porque eres testigo del caso. *Pilar,* corto.

—*Vuelo Nocturno,* corto y cierro.

Yves Carle cuelga el transmisor con un gesto de rabia y maldice al forense Robichaud. Mira cómo tensa la escota de la mayor, para asegurar la botavara, arranca el motor y gobierna él mismo el *Pilar* hacia Ruisseau-Leblanc. ¡Insolente!

El viejo marinero se pasa poco a poco una mano por la frente. Yves enciende el motor, levanta el ancla y los sigue obedientemente hasta Ruisseau-Leblanc. Lapierre, a bordo de la lancha, se ha adelantado y los espera en el muelle, junto a una furgoneta.

Yves echa el ancla a una distancia prudencial. Testigo, tal vez, pero participante, lo menos posible. El forense lleva el velero hacia la rampa de botadura, donde Lapierre espera junto a una basada con ruedas que Dios sabe dónde ha encontrado. Y sacan el *Pilar* del agua.

Hay que tener mucho valor para sacar de las olas un velero como este. Yves Carle mira hacia otro lado. Está de espaldas al amanecer. Incluso Thérèse, que odia navegar, lo entendería. Baja a la cabina y se prepara un café.

El *Pilar* era el velero que zarpaba. No todos los barcos se van hasta allí, pero el *Pilar* navegaba lejos. Para zarpar, hay que sufrir el mundo, hasta el punto de largarse. Yves Carle lo sabe muy bien. Si Thérèse hubiera querido, él también se habría ido. La habría llevado con él. Habrían visto aguas transparentes, islas rocosas; aprendido a comer peces exóticos. Si a Thérèse le hubiera gustado navegar, habría sido todo más fácil, mucho más fácil.

Yves sale de la cabina con el café en la mano.

Es la hora en la que los araos silban sobre las olas, la hora en que los silbidos se deslizan por el agua plana y sacuden el silencio para despertar el día.

Yves levanta la vista. El *Pilar,* en tierra, en una basada con ruedas para barcos rotos.

El mar está vacío.

—*Vuelo Nocturno, Vuelo Nocturno, Vuelo Nocturno,* aquí *La Mer Veille.* Cambio.

Yves Carle extiende una mano cansada.

—Aquí *Vuelo Nocturno.* Cambio.

—Yves, tendrás que bajar al muelle para reunirte con el inspector Morales. Cambio.

—Corto y cierro.

Yves Carle se asegura de terminar el café antes de pisar tierra firme.

A Morales no lo despertaron hasta cerca de las seis, cuando un hombre taciturno y monosilábico llamó al timbre de su casa antes de ir (en compañía de dos técnicos comatosos que echaban cafeína a sus bostezos, entumecidos en una furgoneta de Policía camuflada) a buscar huellas a bordo del *Pilar*. El hombre no se disculpó, e incluso parecía molesto por ser el responsable de la sucia tarea de despertar al investigador porque, según dijo, el forense no había podido localizarlo en su teléfono móvil.

Morales dio vagamente las gracias al técnico, que se encogió de hombros antes de volver al trabajo. El teléfono no despertó a Morales porque lo había dejado deliberadamente en el bolsillo de la chaqueta. Llegó tarde a casa y tuvo que romper una ventana para entrar. Luego, en plena noche, vació el coche y el remolque, y apiló las cajas como pudo, en un orden secularmente masculino, antes de caer en la cama, agotado, justo cuando Yves Carle se hacía a la mar. Se quedó dormido, entre preocupado y enfadado, por el silencio de su mujer.

Maldiciendo a Marie Garant, al forense y a los tres chicos del equipo técnico, Morales se duchó, tropezó con las cajas, se dio cuenta de que no tenía café y se fue hacia el velero sin desayunar. Mientras bajaba por la costa de Ruisseau-Leblanc, hizo un gesto de sorpresa: alguien había sacado el velero del agua. ¿Para qué? Treinta pies de casco. Nunca había visto nada igual. Le asombraron el tamaño, el peso aparente y la elegancia del barco.

Morales sale del coche y echa un vistazo a su alrededor. Los pescadores no están por ninguna parte, y otro velero, anclado, acuna su silueta en las olas del amanecer.

El forense Robichaud avanza hacia él con el paso decidido del hombre que ha dirigido las operaciones durante la noche.

—Debo decirle, inspector, que yo mismo he traído el velero aquí. Los tres muchachos del equipo técnico, que ha conocido, han sacado las huellas y dejado una caja con cosas en la cabina, para que viera lo que pensaban enviar al laboratorio. Tendrá que llevarlo usted mismo a comisaría.

Morales piensa que ha perdido una segunda oportunidad de pararle los pies al forense, de recordarle quién está al mando de la investigación y lo importante que es evitar dejar huellas inútiles por todas partes. Pero se calla. Uno no trata mal al pueblo al que acaba de mudarse.

—Tengo que decirle que se han ido a comer y que lo esperarán en casa de Marie Garant. He anotado la dirección aquí, en la orden de registro que me pidió ayer.

El forense entrega a Morales un sobre, que el inspector guarda en el coche.

—Tendré que llamar al abogado para que le entregue el testamento.

—Puedo ocuparme de eso más tarde, forense…

—No, no, es amigo mío, ¡estamos acostumbrados! Tengo que presentarle a Yves Carle. Él encontró el *Pilar*. Lo sabe todo acerca de barcos de vela, así que podrá ayudarlo.

Morales se vuelve hacia el recién llegado. Tiene sesenta largos y la mirada perdida en la nostalgia.

—Inspector Joaquín Morales. Investigador del Departamento de Policía de Quebec.

Un ligero asentimiento con la cabeza de Yves Carle, y Morales se siente de pronto un pedante, encorbatado y ceñido a su título almidonado.

—Yves, tendrás que decir al investigador que la botavara no estaba asegurada.

—La botavara no estaba asegurada, inspector.

Satisfecho, el forense se marcha y desaparece en su coche.

A solas con Yves Carle, Morales vuelve a sentirse ridículo, sin saber por qué.

—¿Sabe algo de barcos?

—Un poco.

—¿Puede hablarme de este?

—Es un Alberg 30. Una gran embarcación.

—Me gustaría que lo revisáramos juntos.

El marinero asiente. Morales coge una bolsa de su coche.

—Hay que ponerse guantes y protectores esterilizados en los pies, para evitar contaminar el lugar —explica.

Yves Carle asiente de nuevo.

En silencio, se ponen los kits de plástico y suben a bordo. En la cabina los espera una caja llena de objetos, los que ha seleccionado el equipo técnico, guardados en bolsas de plástico. En cuanto al resto, Morales no reconoce nada. Es su primer velero: cables, poleas, pequeños paneles electrónicos, un gran compás. Nada tan emocionante como lo que anuncia la publicidad de los viajes al Caribe.

—¿Qué es la botavara?

Yves Carle está de pie, a babor.

—Es la parte horizontal del mástil, la que soporta la parte inferior de la vela mayor.

—El forense dijo que no estaba asegurada.

—Cuando se aflojan las escotas de la vela mayor por detrás, los cabos se sueltan y la botavara oscila de un lado a otro.

—Ah.

No se muestra muy afable.

—¿Y la botavara podría tirarme al agua?

—Sí. En un giro inesperado, podría golpearle en la cabeza y arrojarlo al agua.

Morales sigue sintiéndose incómodo delante del marinero, que de repente se inclina y observa unas marcas negras en la cubierta. Morales se anticipa a la pregunta.

—Son del equipo técnico. Los rastros de las huellas dactilares.

Yves Carle ladea la cabeza, pensativo. El investigador lo ha obligado a ponerse guantes y a cubrirse los zapatos con bolsas de plástico, pero el velero lo han ensuciado ellos, lo han registrado y sacado las huellas dactilares de Marie Garant de la madera desgastada por el tiempo. Y todas las demás. Las que hayan encontrado.

—¿Entramos?

—Sí, sí. Vamos.

El hombre de mar se interna primero en el velero de la mujer muerta. Sus ojos pálidos se posan delicadamente sobre la mesa de los mapas, el hornillo y el camarote de Marie Garant, en la cabina. El inspector Morales entra, imponente en el espacio reducido, justo cuando Yves se detiene delante de la litera del timonel, con cara de sorpresa. Estira la cabeza, examina la cama y arquea una ceja.

—¿Ve algo inusual?

—No. Nada fuera de lo común, inspector.

La misma impresión que ayer, con el pescador Bujold. El viejo marinero le oculta algo. Es una lástima, pero ha aprendido la lección: los gaspesianos solo dicen lo que quieren.

Morales también observa. ¿Qué busca? ¿La pista que señale un culpable, el detalle que arroje luz sobre la pista de un sospechoso, una prueba que el equipo técnico haya pasado por alto? No, de hecho, y a pesar de todo el estrés, el cansancio, la carretera y los problemas cotidianos, Morales sabe perfectamente que la teoría del accidente es la más plausible. Por supuesto, no puede descartarse nada, dirán en las academias de policía de todo el mundo: desde el suicidio hasta una escenificación cuidadosamente planificada, todo es posible, pero ¿por qué ese eterno interés de dispersarse en vagas suposiciones? Cuando era joven, iba detrás de todo. Desde entonces, lo ha entendido: ¡demasiado esfuerzo para muy pocos resultados inesperados! Cierto, a veces ocurre que una investigación se sale de lo normal, pero no es lo común.

Morales se entretiene, mientras Yves Carle, apoyado en la escalera, espera. Joaquín no aborda los espacios de las mujeres igual que los de los hombres. Las habitaciones de las mujeres están repletas de objetos y recuerdos. Las mujeres guapas tienen telas de colores, fotos exóticas y vajillas de porcelana. ¡Es increíble la cantidad de belleza y confort que una mujer puede añadir a su hogar! El mundo de los hombres suele ser más sobrio o desordenado. Morales se ha fijado: algunos exhiben el vacío como un testigo de la ausencia, otros, el exceso como un futuro desbordamiento. Su sufrimiento es latente y explosivo: asesinato o suicidio. A veces ambas cosas. Morales constata que los hombres son tristes. Y violentos. Prefiere investigar a las mujeres.

Este es un misterio de silencio. El interior del barco es estrecho pero confortable. A lo largo del casco, hay armarios con todos los bártulos necesarios: vajilla de plástico, manuales de instrucciones náuticas, un botiquín de primeros auxilios. Todo está colocado con un orden práctico, así lo dispone la vida diaria. ¿Signos de feminidad? Morales busca, curiosa y casi ávidamente, signos de ella. De Marie Garant. ¿Qué sabe de las mujeres de mar? Absolutamente nada.

Se acerca al camarote de la cabina, cuya puerta está abierta. Una cama, un armarito a un lado. Lo abre: ropa. Sobria. Algunos colores sin estridencias. Justo lo necesario para embellecerse, pero sin pasarse. Un leve olor a perfume salado, a cuerpo, un pelo blanco en el hombro de una blusa verde... Vuelve a cerrar el armario, conmovido. Joaquín echa de menos la feminidad. Los gestos tiernos, las caricias íntimas, la falda arrugada que él levantaba mientras ella le desabrochaba la camisa, el sudor entre sus pechos; y algo más, también. Cuando ella tenía miedo a la oscuridad o a las ratas, cuando le preocupaba el maquillaje, cuando lloraba con verdadera pena. Las mujeres ya no hacen eso. La feminidad ya no está de moda. Ahora las mujeres son feministas, fuertes, independientes. Cuando hacen el amor, se corren solas. Quieren controlarlo todo. Y Morales se siente inútil, viejo y ridículo.

El investigador retrocede, se da la vuelta y mira la litera del timonel. Está vacía. Abre los armarios del salón. Cables, herramientas, galones de aceite, piezas de repuesto y manuales de instrucciones en los cajones. También objetos extraños: brújulas, puntas secas, reglas que se ven en las fotos en blanco y negro de los libros de mar, que a Morales le costaría mucho explicar para qué sirven. Todo es tan insensible, tan poco femenino, que casi siente lástima por ella, por la Marie Garant sin hombre, sola en el mar.

—Debajo de los cojines, en los bancos están los depósitos de agua potable.

Morales se vuelve hacia Yves Carle, casi sorprendido de encontrarlo todavía allí.

—Ah. Gracias.

Levanta los cojines y abre los baúles. Latas de comida, rejillas y el depósito de agua, sí. Se le ocurre una idea y vuelve al camarote de Marie Garant, levanta el colchón de la cama y abre el cajón: bolsas con telas. Yves Carle, aún apoyado en la escalera, ni siquiera avanza, como si conociera el orden inmutable de los objetos marinos.

—Las velas de repuesto. Probablemente un *spi*. Es una vela compleja de usar y, como estaba sola y era mayor, probablemente no la utilizaba a menudo.

—Ah.

Joaquín Morales siente que le invade una oleada de decepción. Queda tan poca evidencia de ella...

—Hay bombas de achique en el suelo.

—Gracias. Es suficiente. De todos modos, el equipo técnico ya ha hecho su ronda. Podemos irnos.

Los hombres suben de nuevo a la bañera.

—¿Esto también es un cajón?

Joaquín abre el asiento de la bañera y enarca una ceja hacia Yves Carle.

—Defensas, cabos de amarre, polipasto, cinturones de seguridad, un arnés, bomba manual, timón de emergencia, bote salvavidas... Todo normal.

Morales cierra el cajón y mira de nuevo a Yves Carle.

—¿Dónde encontró el barco?

—Estaba anclado cerca de Paspébiac.

—¿Qué hay allí?

—Un banco de arena.

—Usted es marinero. ¿Cree que Marie Garant fondeó el velero en ese banco de arena por algún motivo? Volviendo del sur, Paspébiac no está necesariamente en la ruta, ¿verdad? Entonces, ¿por qué iría allí en lugar de regresar directamente?

Yves Carle se encoge de hombros y baja del barco. Morales le pasa la caja de objetos, pero el forense, que llega con prisa, se apodera de ella y, agobiado, acaba por dejarla en el suelo. Otra vez es el primero que habla, por supuesto; Morales piensa que deberá encontrar la manera de deshacerse de él educadamente.

—Yves encontró el barco en el Banc-des-Fous. Tendrá que decirnos qué hacía allí...

—Estaba navegando, forense. Todo el mundo sabe que navego, sobre todo de noche.

—El Banc-des-Fous es un banco de arena. Los traficantes y los amantes se citaban allí. Tiene que entender, inspector, que está bastante claro: Marie Garant fondeó allí el barco para capear el mal tiempo, y seguramente hizo un movimiento en falso, una ola traicionera le lanzó la botavara encima, perdió el equilibrio y se cayó por la borda...

Yves suelta una sonrisa irónica, como una bofetada en la cara al forense. Interviene, no puede evitarlo.

—¡Piense lo que quiera, pero ningún velero va a refugiarse del mal tiempo en los bajíos! Es demasiado peligroso. Se arriesga a que la quilla choque con las rocas, por el oleaje, y se destroce el casco. Cuando llega el mal tiempo, un velero debe amarrarse en el puerto o alejarse de la costa. Cualquier marinero de verdad lo sabe. Están investigando a una mujer que sabía navegar. Intenten no olvidarlo.

Yves Carle guarda silencio, e inclina la cabeza como si pensara que ya ha dicho bastante, y que cada uno deduzca lo demás por su cuenta. El forense se niega a rendirse.

—Hay que entender que todos los marineros respetaban a Marie Garant, pero nadie se libra de una torpeza. Ahora, inspector, vamos a hablar del testamento. El notario no puede abrirlo sin contactar con los herederos. Me dio el nombre de una de las herederas, pero no ha conseguido localizarla en su casa.

Yves Carle levanta la cabeza. Una heredera. ¡Una hija!

—Dice que habrá que llamarla. Que quizá quiera hacerlo usted mismo.

Yves se aleja lentamente. En el fondo, no es asunto suyo, y quiere irse a casa. De repente, oye algo y hace un gesto al inspector.

—Disculpe… Suena un teléfono en su coche…

—¡Mierda!

Morales corre hacia su coche, coge su chaqueta, le da la vuelta, encuentra el aparato y, finalmente, descuelga.

—Dígame.

—Solo le diré una cosa, inspector, que soy Renaud Boissonneau. Y estoy en la comisaría, esperándolo para mi declaración…

—¿Señor Boissonneau? ¡Teníamos una cita mañana, no hoy!

—Solo le diré que está haciendo esperar a un testigo clave.

—¿Un testigo clave? ¿Qué demonios está…?

Bullicio en la línea.

—¿Inspector Morales? Soy la teniente Forest. Está haciendo esperar a un testigo clave un buen rato.

¡Renaud se ha puesto en contacto con Marlène! ¡Ese maldito pesado debe de estar armando un buen alboroto en comisaría!

—Teniente Forest, hemos encontrado el barco de la mujer muerta y...

—En Gaspesia, inspector Morales, las personas cuentan más que los objetos, y el equipo técnico dijo que habían abandonado el lugar hace más de una hora, así que...

Morales gira la cabeza y ¿qué ve? ¡Al forense Robichaud despidiendo a Yves Carle! Morales le hace una seña, va discretamente al encuentro del viejo marino y tapa el auricular con la mano.

—Espere un segundo, señor Carle...

—Disculpe, inspector, pero no tengo nada que añadir, y mi mujer me espera.

En el móvil, Marlène Forest sí tiene más que decir.

—¿Me está escuchando, Morales?

El inspector se amilana.

—Sí, teniente Forest.

Observa impotente que el forense Robichaud despide con indiferencia, como si lo echara, a Yves Carle, y cómo el marinero vuelve al mar, sin quitarse las bolsas de los zapatos.

—En diez minutos lo espero en comisaría. ¿Está claro?

Forest cuelga. Morales consulta el móvil mientras el forense insiste en intervenir.

—Tengo que decirle que, hablando de Chiasson, el notario, he apuntado el nombre y los números de teléfono de la heredera (de casa y trabajo) y que va a tener que...

Sarah le ha enviado tres mensajes. Mensajes de texto.

Robichaud entrega a Morales un trozo de papel, que el inspector agarra con una mano.

—Gracias. La llamaré más tarde.

—¿Por qué no enseguida?

Sarah le ha escrito para decirle que necesita tiempo. Que tiene planes propios. Puede que retrase su llegada. Morales recoge la caja de objetos que el equipo técnico ha seleccionado. ¿Qué significa que necesita tiempo? Mete la caja en el maletero del coche, seguido de cerca por el forense.

—Déjeme decirle, inspector, que puedo serle útil. Ya sabe, cuando uno no conoce el lugar…

Joaquín Morales se pone al volante. ¿Su mujer tiene planes propios? ¿Qué «planes propios»? Hace un gesto al forense.

—Gracias por todo, señor Robichaud, pero tengo que irme, voy a comisaría para una declaración.

—¿Una declaración? Morales, no pensará hablar con los periodistas y tenerlos al corriente de la investigación, ¿verdad? ¡Esto no es como Montreal o México! Vamos a tener que hablar de las implicaciones…

Morales arranca el coche. ¿Qué significa retrasar su llegada? ¿No le bastan cinco días? ¿Es posible que le haya tocado el papel de imbécil en una farsa matrimonial? Sube la colina hasta Ruisseau-Leblanc.

Robichaud se queda hablando solo.

Si Joaquín Morales ayer soñaba con una bebida rosa pálido junto a las olas, ahora, cuando llega a la comisaría de Buenaventura, solo reza por un café caliente en un vaso de papel.

—Solo le diré una cosa: ¿va a llevarme a una sala de interrogatorios de verdad? Porque aquí hace un poco de calor. ¿Tiene una sala con cristales de espejo? Juro decir toda la verdad y nada más que la verdad y ¿cuál es el resto de la fórmula?

Siguiendo las instrucciones de la recepcionista, encuentra a Renaud Boissonneau sumido en una conversación con la teniente Forest en la sobrecalentada cocina orientada al sur, una habitación con demasiadas ventanas, que parecen selladas para la eternidad. La teniente Forest desempeña con orgullo el papel de anfitriona oficial del hombre que le sirve la mitad de sus comidas en verano desde hace al menos veinte años. La cafetera está vacía, por supuesto.

—¿Teniente? ¿Podría decirme dónde está mi despacho?

—¿Su despacho, inspector Morales? Ah. Sí… No esperaba que llegara tan rápido, y claro…

De repente, detrás de Morales, la puerta de la cocina se abre de golpe. Renaud Boissonneau pierde de inmediato el interés por los otros dos, se aparta de Marlène y arquea el cuello hacia la recién llegada.

—¡Ay, bueno, bueno, pero si es la pequeña Joannie! ¡¿Te has hecho policía?! ¡Te voy a decir que te encaja de muerte eso de ser policía, demonio!

Con el ceño fruncido, Marlène Forest se vuelve hacia Morales, que, instintivamente, también ha dilatado momentáneamente sus pupilas en el escote de la recluta de este año.

—Morales, ¿no está sonando su móvil?

—¿Eh? Er... ¡Ah, sí!

Haciendo un mohín, Forest se escabulle hacia las profundidades de las oficinas, mientras Morales retrocede tres pasos para responder.

—¿Diga?

—¿Inspector Morales? Soy del equipo técnico... Estamos en casa de Marie Garant y le esperamos...

—¡Mierda! ¡Me había olvidado de vosotros!

—¿Qué hacemos? ¿Entramos?

En un rincón de la cocina, Renaud Boissonneau, de espaldas, se anima con la pequeña Joannie.

—Hum...

Morales se pregunta una vez más por qué Robichaud dudó ayer antes de darle acceso a la casa: ¿secretismo de un chovinista, abuso de poder, cansancio de un anciano o algo más? Quiere ver la casa de Marie Garant solo, antes de que el equipo técnico entre y sabotee el lugar con sus huellas y sus zarpas.

—Se está nublando y estamos cansados de hacer el tonto.

Boissonneau, el testigo clave, se muestra inflexible con la guapa policía; parece que quiere contar a Joannie, con todo lujo de detalles, cuánto ha facturado en el bar desde que llegaron los últimos turistas.

—Hum... No.

—¿Cómo que no?

El investigador avanza cautelosamente hacia la salida de emergencia.

—Espérenme...

El testigo clave sigue de pie, de espaldas a él. Morales va rápidamente por la salida de emergencia hacia el aparcamiento.

—Estaré allí en cinco minutos.

En la furgoneta blanca aparcada en casa de Marie Garant, los tres técnicos esperan al inspector. No son muy diligentes, no. Además, la mañana está fea. Ha empezado a llover de repente, y la lluvia forma una cortina de agua alrededor del coche y apenas les deja ver el mar al final del embarcadero.

—He oído que nos espera otro verano de lluvias.

—Ah, ¿sí?

—Sí.

—El año que viene creo que pediré las vacaciones en septiembre.

—Hum.

Huele a café frío y a dónuts duros. Esperan al inspector Morales, que decidirá si hace falta o no tomar huellas dactilares en casa de Marie Garant. Un viejo Toyota gira en la entrada.

—¿Es el nuevo?

—Eso parece.

—¿De dónde viene?

—Montreal, creo.

—¿Lo has visto por la mañana?

—Hum.

—¿Qué aspecto tiene?

—Igual que los demás.

Morales sale del coche y corre hacia la furgoneta bajo el aguacero. El copiloto baja la ventanilla a medias.

—¿Tienen un traje para mí?

—Dale un kit.

La prenda esterilizada, en una bolsa sellada, pasa por la ventana.

—Echaré un vistazo y volveré a por vosotros.

—Como quiera.

Morales galopa bajo la lluvia hasta la galería, donde se quita la chaqueta empapada y se pone el traje.

La ventanilla de la furgoneta sube.

—No encontrará nada.

—Déjalo.

—Hum.

—No es de aquí, ¿verdad?

—De México, quizá…

—Pero no tiene acento…

Se encoge de hombros.

—¿Cuándo ha llegado?

—Esta semana.

A través del cristal, los técnicos apenas distinguen al inspector, que ha conseguido abrir la puerta y entrar en la casa.

—Aún tiene ganas de trabajar.

—Hum.

—Y acaba de mudarse.

—¿Solo?

—Su mujer está a punto de llegar.

—No vendrá.

—Hum.

Los cristales se empañan, poco a poco, bajo el golpeteo irregular del aguacero.

—¿A quién robaron en el Distrito 4?

—¿En el 4? A Clément.

—¿Qué se llevaron?

—Oí que había dinero en una caja fuerte.

— Hum.

—¿Cargaron con la caja fuerte?

—No. La desempotraron y la abrieron.

—Hum.

—¿Cómo la abrieron?

—La policía encontró un mazo en la cuneta.

—Ah, ¿sí?

—El mazo de Vital Bujold.

—¿Fue Vital?

—Claro que no. Ya sabes cómo es Vital, presta sus herramientas. Y bueno, pues eso.

—Hum.

—Pero… ¿a quién le prestó el mazo?

—No lo sabe. No quiere decirlo. Dijo que se lo diría a la policía si le preguntaban.

—¿Y?

—Parece que la chica que lo interrogó no se lo preguntó.

—Ah, ¿no?

96

—Ya conoces a Vital, dijo que tenía demasiadas provisiones en la cintura.

—¿Provisiones?

—No sé: la pistola, la placa, la porra. Provisiones.

—Debió de interrogarlo la rubita. ¿Cómo se llama?

—Joannie.

—Hum.

—Enciende el motor, no se ve nada.

—Pon la calefacción.

El motor funciona lentamente, la lluvia ralentiza su ritmo.

—Mira, el inspector. Ya sale. No ha encontrado nada.

—¿Qué hace?

—Habla por el móvil.

—Hum.

—Abre la ventana, a ver…

La ventana se abre.

—¿Qué dice?

—Está discutiendo.

—Hum.

—Discute con su mujer. Dice que tiene «planes propios», parece…

—No vendrá.

—Hum.

—No parece contento.

—Hum.

—Cuidado: ya llega…

La lluvia da una tregua, el tiempo suficiente para que Morales regrese a la furgoneta con paso furioso.

—¿Qué tal?

—Nada. No encontraremos nada aquí.

—Hum.

—¿Todo bien, inspector?

—¿Por qué?

—Por nada.

—Pues ya está.

—Bueno. Adiós.

La ventanilla se sube. Joaquín Morales va a su coche.

Sarah no vendrá.

Y la furgoneta sale del patio.

Lo odia. Odia hablar con su mujer en horas de trabajo. Desde que tiene móvil, es inevitable. A la mayoría de sus colegas de la ciudad les gusta oír la voz de su amada, susurrándole tonterías en la oreja: «No te olvidarás de pasar por la tienda, ¿verdad?». «He alquilado una película...». En cambio, Morales detesta esa costumbre. Es poco delicado hablar de comprar leche o de películas románticas cuando los que te rodean lloran y gritan al asesino. Cuando lo sórdido de la humanidad exige toda tu atención, lo trivial debería aprender a esperar.

Aparca el coche delante de la antigua casa del notario, sube furioso las escaleras y llama al timbre.

¿Por qué le ha dejado esos mensajes? Obviamente, Morales la volvió a llamar. ¿Y para qué? Para nada. Simplemente, han tenido una discusión subida de tono, él no ha podido examinar a fondo la casa de Marie Garant y, cuando Chiasson, el notario, abre la puerta, Morales está rabioso.

Reconoce que fue una torpeza decir a su mujer que no quería ni oír hablar de retrasar su llegada por sus «planes propios», probablemente nada importantes, pero ¿siempre que estás disgustado eres delicado?

Ahora tiene que vérselas con un viejo abogado que, fiel a sus principios, se niega a abrir el testamento en ausencia de la heredera.

—Señor Chiasson, uno de mis colegas de la comisaría de Buenaventura está intentando localizar a Catherine Garant siguiendo el rastro de sus tarjetas bancarias, pero puede llevar algún tiempo...

El notario niega con la cabeza.

Sarah le ha dicho a su marido que nunca se interesa por ella, que prefiere las mujeres muertas (sin rodeos: «¡Prefieres las mujeres muertas, Joaquín!»). Él le ha contestado, mordazmente, que los cadáveres a veces son menos fríos que su propia esposa, y entonces su mujer le ha colgado violentamente.

—Tiene usted mucha prisa, inspector Morales. Se dispone a pisotear la intimidad de las Garant leyendo el testamento de una madre a su hija sin autorización.

—Señor Chiasson, si me impide leer el testamento, consideraré que está obstruyendo una investigación policial.

El notario Chiasson (y sus tres barbillas) duda otro minuto en silencio, justo es decirlo, antes de abrir el primer cajón de su derecha y sacar un sobre cerrado. Se entretiene. Morales no se inmuta.

El testamento de Marie Garant es breve. Deja todos sus bienes a su hija Catherine Garant. Una carta acompaña al testamento. Morales lamenta haber llamado a Sarah en horas de trabajo. Hace un gesto al notario para que abra la carta.

Tras un gruñido como el de un oso, el notario abre meticulosamente el sobre y lee en silencio la carta, arrugando sus gordas barbillas que, poco a poco, se transforman en amplias sonrisas de profunda satisfacción. El investigador lo fulmina con la mirada.

—¿Por qué sonríe?

—Por nada. Es su investigación, después de todo…

—¿Qué pasa?

El notario entrega la carta a Joaquín Morales, más asesino que justiciero en ese momento.

—Nada. Solo que…

El gallardo anciano acentúa el gesto con una risita irónica.

—La carta es un poema…

—Me gustaría hablar con la señora Garant, por favor.

—¿Es para uso residencial o comercial?

—Ninguna de las dos cosas. Soy inspector de policía, y debo localizar a la señora Garant.

—Un momento, le paso con el señor Lapointe.

Morales escucha la música de fondo mientras se balancea frenéticamente en la silla de Marlène. Intenta calmarse.

Su testigo clave ha regresado al bar, después de haber denunciado a su superior el detestable comportamiento del «inspector mexicano de Longueuil». Pero la teniente Forest no le señaló la falta porque le había hecho muy feliz ver cómo un colega despedía al testigo clave, completamente encaprichado de la rubita insolente. Así que se limitó a ofrecer su despacho temporalmente a Morales y le prometió que en unos días podría instalarse en el suyo. Eso era porque el último jubilado tardaba mucho en desocuparlo. Merodeaba, no tenía prisa por irse, charlaba por los pasillos, y vaciaba la cafetera en lugar de recoger las fotos de su familia y meterlas en una caja. Marlène no sabía si debía empujar al indolente rezagado hacia la puerta con algún gesto más firme. Es bien sabido que los jubilados deprimidos tienden a pegarse un tiro, y la teniente Forest no quiere dramas en su comisaría. Morales le dijo que comprendía la situación. Nada de esto habría pasado si lo hubieran dejado mudarse en paz. Lo contrataron demasiado pronto, está claro, y la maquinaria está llena de arena.

—Paul Lapointe.

—Inspector Joaquín Morales, detective de policía de la comisaría de Buenaventura. Busco a una mujer llamada Catherine Garant. Me han dicho que trabaja para usted.

—Trabajar, menuda broma. Catherine está de baja.

¡Ajá! ¡Morales nunca se ha fiado de los herederos.

—¿Volverá pronto?

—Dudo que vuelva.

—¿Por qué?

El arquitecto deja el lápiz. Lleva una camisa azul de rayas finas, sin corbata ni chaqueta. Se la ha desabrochado y remangado.

—Catherine nos dejó tras una serie de duelos. Recogió sus lápices y traspasó los expedientes a una compañera. Si vuelve a dibujar, probablemente será por su cuenta. De momento, atraviesa un momento difícil.

Esa respuesta irrita a Morales. «Momento difícil». ¿Quién no pasa por «momentos difíciles»? Todo el mundo tiene «momentos difíciles»: los muertos, los asesinos, los compañeros de oficina… Y él, ¿él no tiene «momentos difíciles»? ¡Esa no es razón para matar a la familia y desaparecer en la naturaleza!

—¿Sabe dónde puedo localizarla?

—¿Ha llamado usted a su casa?

—Claro que sí.

—Ni una pista.

Tiene que seguir con el interrogatorio, aun si el inspector tiene la cabeza en otra parte. Relaciones, amigos, enemigos, cuánto tiempo lleva trabajando para usted…

—¿Dice que… eh… que ha pasado por… «momentos difíciles»?

—Tristeza, la crisis de los treinta, ya sabe cómo son las mujeres…

Morales suspira. De repente, se siente cansado.

—Cada vez menos. ¿Y usted?

—No, tampoco tanto…

—¿Está casado?

—Hace al menos cuarenta años que el matrimonio no está de moda, inspector. Tampoco lo de vivir juntos. Llevo casi veinte años enamorado de la misma mujer, pero el amor tampoco está de moda. Somos una pareja moderna, cada mochuelo en su olivo.

—¿Es fiel?

El arquitecto gira su silla hacia el monte Real y la cruz que hay en él.

—¿Fiel? ¿Qué significa eso?

—¿Tuvo una aventura con Catherine?

—Ojalá pudiera decir que sí.

—¿Es una mujer guapa?

—Sí.

—¿Tiene… amigos especiales? ¿Amantes? ¿Un enamorado?

—No sé exactamente por qué busca a Catherine, y quizá lo que voy a decir no tenga nada que ver con su investigación…

El semáforo de la esquina de la calle Saint-Laurent se pone en verde.

—Hace tres años y medio, una de mis empleadas perdió a su madre. Isabelle Arcand. Es mi secretaria. Es joven, apenas tiene veinticinco años, pero es competente.

—¿Guapa?

—Muy guapa. Rubia, y el físico en consonancia. No hay que caer en prejuicios, inspector: mis clientes en su mayoría son hombres, y les gusta admirar a una mujer guapa cuando entran en una oficina. Es natural. Tampoco contrataría a una idiota. Isabelle trabaja bien. Pero ya sabe, cuando hay dos mujeres jóvenes y guapas en la misma oficina, siempre hay críticas.

Morales vuelve a ver la sonrisa vencedora de Marlène, recordando el momento en que Vital se enfrentó a la policía novata.

—¿Catherine la detestaba?

—No, no se odiaban: cada una reclamaba su terreno.

—¿Catherine estaba celosa porque usted tenía una relación con Isabelle?

—No.

—No estoy seguro de entender...

—Cuando Isabelle perdió a su madre, llenó su casa con las cosas que había heredado: baratijas, vajilla, fotos, libros. Ya sabe a lo que me refiero, los bártulos que puede legar una madre y que luego te estorban. Isabelle se lo llevó todo. Hay que entenderla, es hija única, no quería que se lo quedara cualquiera. Llenó su apartamento hasta los topes.

Al otro lado del cristal, dos maestras de guardería, con traje de chaqueta, vuelven del parque con unos niños con camisetas amarillas. El día se acaba, y Lapointe deja que pasen antes de continuar. En cualquier caso, Morales también necesita tiempo.

—¿Sabe, inspector? Algunos dicen que los jóvenes buscan el amor, otros que buscan la libertad. En mi opinión, todo eso son tonterías. Viven aventuras, se van de viaje, salen de fiesta, pero cuando llegan a casa, los jóvenes se sienten solos. Desvalidos. No lo reconocerán, porque son demasiado orgullosos, pero sobre todo necesitan consuelo.

Joaquín Morales cierra la puerta. En el tablón de anuncios de Marlène hay una foto de un gato beis. Pero, ¿y él? ¿Dónde están sus propios hijos?

—Entendí el comportamiento de Isabelle. Lo que no comprendía era el comportamiento de Catherine. Cuando perdió a sus padres, aunque parezca mentira, no se quedó con nada. En pocas semanas, vendió todo: la casa y lo que había dentro, el jardín y los muebles. Todo.

¿Qué pasa con Sarah? ¿Dónde está Sarah? No, no debe pensar en Sarah. Ni en los muebles que faltan, ni en el revoltijo de cajas, ni en las peleas y la incomprensión que se avecinan.

—De repente, se desarraigó y se fue al borde de la nada, como cuando uno baja al pasillo de la morgue, ya sabe, cuando está pintado de gris, las luces de neón sufren y, a pesar de uno mismo, hay que seguir adelante, porque el descenso a los infiernos a veces es un paso obligado... Isabelle fue a hablar con ella, porque sabemos que Catherine no tiene a nadie. Ni abuelos, ni tíos, ni hermanos, solo un apartamento blanco, zen. De lo más zen. Pero Catherine la echó. A la semana siguiente, presentó su dimisión.

Lapointe mira el escritorio de caoba. La carta de dimisión estuvo allí tres días, antes de que la aceptara.

—Le cuento esto, inspector, solo para que entienda que Catherine no huye. Más bien busca algo, o tal vez está de vacaciones. Pero probablemente es normal que quiera cambiar de aires. ¿Qué le queda aquí? Algunas noches calurosas de verano, un salón silencioso, asfalto ardiente, bares anónimos, botellas de ron blanco…

Tres ciclistas pasan a toda velocidad y cruzan Saint-Laurent con el semáforo en ámbar.

¿Y qué encontrará Joaquín, solo, en una Gaspesia que lo recibe con reticencia?

—Gracias, señor Lapointe. Es todo lo que quería saber.

—¿Inspector Morales?

—¿Sí?

—Catherine no es diferente a los demás. Ahora mismo, probablemente esté buscando consuelo en algún lugar…

Derivas de viento

Me senté en la mecedora. Una silla de madera, completamente blanca porque la ha roído el viento salado, que marca el ritmo en las tardes de vientos fuertes.

Desde lejos, en la espesa humedad del día, se distinguía la silueta indefinida del *Pilar*, que, en dique seco, parecía un perro apaleado. Aún no me había armado de valor para bajar a verlo. ¿Así es como seremos? ¿Cuerpos delgados y pálidos que yacen, enlutados del mar, sobre el duro suelo del verano? ¿Estamos destinados a ser eso? ¿A convertirnos en diques secos?

El cielo estaba apagado y prometía una lluvia cansina. El mar golpeaba los guijarros de la arena, que rompían su sonido vidrioso a mis pies. Las gaviotas arrancaban de las rocas los cadáveres aferrados de los cangrejos. Gris y pesado, sin sol y sin hijos, ¿acaso el mar no es una tumba cerrada y silenciosa que sacude sus huesos de coral?

—¿Estás aprendiendo a mecerte? Ufufuf…

—Sí.

—¿Y lo consigues?

—…

—Me parece que estás quemándote.

—Te esperaba, Cyrille, pero si quieres paz, te dejo tranquilo…

—No. Ufufuf… Quédate. Pero vamos a entrar en la cabaña. El aire está empapado. Ufufuf… Va a llover.

—De acuerdo.

—¿Quieres meter la mecedora?

—Sí.

Entramos. Me presta una manta de lana, me la envuelvo por los hombros como una anciana y me acomodo en la mecedora de madera.

—El cielo está lleno de agua. Ufufuf…

Un viento fresco agita las mosquiteras y se cuela por las rendijas de la cabaña. Cyrille pone a calentar agua para el té y se sienta a la mesa para ablandar el hachís. Sus movimientos son lentos y pausados. Eso me tranquiliza. No hay prisa. De todas formas, no iba a pasar nada.

Es de día, pero la habitación está en penumbra. Cyrille se levanta, sirve el té, enciende dos velas blancas y las coloca sobre la mesa. Su respiración, la lluvia, el escupir de las olas. Se sienta frente a la ventana. Fumamos juntos.

—¿Era ella la mujer con la que no dormías acurrucado?

La lluvia comienza a caer sin delicadeza. La playa se aplasta contra la escalera de madera, y la ola de pronto se extiende como un animal al que ha apaleado un amo furioso.

Cyrille aplasta el porro en el cenicero y, con un suspiro cansado, se apoya en el respaldo de la silla. Sus manos, inútiles. Bebe un último sorbo de té, deja la taza en la mesa, se levanta, coge el cenicero y lo limpia en el fregadero. Parece delgado. La camisa de cuadros azules es demasiado gruesa para la estación, flota a su alrededor y forma pliegues en la cintura del pantalón. Ha hecho dos agujeros más al cinturón de cuero. Ha adelgazado mucho últimamente, se nota en el desgaste del cuero. Vuelve a dejar el cenicero en la encimera e, hipnotizado por la ventana, se inclina hacia delante y apoya la frente en el cristal.

El agua resbala sobre la chapa y se estrella en los surcos que ha cavado, entre dos hileras de crisantemos caídos y arenosos.

—Ese velero, ufufuf… Me he pasado la vida esperándolo.

Su respiración jadeante empaña la ventana. Desde la cabaña, solo se ve la punta del mástil.

—Ufufuf… Justo ahí arriba, esa es la esquina de su galería…

—¿Su galería?

—La casa de madera, antes de la isla de los piratas, es la de Marie Garant.

Se vuelve hacia el mar abierto, blanqueado por la lluvia.

—Cuando se fue, la primera vez… Ufufuf… no sé ni si había cumplido veinte años. No tenía familia. Su padre trabajaba en el astillero. Era de Bretaña, diseñaba barcos. Cuando murió, Marie debía de tener… Ufufuf… no mucho más de

106

once o doce años. Los ingleses de New Richmond contrataron a su madre de criada, pero fue solo para disimular, porque, ¿te imaginas?, ella sabía diseñar barcos. Barcos a motor y veleros. Su marido le había enseñado todo eso, y los ingleses la obligaban a diseñar a escondidas, ufufuf…, para que no pareciera que contrataban a una mujer arquitecta.

Una suave ola en la niebla.

—Ufufuf… Pero ella también murió, y te juro que Marie Garant no tenía edad para eso. Dieciocho, veinte años… Dejó pasar el invierno, peleándose con el papeleo de la herencia y, luego, cuando llegó la primavera, decidió irse con la música a otra parte. Era mayo. El sol brillaba, pero el viento escaseaba. Estábamos pescando cuando se fue. Vi su velero adentrarse en el mar y no fui capaz ni de levantar la mano. No me preguntes por qué. Quizá por eso me acuerdo tanto de aquel día, porque no me despedí.

Su mirada reaviva las imágenes iridiscentes del pasado y la belleza de los recuerdos desvanecidos.

—Ufufuf… ¡Yo no era viejo, pequeña, pero te juro que mis ojos habían crecido rápido para ver mujeres! Y además, ¡Marie Garant navegaba! ¡No te imaginas lo que es para el hijo de un pescador ver a una hermosa joven izando velas como si nada! Ufufuf…

Vuelve a la mesa, acerca una silla a la mía, justo en ángulo para ver el mar, y se sienta, recto y cansado. Apoya las manos en las rodillas, como frágiles hojas de otoño arrugadas.

—Pensé que nunca volvería. Supongo que todos los que esperan a una esposa sienten lo mismo. Ufufuf… Pero cuando la persona que amas está en el mar, es peor.

Su voz era triste, pero yo, que no podía hacer nada por mí, tampoco podía hacerlo por él.

—Te mentiría si dijera que me pasé cinco años esperándola. Ufufuf… Cuando eres joven, no sabes cómo esperar, y la vida te mete demasiada prisa; por eso, sin darte cuenta, te ocupas de otra cosa. Yo hice lo mismo que los demás: ufufuf… aprendí a montar en bicicleta en las escaleras de la iglesia, a robar regaliz en casa del viejo Sicotte, a besar a mis primas detrás del cobertizo de casa de mi padre, y supongo que tuve que ir a la escuela para pasar los días de invierno… Era un adolescente, tenía los pies demasiado grandes y pensaba que la vida tardaría años en hacerse.

Cyrille se levanta. Vuelve los ojos, indeciso, hacia la punta del mástil, luego hacia el fregadero. Recoge el cenicero de la encimera, lo coloca sobre la mesa, mete la mano en el bolsillo, saca el hachís y vuelve a su silla.

—No tienes frío, ¿verdad? ¿Estás bien?

—Estoy bien.

—Voy a hacer un canuto. ¿Quieres un poco?

—No, gracias. Con eso me basta.

—Mi hermana no dice nada, ufufuf…, pero no le gusta que fume en casa.

Como un viejo loco, se inclina sobre la hierba, enrolla la magia y llena la cabaña de humo blanco que traza la otra cara del decorado.

—Marie Garant… ¿volvió?

—Ufufuf… ¡Claro que volvió! ¡Regresó el día de San Juan Bautista!

En aquella época, era costumbre celebrar el día de San Juan Bautista en la playa de abajo. Las chicas se ponían los abrigos de verano e iban a sentarse a las barcas, decoradas para la ocasión con guirnaldas multicolores. Los hombres se metían petacas sospechosas en la chaqueta y presumían: contaban las primeras pescas, se comían con los ojos a las bellezas en brote de verano, y les ofrecían, en secreto, un poco de licor casero.

Había una especie de paseo, junto a la cámara de pescado, donde por la tarde se colocaban las mesas para el bufé. Las mujeres hacían empanadas de marisco y tartas de fresa mientras los hombres se ocupaban de las parrillas en hogueras improvisadas. El viejo párroco decía misa con el viento agitando su sotana y, después, los que sabían música sacaban sus instrumentos. La gente bailaba hasta altas horas de la noche, en pleno muelle.

El día que regresó Marie, lo dijo Cyrille, el pueblo se preparaba para la fiesta de San Juan Bautista. A media tarde, los hombres estaban ocupados abriendo las primeras botellas de cerveza cuando el mayor de los hermanos Bernard señaló al sudeste con el índice izquierdo: «¡Mirad, llega un velero!».

A medida que el barco se acercaba, los prismáticos pasaban de mano en mano. ¿El elegante casco que navegaba tranquilamente a cuatro nudos hacia Caplan sería el *Pilar*? En el corazón de los pescadores, se hizo el silencio.

—Debían de haber pasado cuatro o cinco años desde que Marie Garant se había ido, pero no la habíamos olvidado. Ufufuf... Digo habíamos porque en mi casa éramos tres chicos, ¡y los tres chicos solo hemos amado a una mujer! No podíamos hablar y palpitar al mismo tiempo, ¡ya me entiendes!

Marie se lo tomó con calma esa tarde. Hacia las cuatro, arrió la vela mayor y fue, pañuelo de bolsillo en el estay, hacia el antiguo muelle de madera. Era ella. Marie Garant. Los hombres la esperaban para ayudarla a amarrar.

—Y entonces... Ufufuf... Saltó al muelle...

Cyrille no tenía palabras para describir la belleza que Marie Garant había ganado con los años. Todos avanzaban hacia sus labios, retrocedían y se retiraban, tímidos de su muy poco frente a su tanto.

Cuando Marie Garant regresó, en el verano de sus veintitrés años, y pisó el muelle de Ruisseau-Leblanc, la fiesta de San Juan le abrió el paso. Parecía que hubieran decorado el muelle y preparado la hoguera para ella; las botellas y la langosta, también para ella; el sermón del cura, que mezcló su entusiasmo varonil con una Biblia deconstruida, para evocar al hijo pródigo y al cordero del sacrificio, también para ella, y la voz desgarrada del Bautista habría clamado cuarenta días en el desierto para ella.

Al oír a Cyrille, podría creerse que aquel verano el pueblo latía al ritmo cardiaco de Marie Garant.

Tenía dinero. ¿De dónde lo había sacado? ¿Cómo lo había conseguido? Misterio o contrabando, importaba un bledo. Renovó, repintó y reformó la casa de su padre. Y todo el mundo se ofreció a ayudarla.

Incluso cuando pescaban, los hombres cambiaron su aspecto barbudo de diario por corbatas anchas, favorecedoras. Todos, incluso los más tacaños, dejaban a escondidas un cangrejo, un bacalao o una langosta en la puerta de Marie y, de vez en cuando, una o dos piezas de fruta, con una nota cariñosa pinchada, a la que la madre, hermana o prima habían corregido las faltas a cambio de un servicio que mantendría ocupado al tímido enamorado varias tardes.

Aquel verano, en la pescadería, las langostas se vendían con lazos de encaje alrededor de las pinzas, y todo el pueblo dejó de blasfemar. Las mujeres acortaron coquetas unos centímetros las faldas, la ropa interior floja, de algodón, dio paso a lencería ligera y blusas de colores. Si creemos a Cyrille, el regreso de Marie Garant abrió Caplan a la excitación, los escalofríos en los muslos, y a los suspiros renovados en las habitaciones de los padres, cuyas puertas se equipaban con cerraduras nuevas, para protegerse de los ojos ávidos de los niños sobreexcitados.

Incluso despojando de los superlativos con los que la nostalgia viste a las novias de antaño, aún quedaba suficiente entusiasmo en el discurso del pescador para comprender lo hermosa que había sido Marie Garant, y cuánto debió de evocar su risa el oro tierno de la juventud y la esperanza consumada.

—¿La amabas, Cyrille?

—Ufufuf… ¿Cómo podría no amarla?

«Cuídame, Cyrille».

La lluvia satura el aire con una humedad que las velas queman suavemente. Se vuelve hacia mí. A mi espalda, la ventana empañada oculta el velero en tierra, pero sabemos que está ahí.

—¿Por qué no te casaste con ella?

—Ufufuf… Mi hermano se casó con ella. Lo eligió a él.

¿Su hermano? ¿Cyrille era mi tío?

—¿Cuántos hijos tuvieron?

—Cero. Marie nunca tuvo hijos.

Bajé los ojos. Si él, el viejo pescador enamorado, no sabía que yo existía, ¿quién lo sabría? Pasó su mano grande y pesada por la madera de la mesa, para patinar el tiempo. Sacudió la cabeza y miró la hora. Habíamos perdido la noción del tiempo, sobre todo yo. La lluvia hizo que anocheciera antes de lo esperado y la penumbra daba a la cabaña un aspecto grisáceo de noviembre.

—Ufufuf… Tengo que irme a cenar, pequeña; mi hermana me está esperando y me sermonea cuando llego tarde.

Me recompuse.

—¿Vives con tu hermana, Cyrille?

—Sí. Vendí mi casa el año pasado. Ufufuf… Era mucho que mantener. Mi hermana está soltera y se quedó con la casa de mis padres. Hay suficiente espacio para los dos y cuando discutimos, me vengo a la cabaña.

—¿Quieres que saque la silla?

—No, no, no, no. Déjala ahí. Ufufuf… ¿Vas a casa de Guylaine?

—Sí.

Salimos a la galería. Teníamos delante una cortina de lluvia.

—Voy a comprar comida preparada en Sicotte y la recalentaré en el hostal.

—Los guisos de Sicotte son buenos. Ni siquiera los de mi hermana son tan buenos. ¿Has comido su sopa de almejas? Ufufuf… ¡Pruébala, ya verás!

—Vale.

Bajamos la escalera y, justo antes de atravesar la cortina de lluvia, se volvió hacia mí.

—Es bueno amar a alguien, pequeña. Tendrás que ponerte a ello tú también. Ufufuf…

—Ya veremos.

—Puede que no me casara con ella, ufufuf…, pero amar a Marie Garant ha sido toda mi vida.

El sentido de la corriente

A la mañana siguiente, Joaquín Morales, de nuevo tambaleante en la estrecha y recalentada cocina de la comisaría de Buenaventura, recibió una noticia que lo sorprendió poco: el día anterior, la heredera sacó dinero del cajero automático local.

¿Cómo era posible que nadie, en ese pueblo de mil doscientas almas (incluido el cementerio), hubiera mencionado la heredera al inspector? El sol se alzaba entre la niebla, y el cielo absorbía grandes trozos de bruma. Si esa mujer tuviera una cabaña en la zona, se lo habrían dicho. A menos que no la conocieran...

¿Y si hubiera venido como turista?

¡Boissonneau! La declaración... ¿Qué nombre mencionó el testigo clave en sus revelaciones de primer orden? Si hubiera sido Garant, lo recordaría. Morales coge su cuaderno, repasa la lista de números garabateados, busca su teléfono, se da cuenta de que lo ha olvidado en el coche, sale de la comisaría, se topa con la teniente Forest («Morales, ¿no estará huyendo otra vez?»), encuentra el móvil, vuelve sudando a la calurosa cocina, donde marca el número del bar.

—Sí, ¿dígame?

—Señor Boissonneau, soy el inspector Morales.

—¡Solo le diré que parece que acaba de echar una carrera!

—Me preguntaba, señor Boissonneau, ¿cómo se llamaba la turista de la que me habló la otra noche?

—Ah, bueno, no sé a quién se refiere...

—Sí, sí, la chica por la que quería que le preguntara...

—Mire, inspector, solo le diré una cosa, ayer me dejó plantado. Fui a comisaría en balde porque, cuando pregunté por el investigador, ¡el investigador había desaparecido! Así que, de camino a casa, ¡olvidé de qué quería hablarle! Ya le digo, el camino te aplana la memoria, ¡y no es ninguna broma!

¡Maldito Boissonneau!

—Escuche, Renaud, lo siento. Usted ya sabe, en las investigaciones policiales, a menudo nos llaman con urgencia. Tiene razón, no debería haberme ido tan rápido. Pero debe admitir que no lo pasó tan mal, con la preciosa Joannie...

—¡No imagine nada!

—No imagino nada... Pero necesito saber si esa mujer de la que quería hablarme es Catherine Garant. ¿Dónde dijo que se alojaba?

—¿Catherine Garant? No, no me suena... Y le diré una cosa, inspector, así, por teléfono... Nunca se sabe, puede que lo tenga pinchando, y es información confidencial...

—Imposible. Me estoy cociendo en la cocinilla de la comisaría de Buenaventura.

—¿Quién puede demostrármelo? ¿Quién me dice a mí que usted no es un rehén? A lo mejor, si le cuento cosas, pongo su vida en peligro... Ah, le diré una cosa: es demasiado arriesgado. Simplemente, tenía que haberme tomado declaración ayer.

El inspector Morales da vueltas como un león en una jaula de cristal.

—¿Y si voy a verlo al bar?

—Bueno, inspector, no es que no me agrade, pero el bar está abarrotado, así que solo le diré que tendrá que solicitar una cita.

—¿Cómo dice?

—Vuelva a llamarme, pongamos, no antes de veinticuatro o cuarenta y ocho horas, ¿de acuerdo? Y solo le diré una cosa, ¡buena suerte!

Y colgó.

Joaquín Morales mira el reloj: apenas acaba de empezar el día y él ya está hirviendo literalmente en la cocina. Marlène debe de estar riéndose en algún rincón. Hojea su cuaderno, marca un número y rápidamente le pasan con Paul Lapointe.

—Soy el inspector Morales. Hablamos ayer de una de sus empleadas, Catherine Garant.

—Catherine, sí… Me alegro de que me llamara, inspector.

—¿Se alegra? ¿Por qué?

—Es una forma de hablar…

Morales lo sospechaba. ¿Quién querría hablar con él esos días? Ni siquiera su mujer contesta al teléfono. Tal vez tenga razón. Cuando eres investigador, terminas hablando más con los muertos que con los vivos. Los muertos se exponen con franqueza, mientras que los vivos protegen ferozmente el secreto banal de su impostura. Siempre ocultan algo. Morales desconfía de ellos.

—Me gustaría que me hablara de Catherine Garant. De sus padres. Ayer mencionó que habían fallecido…

—Sí.

—¿Muerte natural?

—Su padre murió atropellado por un coche hace dos años. Su madre falleció unos meses después, de pena. Pena natural, sí.

—Cuando habla de su madre… ¿Se refiere a Marie Garant?

—No, inspector. Me refiero a Madeleine Laporte.

Y por fin el nudo de la historia suelta un hilo. Morales se sienta y coge un lápiz.

—No estoy seguro de entender…

—Catherine Garant era adoptada.

—¿Adoptada?

—No fue una adopción legal. Más bien, estaba tutelada.

—¿Y quién la puso bajo tutela, los servicios sociales?

La secretaria entra discretamente, pero Paul Lapointe le hace un gesto para que salga, respira hondo y se reclina en el respaldo de su silla.

—No. Su propia madre. Un día, alguien llamó al timbre. Madeleine abrió la puerta. Era una mujer joven. Tenía un bebé en brazos y quería hablar con François. A Madeleine le dio un vuelco el corazón, ya me entiende; ella era estéril e, inmediatamente, creyó que su marido había tenido un bebé con otra… Las mujeres enseguida se imaginan cosas.

—Tal vez.

—¿Está casado, señor Morales?

—Sí.

—Por supuesto. ¿Y es fiel?

—Sí.

—Pero su mujer de vez en cuando entra en crisis…

—…

—No contesta. Debe de ser así.

Morales gira su silla hacia la ventana. Al otro lado de la calle, la iglesia de Buenaventura abre sus puertas rojas al aire fresco de la bahía.

—¿Él era el padre?

—No. Madeleine se asustó inútilmente. François conoció a Marie Garant cuando eran niños, en Baie-des-Chaleurs. Según tengo entendido, la madre de Marie Garant trabajó para sus padres. Hacía más de diez años que no se veían, porque la madre de François se mudó a Montreal.

—¿Y Marie quería entregarle su bebé? ¿A él?

Algunos días, Morales piensa que ha visto demasiadas cosas.

—A ellos, sí. Ella no quería dar al bebé en adopción. Decía que si le ocurría algo a los padres, enviarían al bebé a Dios sabe dónde, y ella le perdería la pista. Pero a ellos, se lo entregaba, a efectos prácticos, para… siempre.

—¿Para siempre?

—Eso dijo.

—¿Aceptaron?

—Sí. Madeleine era estéril, como le he dicho. Quisieron mucho a Catherine. Como a una hija.

—¿Catherine volvió a ver a su madre biológica?

Paul Lapointe pone mala cara. No le gustan estas palabras: «madre biológica». Suena como a partera mecánica.

—No, que yo sepa.

Morales piensa en sus hijos. ¿Cuánto hace que no los ve? ¿Dos semanas? Pero los chicos no son lo mismo. Si tuviera una hija, querría saber qué hace, con quién sale. Los chicos se apañan solos.

—¿Y el padre?

—¿Qué padre?

—¿El padre biológico de Catherine? ¿Lo mencionó Marie Garant?

—No que yo sepa. Tenía un certificado de bautismo cuando vino, pero la información era falsa.

—¿Falsa?

—Le digo lo que sé, inspector. Solo Marie Garant podría decirle más…

—Marie Garant ha aparecido muerta esta semana.

—Ah. Y cree que Catherine…

—Yo no creo nada, señor Lapointe. Estoy investigando.

—Entiendo… ¿Ha encontrado a Catherine?

—Todavía no.

—¿Sabe, inspector? No me sorprendería que estuviera en Gaspesia.

—¿Habría venido a buscar a su madre biológica?

—¿Su madre biológica? No…

—¿A su padre?

—¿Por qué iba a querer verlos?

—Para conocerlos.

—¿Usted conoce realmente a su madre, inspector? ¿A sus padres, a sus hijos… a su mujer? ¿Nos conocemos realmente a nosotros mismos?

—Entonces, ¿para qué ha venido a Gaspesia?

Lapointe se mira los zapatos. Son elegantes. Relucen.

—Catherine es una mujer extraña, inspector. Trabajaba bien, pero…

—¿Pero?

—Tiene algo demasiado grande en su interior. Insaciable. Como si la vida cotidiana fuera demasiado limitada para ella. Sabía que un día se iría.

—¿Señor Lapointe?

—¿Sí?

—¿Cómo se llamaba su amigo, el padre de Catherine Garant?

—Se llamaba François Day. Era un gran arquitecto. Day. ¡Eureka! Ese era el nombre que mencionó Boissonneau. Catherine Day. ¡Y le dijo que se alojaba en el taller de costura!

Deslicé la mano por el casco y se me subió el corazón a la garganta. El velero de mi madre. *Pilar.* ¿Así es como te amarras a mí? Sin escalera, imposible subir a bordo.

Entré en la cafetería, donde almorcé sola. Vital recogía las nasas en altamar. Cyrille estaba ilocalizable. Incluso la camarera pelirroja se había ido de vacaciones. Me quedé un buen rato, esperando el regreso de los amerindios.

Cuando se deslizaron por el canal, la marea bajaba peligrosamente; sonreí, a mi pesar. Atracaron y amarraron. Las nasas estaban apiladas en la cubierta. Uno de ellos condujo marcha atrás una furgoneta, y comenzó el espectáculo.

En el muelle empezaron a aparecer nasas, que levantaba la fuerza del gigante amerindio, quien las depositaba, con dificultad, con una sorprendente delicadeza propia solo de los hombres muy fuertes. Dos ayudantes se encargaban del resto de la operación: cogían las nasas y las subían a la furgoneta. Debían de ser unas cuarenta. El gigante amerindio las sacó todas como si fueran cajas de fresas.

Pagué el almuerzo y llevé mi caótica mañana delante de él, Jérémie, para verlo trabajar, con su fuerza varonil y su silencio opaco. Terminó la tarea, se quitó los guantes, las botas, el mono y el pañuelo rojo, que le sujetaba el pelo largo, se limpió las manos y me saludó.

Me sonrojé hasta el cuello y me fui a caminar junto al mar.

Tres ágatas. Auténticas. Pero no las cogí. Tardé en volver a subir hacia el hostal porque alargué el sendero de la playa hasta el final. Esa mañana, el mar mecía unas olas muy tranquilas, y yo pensaba que no existía. Solo pensaba eso: aquí no existo, no soy nadie y nadie espera nada de mí.

Pero me equivocaba.

Cuando llegué al patio del albergue, todo estaba revuelto. Habían tirado todas mis cosas fuera y estaban revueltas en el aparcamiento. Renaud, angustiado, montaba guardia nervioso junto a un montón de ropa de mujer, sobre la que parecía temer un asalto inminente. El cura estaba de rodillas, recogiendo la ropa e intentando doblarla torpemente para meterla en la maleta. Más allá, en un viejo barril de metal, Guylaine quemaba algo y maldecía a todos los santos del cielo.

—¿Qué pasa?

Renaud iba de un lado a otro nervioso.

—Solo le diré una cosa: no me gusta, no hay que pensar en eso, señorita Catherine, pero no debería haberlo hecho.

Me agaché para recoger mis cosas desperdigadas.

—¿No debería haber hecho qué, Renaud?

—¡No debería haber preguntado por Marie Garant! Porque le voy a decir una cosa: ¡a la policía no le hace gracia!

Me enderecé como una barra de hierro.

—¿Renaud? ¿Le ha dicho al inspector de policía que buscaba a Marie Garant?

De pronto, se sonrojó.

—Bueno… Quiso tomarme declaración, pero yo le dije que no podía. Y le diré una cosa, no la delaté deliberadamente. ¡Pero él me preguntó si había algún sospechoso!

—¿Cómo? ¿Le dijo que yo era sospechosa?

Avergonzado, echaba vistazos a su alrededor, sin atreverse a mirarme. Un niño pillado en falta.

—¡El resto lo dedujo él solo, señorita Catherine, lo juro!

—¡Me ha metido en un puñetero lío, Renaud!

—Bueno, pues le diré una cosa, ¡tampoco debería habernos mentido!

—¿Mentiros? ¿Cuándo he mentido?

—Pues le diré algo: ¿se llama Catherine Day o Catherine Garant?

El cura se levantó y, en un gesto de modestia, se apartó para que yo pudiera terminar de recoger mi ropa. Metí mis cosas de cualquier manera en el coche.

—En realidad, no revelamos nada, Catherine. El inspector encontró el rastro por su cuenta, y bajó hasta Le Point de Couture para ver si estaba aquí. En este momento, debe de estar buscándola en el Café du Havre. Probablemente volverá. ¡Coja sus cosas y váyase de aquí!

—¿Adónde?

El cura estaba visiblemente angustiado. Renaud también, pero yo no era capaz de consolarlo.

—Solo le diré una cosa: al menos, no ha perdido nada…

—¿Ha perdido algo usted, Renaud?

—No, yo no. Pero mire a Guylaine, está quemando sus sábanas y sus toallas.

Toda mi vida yacía destrozada en el maletero de un coche, y mis pestilentes restos ardían en un barril oxidado.

—¡De verdad, váyase antes de que vuelva!

Hay que decirlo sin rodeos: las cosas van de mal en peor para Morales. El refugio gaspesiano que debía albergar su amor semijubilado se parece cada vez más a un piso de soltero aislado.

Mientras hablaba con Lapointe, le llegó un mensaje al móvil.

«Joaquín, necesito más tiempo del previsto».

¿Qué significa eso? ¿Qué puede responder un hombre a eso?

Pasó por Le Point de Couture; obviamente, ofendió a Guylaine Leblanc al hablarle de Catherine Garant. De ahí bajó al Café du Havre, donde le aseguraron que la susodicha turista acababa de marcharse, y ahora regresa de nuevo al hostal.

«No iré. Al menos, todavía no».

Morales estaba desanimado. Ha aceptado todo, incluso Gaspesia, y ahora su mujer lo abandona. ¿Qué hay que hacer cuando tu mujer te abandona? ¿Intentar reconquistarla? ¿Cómo se seduce a una esposa? Todo le parece tan lejano, perdido en el tiempo, las noches en vela, los sospechosos y las investigaciones. Corre entre gritos y crímenes. Tiene las manos llenas, pero los brazos vacíos y el cuerpo desvalido. ¿Cómo puede ser que llegues a los cincuenta siendo un hombre solo, y que busques las migas de tu camino como Pulgarcito, con harapos de amor que el camino ha desgarrado? ¿Cómo es posible que hayas previsto el futuro en conjunto, y lo imprevisto te caiga encima como una granada que te hace explotar?

«¿Acaso nos conocemos a nosotros mismos?». El arquitecto tenía razón. Podía haber dicho a Lapointe que ya no se conocía a sí mismo, que era viejo y ridículo, y que la voz de Sarah sonaba extraña en el contestador gruñón del móvil. «Te envío las llaves por correo urgente». Las llaves. Sin ella. ¿Dónde estaba ella?

¿Y Marie Garant? ¿Qué la empujó a marcharse lejos tanto tiempo? ¿De qué huía? ¿Qué trajo a su hija a Gaspesia? ¡Por el amor de Dios! ¿Qué impulsa a tantas mujeres a marcharse?

Quizá sea eso lo que Catherine Garant ha venido a buscar aquí: respuestas. Sus padres adoptivos mueren y ella se permite venir aquí para juntar los pedazos de su vida. Porque uno no puede acostumbrarse a las preguntas sin respuesta. Joaquín sabe algo de ese asunto, por eso se hizo investigador: para encontrar respuestas. Pero ¿cuántos casos siguen abiertos? ¿Y qué hay de Sarah?

Morales está tan absorto en sus reflexiones que entra demasiado deprisa, frena en seco a las puertas del hostal y envuelve a Renaud y al cura en una nube compacta de polvo de grava. Sucede tan de repente que los dos hombres, que charlaban al pie de la escalera, piensan que el investigador rodará por el suelo y los apuntará con una pistola. Renaud, estresado a más no poder, levanta las manos, como si acabaran de pillarlo despellejando un cadáver con su cuchillo nuevo.

—¿Dónde está?

—Desde luego, está usted muy nervioso.

—¡Busco a Catherine Garant y no dejo de dar vueltas! ¡Quiero saber dónde está!

—¿Catherine Garant?

Ante el aplomo del sacerdote, Renaud baja torpemente los brazos y se sacude el orgullo ensuciado.

—Solo le diré una cosa: no hemos visto a nadie que dijera llamarse Catherine Garant. No. No últimamente, al menos…

Morales se contiene. Ni Renaud ni el cura se lo van a poner fácil.

—¿Dónde está Catherine Day?

—Catherine Day… ¡Ah! Ya le digo: ¿la turista? Es una buena chica, ¿verdad, padre?

—Muy educada, por cierto.

—Ah, sí. Pues es…

—¿Dónde está?

—Le diré una cosa: creo que se ha ido.

—¿Se ha ido? ¿Cómo que se ha ido?

—Sí, se ha ido. Solo le diré una cosa: no parece tener suerte con las mujeres, doctor…

—¡Inspector! ¡Soy un investigador de la policía, no un doctor!

—Y también una persona muy nerviosa, ¡no me extraña que las mujeres lo dejen solo!

Morales los rodea y va hacia la puerta, para colarse en el hostal, pero los dos hombres de Caplan, jugando con los pies y las rodillas, bloquean la escalera, creando una frenética danza a tres que acaba pareciendo una pantomima italiana.

—¡Señor Boissonneau, está obstruyendo una investigación policial!

—Como representante de Dios y hombre de confianza en este pueblo, puedo asegurarle, *inspector* Morales, que no veo cómo el señor Boissonneau obstruya su investigación, que, a la vista está, queda fuera de su control. De hecho, más bien parece que se esté obstruyendo a sí mismo…

—La encontraré con o sin su ayuda. ¡Déjenme pasar! Pediré al equipo técnico que tome algunas huellas…

—La recogida de huellas, inspector, en realidad, sería, cómo decirlo…, ¡inútil!

La batalla cesa al instante.

—¿Perdón?

—La señorita Day estaba enferma.

—Le diré más: infectada, incluso. Realmente infectada.

—¿Infectada de qué?

—La verdad es que no lo sabemos. Enfermedades de mujeres, se entiende… Pero lo bastante graves como para requerir no solo una partida inmediata, sino también una desinfección completa de las instalaciones.

Solo le diré una cosa: ¡ya no habrá gérmenes!

—¿Cómo? ¡¿Están borrando las huellas dactilares de una mujer sospechosa de asesinato?!

—¿Asesinato?

—Señor cura, ¿se ha cometido un asesinato en su pueblo? ¿A quién han asesinado?

—No entiendo, Renaud…

Morales hace un último amago de entrar en el hostal, pero Renaud y el sacerdote bloquean obstinadamente la escalera.

—Inspector, solo le diré una cosa: no querrá pillar gérmenes, ¿verdad? Correría el riesgo de enfermar gravemente…

—¿Qué hace? ¿Amenazas, intimidación?

—Eso son palabras mayores. Más bien, queremos proteger a Guylaine de gérmenes de su especie. Tiene una salud delicada, entiéndame, y usted está demasiado nervioso para ella… También lo protegemos a usted, la verdad, porque si la situación se nos fuera de las manos, probablemente sería responsable, por su torpeza, de una intrusión sin orden judicial. ¿Está a prueba en este destino o es un puesto permanente?

¿Qué hacer? ¿Llamar a la comisaría? ¿Quién vendría a ayudarlo? ¿Marlèe? Se reiría de él. ¿Los chicos del equipo técnico? Para cuando convenciera a esos vagos de que le echaran una mano, ya estaría todo limpio.

De repente, Morales se harta. Ya basta de mudanzas, de preguntas indirectas, de historias de pesca, de llamadas telefónicas, de sospechosos, de Gaspesia. De Sarah. Está harto. Se vuelve hacia el mar y su ira se transforma en desánimo y cansancio. ¿Detrás de qué corre que se le escapa todo el rato?

—¡Ay! ¡Dios mío!

Renaud sobresalta a todo el mundo más allá de los límites ordinarios.

—¡Solo le diré que son más de las once! Tengo que ir a abrir el bar.

Abandona el hostal como se deja tirado un trapo viejo y se encamina hacia el bar con paso rápido y apresurado. El cura, Leblanc, se acerca a Morales.

—Gaspesia no es una región pacífica, inspector. Aquí las cosas no funcionan como en la ciudad. Ya se acostumbrará. Mientras tanto, venga, vamos a comer.

Y Joaquín Morales asiente.

El mediodía es húmedo, demasiado soleado después del mal tiempo de ayer. De camino al bar, el investigador recordó que odia trabajar en verano. Sin mediar palabra, los dos hombres se sientan junto a la iglesia. El cura pide dos cervezas. Joaquín, ¿por qué viniste aquí? Por esto, ¿no? Resbalar, perder terreno y renunciar.

—Realmente, me pregunto qué hacen los investigadores de Montreal para rastrear a un culpable.

Las cervezas llegan heladas; las botellas, empapadas con el velo de la condensación.

—Solo diré una cosa: es muy distinto que en provincias, ¿no?

—Renaud, tráenos dos *pizzas* de marisco. No es alérgico al marisco, ¿verdad, inspector Morales?

—No.

—Entonces tiene que probarla.

Renaud, decepcionado, les da la espalda con un movimiento teatral del paño de cocina, como si imitara un despido definitivo.

—¿Por qué lo pregunta, padre?

—En realidad, me toca a mí presidir las ceremonias fúnebres en esta parroquia. Normalmente, parece que el informe de la autopsia llega más o menos al mismo tiempo que el cadáver. Sin embargo, el cuerpo de Marie Garant aún no ha regresado a Caplan, lo que me lleva a pensar que usted no tiene el informe de la autopsia aún. Es más, por lo que me han dicho, no ha tenido tiempo de hacer interrogatorios muy exhaustivos…

—Se ha equivocado de carrera, padre, ¡debería haber sido investigador!

—Le digo todo esto, inspector Morales, porque me parece completamente irrazonable su implacable persecución a Guylaine Leblanc y Catherine Day. O espera a tener órdenes judiciales reales para darles un susto de muerte o, como un buen e inteligente investigador, deja un poco en paz a las mujeres de este pueblo, en lugar de acusarlas sin motivo y perseguirlas como un perro rabioso.

Morales abre la boca, pero no consigue responder. Es verdad, ¿por qué está tan convencido de que se ha cometido un asesinato? Las apariencias permiten sospechar que fue un accidente. ¿Está tan enfadado con Sarah que se le ha ido la cabeza? ¿Cuántas veces le ha dicho a los novatos que los sentimientos personales pueden perturbar las investigaciones?

Renaud vuelve y deja bruscamente las dos *pizzas* en la mesa.

—Solo diré una cosa, ¡que aproveche!

Se enfurruña detrás de la barra. Justo en ese momento, el forense Robichaud aprovecha para cruzar, ligero a pesar de su peso, la puerta del bar, con aire primaveral.

—¡Forense Robichaud! ¡Venga a sentarse con nosotros! ¡Aprovecharemos para pedir un vasito de tinto!

—No le diré que no, padre.

—¡Renaud!

Pero los muchos clientes de mediodía crean un torbellino, y el dueño del bar, probablemente atascado entre el gorro ridículo y el delantal de «Ayudante de cocina», tarda en llegar. El forense saluda a Morales y acerca una silla.

—En honor a la verdad, el señor Morales y yo estábamos hablando de la investigación. Usted, que trajo de vuelta el velero, ¿por qué no explica sinceramente lo que piensa?

—He de decirle, padre, que solo se llegará a la conclusión del accidente. Cuando subí al barco, lo primero que vi fue que la botavara estaba suelta, así que...

—Ufufuf... ¿Es usted el inspector de policía que ha venido de Montreal para investigar las circunstancias de la muerte de Marie Garant?

Morales, que no ha dicho una palabra desde que el forense ha llegado, se levanta de golpe y se encuentra cara a cara con un pescador alto y demacrado, que ha entrado sin que se diera cuenta.

—Sí.

—Inspector Morales, le presento a Cyrille Bernard, de Caplan.

A Cyrille le importan un bledo las presentaciones, el cura y el forense. Solo mira a Morales.

—Llevo años pescando aquí, y solo le diré una cosa, inspector: ¡todo eso solo son malditas mentiras! Ufufuf... ¡Marie Garant no se habría olvidado de afianzar la botavara, y el mar la conoce lo suficiente como para darle un golpe en la cabeza!

—He de decir, Cyrille, que no serán los cuentos de los pescadores los que cambien el curso lógico de una investigación formal, rigurosamente realizada.

—Ufufuf... Y yo le diré, señor forense: ¡que le jodan!

El mar batía su brillante alfombra contra la dura pizarra del acantilado, donde se graban los rostros fantasmales de los que arrastran las olas. Aunque la transparencia del sol me deslumbraba, los gritos de las gaviotas me agredían y el desorden nervioso del mundo me perseguía, no me iría de allí sin saber. El médico me recomendó llegar hasta el final, superarme, no deambular por el camino hacia mí misma. Así que no me iría de allí sin una respuesta. ¿Para ir adónde, por cierto?

El día anterior, Cyrille me señaló la casa del acantilado, así que no lo dudé. Al salir del patio de Guylaine, giré a la derecha por la carretera principal, a la derecha por la circunvalación de la isla y, de nuevo, a la derecha, donde la grava se divide en dos y recorre la costa en dos direcciones opuestas. A quinientos metros, bajo los abetos, apareció. De madera, con una galería en tres de los lados. Muy blanca.

De todos los escenarios que mi infancia había construido, nunca imaginé llegar a casa de mi madre como una fugitiva. En la parte trasera, la ventana de la cocina de verano no tenía el seguro echado. Pude abrirla y entrar sin permiso.

Aquí estoy en tu casa, Marie Garant. He forzado tu entrada. Di una vuelta y lo toqué todo. Deambulé, como lo haría un extraño, tratando de encontrar sentido a las habitaciones de la casa. No tenía ningún recuerdo asociado a las molduras de madera. Nunca bajé corriendo aquellas escaleras, ni vacié la despensa, ni dormí debajo de un montón de abrigos de piel una Nochebuena. Mis recuerdos de infancia eran magníficos, perfectos: ¿por qué me apenaba entonces no haber podido disfrutar de los que evocaba esa casa? Recuerdos que nunca habían existido. Porque pasaba algo extraño, sentía nostalgia de lo que nunca había conocido. Era un pasado imposible y tan muerto como aquella mujer de piel lívida que el mar había devuelto. ¿Cómo era posible, pues, que lo añorara tan intensamente, cuando mi familia adoptiva siempre me había llenado? En el salón, unos mapas marítimos antiguos se alineaban en la pared: la península de Gaspesia, la costa este americana, el mar Caribe. Una hamaca colgada dividía la habitación, diagonalmente, en dos. En el comedor, otra hamaca estaba doblada sujeta en un gancho. En la segunda planta, el dormitorio de matrimonio. Libros marinos polvorientos, ropa de abrigo, una película de llovizna salada en las ventanas, nada demasiado personal.

El otro dormitorio, más pequeño, estaba preparado para un niño. En los cajones había objetos de una banalidad asombrosa: conchas, piedras recogidas en la playa, trozos de madera blanqueados por la sal. Objetos sin lugar ni fecha, ahora vacíos de recuerdos. Todavía había rocas lijadas por el mar en el alféizar de la ventana, trozos de madera salada. Y una mecedora. Una silla a la espera, que colocó allí un hombre que sonreía a una mujer, que desplegó toda su ternura para llevarla allí, para sentarla, para darle un hijo, tal vez, o para desearlo.

Cerré las puertas del piso de arriba. La hamaca también sería suficiente para mí. Bajé las escaleras y entonces la vi. En el rellano, una foto. Una mujer de unos cuarenta años y una joven de diecisiete o dieciocho, en blanco y negro, de espaldas al mar. Mi abuela y mi madre a bordo de su velero, y mi rostro reflejado en el cristal. Yo, Catherine Garant, cara a cara con ellas. Tres generaciones de mujeres mirándose. Permanecí mucho tiempo delante de esa foto. Fuera, el mar seguía golpeando los acantilados.

De repente oí que se acercaba un coche. Corrí hacia la ventana. La furgoneta de Cyrille avanzaba por el camino de grava. Aparcó a la sombra de los altos árboles antes de acercarse con una bolsa en las manos.

—Ufufuf… Pensé que tendrías hambre…

—¿Me has traído comida, Cyrille?

—Pan, café, mantequilla y huevos.

—Voy a enchufar la nevera…

—Ufufuf… Y pon una olla de agua al fuego: he traído dos langostas. ¿Todavía no has comido?

—…

—¡Que no se diga que en casa de tu madre se come mal!

Me volví de golpe. Me miraba tan fijamente que dolía.

—¿Quién te lo ha dicho?

—El notario Chiasson. Ufufuf… Después, te busqué. Renaud cuenta que Guylaine te echó del hostal. Pensé que debías de estar aquí.

Un buen rato de silencio, roto por las olas y las dudas, se extiende entre nosotros.

—Ufufuf… Vamos a comernos las langostas antes de que envejezcan.

Cyrille se adelanta en la cocina. Me enseña a cocinar marisco, dice que primero hay que acariciarle la frente.

—¡Eso hará la carne más tierna!

Luego comemos en la cocina, con las ventanas abiertas de par en par, mirando la bahía.

—Quiere que vayas a verlo mañana. Ufufuf…

—¿A quién?

—Al notario.

—¿Para qué?

—¡Deja de pelearte con las pinzas! Ufufuf… Mira, pincha el cuchillo, pon la punta justo ahí, en el triangulito… Vale, venga, empuja suavemente mientras giras.

Un viento cálido recorre el aire inmóvil de la cocina, reanimándola.

—¡Solo porque vayas a heredar no significa que puedas masacrar las langostas!

—¿Cómo?

—Ufufuf… Dice que has heredado.

—¿Heredado? ¿Qué?

—La casa, pequeña. ¿Qué más quieres? ¿Un transbordador espacial? Ufufuf… Has heredado un pedazo de tierra en Gaspesia.

—…

—¿Qué vas a hacer con eso?

—No lo sé.

Recojo el resto de las cáscaras y despejo la mesa mientras Cyrille, como de costumbre, se lía un porro. Nos sentamos fuera.

—¿Dónde vives?

—En Montreal.

Se ríe suavemente mientras echa humo.

—¿Qué pasa?

—No, nada. ¡Es que en tu casa, el río es más bien pequeño!

—Sí.

—¿A qué se dedica tu padre?

—Arquitecto. —Asiente lentamente—. Mis padres eran arquitectos, Cyrille. Los dos.

—Ufufuf… ¿Qué quieres decir con «los dos»?

—Marie Garant me dejó en su casa y les cedió la custodia legal.

—¿Al hijo de los Day?

—Sí. Mi padre biológico probablemente es un hombre de la zona, pero no he visto ninguna foto suya en la casa…

Da una larga calada al porro antes de responder.

—¿Siguen vivos tus padres en Montreal?

—No.

—¿Por eso viniste aquí? Ufufuf... ¿Tus padres murieron, descubriste que eras adoptada y querías conocer a tu madre?

—Adoptada, no. Acogida. Y no lo «descubrí». Siempre lo he sabido.

—Viniste a conocer a tu madre y apareció muerta... Ufufuf... Debes de estar decepcionada...

Me encojo de hombros. La ira y la frustración me recorren la sangre como una marea de aguas negras. Sí, es cierto, he venido a Gaspesia para conocer a mi madre, para hablar con Marie Garant, y su muerte me priva de todo lo que había esperado.

—¡Decepcionada no, enfurecida!

—No tienes motivos. Ufufuf... Tu madre era una buena persona.

—¿Y mi padre? ¿Quién es?

Se atraganta con su bocanada de marihuana, tose durante un buen rato y tira el resto del porro, que se estrella en algún lugar bajo los escalones. Deja pasar dos olas, el tiempo suficiente para que el mar, que sacude la orilla sin gruñir, aplaste los recuerdos en la arena como una mano de cartas victoriosa.

—Ufufuf... Es... complicado.

—¿Por qué? ¿Era promiscua?

—¡Tu madre no se acostaba con cualquiera! Ufufuf...

—De acuerdo. ¡Entonces explícame!

—¿Qué había escrito en tu certificado bautismal?

—Alberto.

—Ufufuf... ¿Alberto?

—¿Era el nombre de tu hermano, Cyrille?

—¿Tengo pinta de italiano? No, ¡no es mi hermano! Ufufuf...

—¿Quién es, entonces?

—¡No lo sé!

—Escucha, Cyrille... Renaud me dijo que Marie Garant no era demasiado popular por la zona. La expresión de Vital cuando trajo el cuerpo decía lo mismo, y ¡Guylaine me echó sin contemplaciones! Algún día, alguien debería explicarme lo que pasó, en vez de intentar convencerme de que era maravillosa, guapa y fina, ¿no crees?

Sacude la cabeza, desanimado.

—¿Por qué no quieres hablar de eso?

Se levanta.

—Ufufuf… No creo que sea un buen día para ayudarte…

—¿No es un buen día? ¿Para quién? ¿Para ti o para mí?

Rígido, baja las escaleras, herido en su amor propio.

—¡Cyrille! ¡No me iré de Gaspesia sin saber quién es mi padre!

Vacila.

—Ufufuf… ¿Cuántos años tienes, pequeña?

—Veintiocho años.

Se da la vuelta de repente, enfadado, camina hacia la furgoneta, sube y da marcha atrás hasta donde yo estoy. A través de la ventanilla bajada, me lanza dos frases furiosas.

—¡Al parecer, tu padre era arquitecto! Ufufuf… ¡Si hubiera sido pescador, te habría enseñado a mentir mejor!

Da un acelerón y la furgoneta se desvía por el hueco entre los abetos para arrojarme una cortina de polvo a los ojos.

3. Los muelles y los amarres

El *Alberto* (1974)

Incluso antes de entrar en la bahía de Mont-Louis, desde el otro lado del rompeolas, ya distinguió el mástil. Se dio cuenta de que el velero se había movido y pensó lo peor. Porque, a sus treinta y tres años, O'Neil Poirier empezaba a perder la esperanza de atrapar en sus redes a una mujer como aquella.

No es que no le gustaran las mujeres (después de todo, ¡era marinero!), no, es que hacía falta saber hablar. Afilar las palabras, pulir las frases y lijar las comas requiere herramientas delicadas, y es necesaria la destreza de un escultor para deslizar la mano por las delicadas curvas de la cintura de una mujer. Es el trabajo de un artista, y O'Neil Poirier nunca tuvo más valor que el del agua y los cuchillos de pesca. Se le daba mejor hablar con el mar que con las mujeres. Pero con ella sería más fácil, estaba seguro. La mujer del velero no era como las demás. Había madres con mucho mérito, sí, señor. Pero como esa, que sabe navegar sola, que rompe aguas en el mar y tú le cortas el cordón con el cuchillo de desollar bacalao… A una como esa no volvería a encontrarla pronto. No la dejaría escapar, no, señor.

¡Y no importaba qué marinero de agua dulce fuera el padre de su hijo! O'Neil Poirier quería bebés, ¡y siete más, hermosos y bronceados por el sol del verano! Enseñaría a esos hijos del mar a pescar, a tejer la red, a atracar el barco, a cargarse los pájaros en la ola.

Cuando el pescador del *Alberto* se acercó al rompeolas a principios de septiembre, tenía marejadilla en el corazón. O'Neil Poirier era un hombre valiente, pero también sensible. Había visto que la mujer del velero estaba sola, pero sobre todo que era hermosa.

La elección de los amarres (2007)

Cyrille decía que los días en el mar no se contaban como los demás, con las vueltas de las agujas en la carcasa del reloj. Los días marinos se cuentan en bajadas y subidas de nasas, mañanas calmadas o fuertes marejadas, nudos y nieblas inesperadas. Se extienden en salidas atrasadas, llegadas esperadas y amarras rotas.

—¿La ha encontrado el inspector Morales?

—No.

El corpulento bonachón meneó tres mentones satisfechos. Para llegar al despacho de Chiasson, el notario, había tenido que ir a la derecha, por la galería de madera, rodear la casa familiar y llamar a la puerta de lo que antaño debió de ser la cocina de verano.

—Es un grano en el culo como todos los demás. Odio a los investigadores. Quieren leer los testamentos antes que los herederos, hacen preguntas indiscretas. Buscan tres pies al gato.

Me ofreció una silla y él se sentó en su escritorio, sin prisas, pero con actitud oficial.

—No creo que tenga ninguna orden de detención contra usted.

—Todo el mundo dice que me está buscando. Si no voy a verlo, acabaré pareciendo una mujer culpable que se esconde.

—Los hechos identifican a los culpables, señorita Garant, no las apariencias.

Laboriosamente, sacó un fajo de papeles de su mesa y empezó una lectura tan puntillosa como oficial, dando así fe de que se había beneficiado de la educación clásica de los jesuitas. Tenía que firmar el derecho de sucesión, pero él me hablaba, moviendo los tres mentones, de asuntos notariales circunstanciales.

—Considérese afortunada: algunos legados vienen acompañados de requisitos testamentarios, a veces dudosos, y este no es el caso.

Enarqué una ceja, irónica.

—Hay que admitir que habría estado fuera de lugar que Marie Garant la obligara a cumplir deberes filiales…

—Así es.

—A la inversa, algunos herederos se encierran a veces en extrañas resoluciones personales, afirmando que a su padre o a su madre les habría gustado que hicieran esto o aquello. Usted también es libre de esto o aquello.

—Sí.

Finalmente, me entregó los papeles.

—Firme aquí y aquí. Escriba aquí sus iniciales y firme ahí. La investigación terminará pronto. Cuando desprecinten el barco, podrá disponer de él.

Firmé en todas partes y luego dejé el bolígrafo.

—Señor Chiasson, ¿sabe dónde puedo encontrar a mi padre?

Atónito, abrió la boca, dejando las tres papadas colgando en el vacío.

—¿Cómo dice?

—Marie Garant se casó con el hermano de Cyrille Bernard. ¿Sabe dónde puedo encontrarlo?

—¿Ha hablado con Cyrille?

—Un poco.

Quiso mostrarse tranquilizador, se levantó, bordeó las pilas de papeles y deslizó una nalga regordeta por la esquina curtida del enorme y viejo escritorio, que había adquirido el hábito acogedor.

—Señorita Garant… Dudo que Lucien Bernard sea su progenitor. Cyrille es un buen amigo mío y preferiría que él mismo le contara esa historia. De lo contrario…

Saca un papel y escribe algo.

—Quizá podría ir a ver a Yves Carle.

—¿Yves Carle? ¿Quién es?

—De hecho, debería hacerlo.

—¿Por qué?

Ladea la cabeza pensativo, bajo la que ruedan sus mentones alborotados.

—Cuando se enteró de la muerte de su madre, Yves Carle fue a buscar el barco. Él lo encontró.

—¿Y qué?

Me mira con los ojos del gran sentido común evidente por encima de las gafas.

—Creo que hay una ley en el mar que dice que, cuando encuentras un barco abandonado, puedes quedártelo.

—¿Pretende quedárselo?

—Yves Carle es un gran marinero. Quiso demasiado a Marie Garant y respeta demasiado al *Pilar* para hacer algo así.

—¿Quiso «demasiado» a Marie Garant?

—He hablado con él esta mañana. Vaya a verlo. He anotado aquí su dirección.

Me entrega el papel y un sobre que hay en su mesa. Un sobre abierto, con mi nombre escrito con mano diligente.

—Tuve que abrirlo porque el inspector exigió una copia. Lo siento.

Cogí el sobre, me levanté y lo metí en el bolso.

—Gracias por todo, señor Chiasson.

Muy amablemente, me acompañó hasta la puerta y me despidió guiñando un ojo y con una sencillez de tres mentones.

—¡Se parece a su madre, señorita Garant!

—¿Es un cumplido?

—Ella habría respondido lo mismo.

Con las manos vacías, pero el bolso lleno de papeles, bajé, a la deriva, la larga escalinata hacia el mar.

Pasé por la cabaña, pero Cyrille no estaba. Pensé que, en cualquier caso, el viejo pescador tampoco habría querido responder hoy a mis preguntas.

Jérémie, el amerindio alto, estaba atando las nasas en la parte trasera de su furgoneta. Llevaba un mono enorme, de un intenso color naranja, muy llamativo. Me miró fijamente. Caía la tarde. Dudé, luego rebusqué en el bolso y saqué el papel del notario. Yves Carle. ¿Qué tenía que ver ese tipo en toda esta historia? Leí la dirección y conduje hacia el este.

El marinero vivía en una casa tradicional, con un tejado a dos aguas, como el de Marie Garant, y una galería que suspiraba de alegría frente al mar. Detuve el coche en la entrada, no muy lejos de la carretera, porque no quería pasar por debajo de los árboles.

A la derecha, cerca del cobertizo del jardín, una mujer de unos sesenta años trasplantaba las plantas de interior. Volvió el sombrero rojo hacia mí, con una expresión en el rostro amable y llena de humor.

—¿Es usted la hija de Marie Garant?

—Si se quiere decir así…

Me miró detenidamente.

—Bueno. Aunque no quiera, se parece demasiado a ella como para negarlo.

Se quitó un guante y extendió una mano arrugada.

—Mi más sentido pésame, señorita.

Lentamente, le cogí la mano. Era la primera vez que alguien me daba el pésame por la muerte de Marie Garant y, de pronto, sentí que esa muerte me concernía.

—¿La conocía?

—No estoy segura de que alguien conociera a Marie Garant.

—Me gustaría que me hablaran de ella…

—No se preocupe: todo el mundo querrá hablarle de ella. Cuanto menos se sabe, más pueden inventarse.

Guiñó un ojo y señaló el paseo marítimo con una pequeña pala para macetas.

—Yves está en el barco.

Al final del terreno, un muelle privado apunta hacia altamar; allí hay amarrado un velero. Me acerco. De pie en la cabina, Yves trabaja en un cabrestante. Pelo blanco, ojos azules, manos grandes.

Trabaja meticulosamente, concentrado. Nos quedamos un momento en silencio. Como he pasado bastante tiempo en puertos deportivos, sé que molestar a un marinero mientras trabaja en su barco es muy mala idea. Sin levantar la vista, lanza una frase al muelle como un fardo de ropa sucia al suelo del sótano.

—El *Pilar* es un Alberg 30. 1970. No es nuevo, pero es un buen barco. Será fácil venderlo, sobre todo porque en los últimos años Marie Garant lo restauró entero: el acabado de esmalte del casco, el motor, las velas, los cabrestantes, la electrónica…, todo es de hace, como mucho, dos o tres años.

—¿Venderlo? ¿Por qué?

Levanta la cabeza y me mira de arriba abajo. Cyrille hizo algo parecido, así que no me inmuto.

—¿Navegas, Catherine Garant?

—Navegué de joven. Mi padre era François Day, de New Richmond.

Entrecierra los ojos con atención.

—¿El hijo de Henri? ¿Eres la nieta adoptiva de Henri Day?

—Adoptiva, sí.

Era imposible que un marinero local no hubiera oído hablar de mi abuelo. Fue ingeniero naval y navegante durante mucho tiempo, de esos que adoran las tormentas. Una vez se hizo al mar y nunca volvió. Su mujer se había llevado a su hijo François a Montreal, para mantenerlo alejado del agua.

—Mi padre siempre tuvo un velero. Navegábamos por el lago Champlain. Lo vendió muy al final.

—¿Y tú no lo compraste?

No.

—Debería haberlo hecho, pero mi pareja de entonces odiaba navegar.

—¿Quieres llevar el *Pilar* al lago?

Ni sí ni no.

—Nunca he navegado en el mar. No sé si estoy hecha para eso…

Parece decepcionado.

—Solo tú podrás decirlo.

Vuelve a meter la nariz en el torno.

—Con un barco como este, ¿hasta dónde puedo llegar?

Un gesto con la cabeza hacia el este.

—Pues puedes dar la vuelta al mundo, si quieres.

La verdad es que no entiendo lo que estoy haciendo aquí.

—Gracias por devolverme el *Pilar*.

El hombre se encoge de hombros. No me da muchas oportunidades, pero me resisto a irme.

—¿Y usted, Yves Carle? ¿Ha dado la vuelta al mundo?

—¿Por qué quiere saberlo?

—El notario me dijo que usted navegaba.

Da vueltas al mecanismo.

—¿Qué sabrá él? Es el único en Gaspesia al que no le gusta el pescado.

Me río a carcajadas.

—¿Qué le pasa al cabrestante?

—Nada. Solo le doy un engrasado de viejo que no quiere forzar demasiado.

Levanta la cabeza y me dedica una suave sonrisa. Por fin. Los gaspesianos se ganan uno a uno.

—Cuando era joven, vivíamos en Percé. Mi padre había comprado dos viejos barcos de pesca. Llevábamos a la gente a la isla de Buenaventura. Yo era barquero. Tenía unos treinta años cuando compré mi primer velero.

—¿Cuál fue?

—Un Jeannot 25. Lo tuve tres años.

Con el destornillador, señala la bañera o el mástil, vagamente la cubierta, y todo eso.

—Después, me compré un Bénéteau.

—¿Y cuál será el próximo?

—¿El próximo? Tengo sesenta y ocho años. El próximo será la canoa embrujada.

Juguetea un poco más con el cabrestante.

—Hace un par de años, llegué a las islas de la Magdalena. Nunca me alejé más.

—¿Por qué?

Suspira, como si yo no entendiera rápidamente o la vida fuera demasiado lenta.

—Tenía veintidós años cuando me casé.

El agua murmura entre los pilotes del muelle.

—¿Conociste a mi mujer, al llegar?

—Sí.

—Nunca le gustó esto, la vela.

Apenas un chapoteo.

—Pensé que seguiría navegando cuando me jubilara, pero dos años antes me hicieron tres vaipases coronarios...

—¿Y ahora?

Mira el cabrestante y sus manos inútiles.

—Debería haber zarpado antes. Habría podido. Habría podido ir al sur y reparar los motores de los barcos... Cuando sabes trabajar con las manos, puedes ir a cualquier parte. Habría necesitado una oportunidad para decidirme. O una mujer...

—¿Es demasiado tarde?

Vuelve a fingir que juega con el cabrestante, pero me doy cuenta de que ha terminado con eso.

—Sí. Hay edades para marcharse. Si no te vas a la edad de la aventura, ya no te irás.

Un susurro, una suave ola contra el casco.

—Si me hubiera ido, nunca habría vuelto. Por eso me quedé.

—¿Por qué? ¿Por su mujer?

Titubea.

—¿Tienes hijos, Catherine?

—No. ¿Y usted?

Me mira fijamente durante unos segundos, y luego aparta la vista.

—Dos. Y el mayor tiene una hija. Soy abuelo.

Yves Carle suelta por fin el cabrestante y se inclina de espaldas a la escalera, mirando hacia el sudeste, hacia donde podría haber sido posible.

—Se llama Camille. Yo le regalé su primera bicicleta. Le puse un timbre, y Thérèse, espumillón de colores en el manillar. Cuando la niña viene a casa, se pasa las tardes dando vueltas por el patio, con el timbre y el espumillón. Los dos últimos años ha navegado con su padre y conmigo. El pasado, la llevamos a dar la vuelta a la isla Buenaventura. Desde aquí se tarda tres días.

Deposita las frases una a una, despacio, en el muelle.

—Camille tiene ocho años. Cuando viene a casa, deja huellas de dedos por todas partes, y tardamos un par de horas en decidirnos a limpiarlas.

Se vuelve hacia mí, extiende el agua marina de su mirada hasta el azur de mis iris.

—Nuestras verdaderas amarras, Catherine, no son de nailon. Y no se pueden soltar.

—Mi madre no permitió que eso le impidiera marcharse.

Mira hacia abajo, buscando algo más que hacer. Se acuerda del cabrestante, y lo cierra. Guarda las herramientas en una cajita, se limpia las manos y me hace un gesto.

—Sube a bordo. Charlaremos.

Compruebo las suelas, agarro el obenque y embarco. Sé que me está observando y no quiero hacer ninguna estupidez de principiante, como engancharme los pies en los cabos o rodar sobre las escotas de la génova.

Me siento en la bañera mientras él lleva la caja de herramientas a la cabina, y allí, dentro del barco, y dándome la espalda, abre mi caja de Pandora.

—¿Sabes por qué Marie restauró el *Pilar*, en lugar de comprar un velero nuevo?

—No.

—Es mucha inversión para un barco viejo… ¿No imaginas por qué lo quería?

—No…

Se vuelve hacia mí.

—Porque te dio a luz en ese barco.

El agua se calla.

—¿Cómo lo sabe?

Se encoge de hombros.

—No es difícil de imaginar: estaba aquí o en el mar. Nadie sabía que esperaba un hijo. Debió de darte a luz en secreto.

Sube a la bañera y se sienta frente a mí. Pasan varias olas sin que las cuente.

—¿Has visto el *Pilar,* Catherine?

—Todavía no.

—Hay un camarote para el timonel. Estos barcos, los Alberg 30, no tienen camarote en la popa. Eso significa que Marie lo reformó, y lo hizo porque pensaba navegar con alguien.

—Quizá tenía un amante…

—Cuando tienes un amante, ¡lo metes en tu cama! Preparas el camarote de popa para una visita. O para tu hija.

—¡Nunca me invitó!

—No. Y yo nunca he tenido el valor de irme. Pero eso no significa que no haya soñado con ello toda mi vida.

Los pliegues del agua se alisan.

—¿Qué vas a hacer con el *Pilar?*

—Voy a empezar por botarlo de nuevo.

—Claro, un aparcamiento no es lugar para un barco.

Se levanta.

—¿Quieres una cerveza?

—¿Qué hora es?

—He preguntado yo primero.

—De acuerdo.

Baja otra vez a la cabina y me da dos latas.

—Tengo que adujar unas cuerdas viejas. ¿Te importa si lo hago mientras charlamos?

—No.

Tira un montón de cuerdas a la bañera mientras yo abro las cervezas. Vuelve a salir.

—Ayer lo cambié todo: las drizas, los patrones y las escotas. Ya puestos...

—¿Va a tirarlas?

—No. Las cuerdas inútiles siempre son útiles a bordo.

Adujamos los cables y bebemos las cervezas.

—Tu madre navegaba. Llevó lejos el *Pilar...* Navegaba hacia el sur. Creo que incluso pasó por Canarias. Cuando veía a Marie izar velas, la acompañaba un rato mar adentro y luego volvía a puerto.

Deja una bobina y bebe un sorbo de cerveza.

—Estás decepcionada. Viniste aquí buscando un gran marinero y lo único que hay es un abuelo...

—Si hubiera encontrado un hombre así en otra parte, Yves, quizá el mar no me llamaría tanto...

—¿Quieres irte?

Adujaba una driza en la mano izquierda.

—No sé por qué me quedaría.

—Cuanto más tardes, Catherine Garant, menos te irás.

—Si me voy, Yves Carle, no tardaré.

Asintió.

—¿Sabe la ruta que hizo mi madre?

—No. Debe de estar grabada en su GPS, pero el investigador se lo llevó. Cogió el GPS, el cuaderno de bitácora y los recuerdos. Su equipo los guardó en una caja, y luego metió la caja en el maletero del coche, como si fuera una caja de cervezas vacías. Las pertenencias de una mujer muerta... ¿Te imaginas?

—Preferiría no hacerlo.

—Eso te obligaría a elegir tu propia ruta.

—Ya veremos.

Habíamos terminado de adujar las cuerdas. Yves Carle aseguró las bobinas y las guardó en el cajón de popa. El marinero de ojos azules se inclina hacia la cabina, tira las latas vacías al fregadero del barco y sube a la pasarela; luego camino yo por ella para desembarcar.

—¿Cuándo podrás recuperar el velero?

—Aún no lo sé. Tengo que esperar hasta el final de la investigación. El notario supone que lo desprecintarán pronto.

De repente parece serio, preocupado, casi incómodo.

—El investigador de la capital sospecha que la botavara le golpeó en la nuca y la lanzó al agua. Probablemente están esperando el informe de la autopsia para confirmar la teoría del accidente.

—No lo sabía.

Salta al muelle y me ofrece la mano. La cojo y bajo.

—¿Yves?

—¿Sí?

—Lo necesito en el muelle de Ruisseau-Leblanc. Una mañana temprano. ¿Puede venir?

—Allí estaré.

Caminamos por el muelle en silencio.

—Catherine...

—¿Sí?

—Tu madre no murió así.

El mar está aceitoso.

—Cuando lleguemos al velero, te lo explicaré. Si quieres saberlo.

—Cuando vayamos al velero, querré saberlo. Sí.

Thérèse había terminado de trasplantar las plantas y no me crucé con nadie en el camino de vuelta a mi coche.

Decir que el investigador Morales estaba muy bebido cuando volvió a casa sería quedarse corto. Literalmente, dejó que lo emborrachara el párroco Leblanc, que, para ser francos, encontró en Joaquín el alma caritativa de un bebedor novato, al que fácilmente se le podían sacar unas rondas, por el amor a las mujeres y al buen Dios. El viejo forense alentó la fiesta amistosa cuando aceptó de buena gana (tendré que agradecérselo) unos cuantos vasos, que, como se habrá adivinado, rellenó con eficacia el impagable Renaud Boissonneau, quien, solo le diré una cosa, pensaba que el inspector tenía mucho mejor aspecto con un vasito en el gaznate.

Regresó a casa justo cuando se empieza a servir tarde la cena, conduciendo un coche, que se había vuelto escandalosamente tembloroso, hasta la arboleda de la esquina de su patio. La hilera de cedros lo estremeció. Muy sensatamente, dejó que el coche se adaptara a su nuevo entorno y continuó a pie, tropezando con las ortigas.

Abre la puerta, tira la chaqueta desteñida encima de la primera pila de cajas y se tantea los bolsillos: ¿dónde ha ido a parar el móvil? Porque tenía que llamar a Sarah. Le diría, a la arpía de su mujer, que se dejara de tonterías y bajase a Gaspesia. ¡Sí! Sale de casa, tropieza con las ortigas, vuelve al coche, busca a tientas y no encuentra nada. Entonces recuerda que el teléfono debe de estar en el bolsillo de la chaqueta.

¿Dónde está la puñetera chaqueta?

Esa pregunta exige reflexión... Aunque la ha visto hace poco... Joaquín Morales vuelve tambaleándose a casa, encuentra la dichosa chaqueta encima de la pila de cajas del pasillo y, de pronto, en un arrebato de genialidad, piensa que tal vez sería mejor darse una ducha y ordenar las ideas antes de llamar a la dichosa Sarah.

Se desnuda y se instala bajo el chorro de agua tibia. ¿Será la borrachera, el calor de la noche o el agua que se desliza acariciándole la piel? De repente, se siente excitado. Su mujer y él llevan meses durmiendo en habitaciones separadas. ¡Meses! Se lo contó al cura y este confirmó perentoriamente que era inaceptable. Incluso pidió otro vaso de vino secular para tragar el sapo. El forense añadió que una mujer tiene que desear. Renaud balbuceó y volvió a llenar los vasos.

Así que todos estuvieron de acuerdo en que había llegado el momento de decir basta, incluido Joaquín Morales. Sarah, más joven, tenía el cuerpo caliente y un deseo apremiante. ¡Probablemente sería un malentendido! Quizá bastaba con despertar el deseo dormido…

Joaquín sale de la ducha desnudo, tan excitado como Adán frente a Eva, y, en cuanto se seca, coge el teléfono y llama a su cariñosa media naranja, con la voz ronca y el cuerpo tenso. Parece que algunas parejas lo hacen por teléfono… ¿Y por qué no ellos? A él le apetece que una mujer lo desee, la suya, y oír los gemidos del amor. Y correrse. Correrse en la noche de Gaspesia que se alarga, correrse en el horizonte que susurra con las olas despeinadas.

Con una mano, marca el número; su mujer responde en Longueuil.

¿Por qué las actitudes rígidas de la vida no adquieren a veces la curva arqueada del placer? Mientras fantaseaba susurrando en pequeños suspiros, con palabras ininteligibles, su nombre ronco y descompuesto en jadeos balbucientes, Joaquín se gana el habitual y aleccionador: «¿Qué quieres decir con eso?». «¿Te parece divertido?». «Cállate, ¡te estoy hablando!». Luego viene el desfile de conjugaciones, «¡Nunca me has entendido! ¡Nunca me entiendes! ¡Nunca me entenderás!», que se acumulan en las sábanas de la cama arrugadas y marchitan su deseo. Digan lo que digan, ¡las réplicas tradicionales de las peleas de pareja son longevas, tópicas y resistentes!

Cuando Sarah aborda las preocupaciones de los últimos días, le explica por fin las razones de su retraso, y menciona el nombre de Jean-Paul Lemire, Morales salta definitivamente de la cama, se pone unos vaqueros y baja al salón.

—… porque Jean-Paul dice que a ellos les gusta mi trabajo, que el contraste entre la pesadez de los cables y la ligereza de las estructuras les recuerda la imposibilidad cotidiana de surcar los cielos y, al mismo tiempo, el deseo de hacerlo…

Ayer metió una botella de vino blanco en la nevera.

—… ¿Me estás escuchando?

—Por supuesto, cariño.

Abre la nevera, mira la botella, duda, cierra la puerta. Se arrepiente. Se arrepiente de haber llamado, se arrepiente de su noche de hombre solitario, se arrepiente de su deseo perdido, se arrepiente de todo.

—Jean-Paul dice que debo conocer a esos coleccionistas.

¿Por qué, al llegar a los cincuenta, las mujeres que siempre han sido felices, pacíficas y fieles desean convertirse en artistas? ¿Para realizarse? ¿Se ha realizado él?

—Así que, como comprenderás, tendré que quedarme un poco más.

—Con Jean-Paul. Sí, cariño, ahora entiendo…

—¡No es lo que piensas, Joaquín! Tengo que replantearme mi carrera en conjunto y abrirme al panorama internacional. También tendría que visitar…

—¿Su dormitorio?

—Por favor, no seas mezquino.

—¿Mezquino? Sarah, llevas meses durmiendo en otra habitación con la excusa de que…

—¡Esto no tiene nada que ver con Jean-Paul y lo sabes! Te lo expliqué, Joaquín, necesito sublimar mis energías libidinosas en obras creativas y…

—¿Y cómo se supone que yo voy a sublimar eso? Me gustaría que hablaras con Dji-Pi sobre ello, a ver si tiene una teoría al respecto.

¿Por qué acaba así? La llamó, borracho y cachondo. Telefoneó a su mujer, Sarah, esperando… ¿qué? ¡Una llamada erótica, sí! ¡Y ella podría haber hecho un esfuerzo! ¡Podría haberse olvidado de sí misma por un momento! En vez de eso, se pone… ¿Qué ha pasado para llegar a ese punto?

—Escucha, Joaquín, ya está todo solucionado. Los chicos me ayudarán con los hombres de la mudanza…

—¡No son muebles lo que quiero! ¡Es a ti, Sarah! Escucha, ¿hay alguna manera de que podamos organizar esto a distancia? Tu agente puede…

—Mi agente no, Joaquín, ¡mi galerista!

—Dji-Pi.

—No te gusta, pero hace un trabajo excelente.

—¡Solo quiere ponerte las manos en el culo!

—Joaquín, estás insultando mi arte y…

—Durante meses has estado insultando nuestra relación, Sarah.

En ese momento suena el timbre.

—¿Tienes visita esta noche, Joaquín? Veo que no estás tan aburrido.

—¡No seas ridícula! Yo…

Cuelga. Abre bruscamente la puerta, medio desnudo, con el pelo revuelto y los ojos negros.

Cuando el investigador Morales abrió la puerta, yo retrocedí dos pasos.

—¿Sí?

Parecía enfurecido.

—¿Se encuentra bien?

—¿Qué quiere?

—¿Es usted el inspector Morales?

—Sí.

—Soy la mujer que busca.

Se quedó inmóvil, mirándome fijamente a los ojos.

—¿Cómo dice?

—Soy Catherine Garant.

Eso sí que es inesperado.

—¿Quién le ha dicho que vivía aquí?

—Está en Gaspesia, señor Morales. Para disfrutar del anonimato, tendría que mudarse a otro lugar.

—Sí. Yo… Er… Tiene razón… Entre. Está todo hecho un desastre, pero entre. Disculpe… Er… Acabo de salir de la ducha y…

Torpemente, va a ponerse un jersey, vuelve tambaleándose y peinándose con las manos.

—Al parecer, me busca por todas partes. No soy culpable de nada. He venido a decírselo.

El policía, incómodo, inspira profundamente. Cualquiera diría que está bebido.

—Sí, la buscaba… Quería hablar con usted, claro, porque su madre murió en circunstancias que aún no se han aclarado y como usted es la heredera…

Tantea las palabras, una a una, dudando si entregármelas.

—Además, usted no vive en Gaspesia. Entonces…, Catherine Garant, ¿qué ha venido a hacer aquí?

De pie, en la puerta de una sala de estar abarrotada de cajas, la pregunta se plantea.

—Vine a Gaspesia con la esperanza de conocer a Marie Garant. Lo comenté con Renaud Boissonneau el día que llegué. Me dijo que aquí no caía muy bien, así que no insistí. El pueblo es pequeño y esperaba encontrarla por casualidad. Habría preferido conocerla viva, créame.

—¿Por qué quería conocerla?

—Es una pregunta extraña. Nunca conocí a mi madre. Me habría gustado hablar con ella al menos una vez en la vida.

Un movimiento en falso y Joaquín Morales se ladea dos pasos.

—¿Se encuentra bien, señor Morales ?

—Sí, sí…

Recoge una dignidad piripi, rodea las cajas a reventar y se apoya en la chimenea; uno podría imaginar a Sherlock Holmes haciendo lo mismo, en sus buenos tiempos, con una copa de globo de *whisky,* en un salón inglés, con las ventanas cubiertas con cortinas de damasco rojo. Salvo que, en este caso, el desorden de la mudanza le quita toda la dignidad a la escena.

—De momento, la teoría más probable es la del accidente…

Pensé en las últimas palabras de Yves Carle.

—Al parecer, Marie Garant conocía muy bien el mar como para sufrir un accidente.

—No sea ingenua. ¿Qué significa «conocer el mar»? Cotilleos de pueblo. Estamos hablando de una investigación policial. La víctima tenía una marca en la nuca, probablemente debido, la autopsia lo confirmará, a un golpe de la botavara de la vela mayor.

Había adquirido un vocabulario marino, y se le notaba. Lo saboreaba como una fruta exótica, intentando valientemente dar una oportunidad a su orgullo.

—Marie Garant regresa del sur, orgullosa de sus millas náuticas, pero envejecida. Quiere volver al pueblo a lo grande, para presumir, pero ha sido un día largo, así que decide pasar la noche protegida de las miradas y atracar el día siguiente, para saludar a los pescadores saltando al muelle con paso flexible y parecer joven. Así que fondea en el Banc-des-Fous. La predicción del tiempo es buena, conoce bien la zona, ningún peligro a la vista. Pero se esforzó demasiado en el viaje de vuelta, la edad le jugó una mala pasada, y estaba agotada. Viene una mala ola, y cuando la botavara que amarró incorrectamente la golpea, no le da tiempo a sujetarse. Cae por la borda, se ahoga y su cuerpo termina en la red de Bujold, el pescador.

—Es una posibilidad.

—Los guardacostas no registraron ninguna llamada de auxilio. Tampoco en la lista de llamadas del móvil. Nadie sabía que regresaba a casa. No había huellas dactilares en el velero, aparte de las suyas; nada que justifique otra hipótesis.

—Muy bien. En ese caso, no tiene sentido continuar esta conversación.

Me dispongo a irme.

—A menos que usted tenga alguna otra pista.

Estaba de espaldas a él cuando lo dijo.

—¿Alguna pista?

—Porque, evidentemente, hay otras hipótesis: suicidio, asesinato... Sobre este tema, sospecho, como de una herida supurante, de las herederas de ojos saltones que ahogan a sus abuelas en sus bañeras o las empujan delante de camiones con remolque...

Me quedé paralizada y me volví hacia él, irritada.

—¿Cómo dice?

—Por no hablar de los hombres celosos. ¿Sabe quién es su padre?

—No. ¿Y usted?

—Yo tampoco. Pero es posible que Marie Garant tuviera varios amantes...

A medida que habla, Morales se arrepiente. ¿Por qué dice todo eso? ¿Porque aún se siente frustrado?

—Creo que ha bebido demasiado, inspector. Voy a dejarle mi número de móvil y me voy a casa.

—¡No!

De repente, se siente avergonzado.

—No…

Abandona de golpe la chimenea y el aire pomposo, y vuelve a ser un hombre corriente, sin aliento.

—Señorita Garant, yo… Er…

Se pasa una mano por la cara y se acerca a Catherine.

—De verdad, le pido perdón. He sido un grosero.

—Y ridículo.

—Sí. De hecho…, desde que llegué aquí, todo se me va de las manos: la mudanza, la investigación… Yo… Er… Se suponía que iba a vaciar las cajas, salir a correr, asentarme, relajarme… Pero no ha sido así y…

—Lamento oír eso.

—Estaba a punto de comerme una langosta… ¿Tiene hambre? Podemos compartirla…

¿A qué juega exactamente? ¿A vengarse de Sarah? Ni siquiera eso. Se siente viejo y ridículo; todo lo que necesita es que una mujer le diga que sí. A cenar. Que acepte su invitación. ¿Realmente es tan estúpido tener ganas de gustar un poco? Dios, ¿es mucho pedir?

—Tengo una buena botella de blanco en la nevera…

Dudo. ¿Qué espero yo, Catherine Garant, de pie en la puerta? Hace mucho tiempo que no me invitan a cenar y, en el fondo, sí, quiero abandonar el orden solitario de mi vida, ver cómo un hombre me extiende la capa del atardecer sobre la arena del océano y dejar que la noche nos envuelva.

Acaricia con delicadeza la langosta y la mete en el agua hirviendo. Tarda unos diez minutos en cocerse. Esperamos casi en silencio, antes de salir a la terraza. El sol se oculta sin prisa, y el mar, al fondo del acantilado, besa las piedras con su oleaje sedoso. Joaquín Morales está un poco borracho, se le nota en la vacilación al andar, pero rompe la cáscara de la langosta sin salpicarme con el jugo pegajoso y me sirve los trozos con delicadeza.

—¿De dónde es usted, señor Morales?

—De México.

Por primera vez en años, no dice: «De Longueuil». Ni se da cuenta. Y, aún inconscientemente, ocupado en pelar la langosta, empieza a hablar del mar, del sur, de Ciudad de México, del ruido que dura toda la noche, de los olores de la ciudad de la que huyó, cuando era adolescente, hacia un Cancún más bello que hoy, sin turistas ni hoteles de lujo. Tenía la arena ardiente bajo los pies y el sol secaba su piel salada del agua transparente. Las mujeres hermosas y bronceadas reían tan blancas como alas de ángel y jugaban en las olas con sus bikinis de colores brillantes. Las invitabas a tomar un tequila por la noche y bailaban con el corazón al son de las guitarras que pasaban por allí...

Cuando habla del mar y de la piel danzante de la noche, vuelve a su voz un acento meridional, un acento que aprendió a traicionar en los fríos suburbios de Longueuil, y la velada marina reaviva completamente: las «erres» ruedan en el oleaje, las «ues» se suavizan en ondulantes «ous», las «ons» se feminizan, se estiran y suspiran.

El alcohol lo relaja, pierde el tono de investigador y vuelve a ser el hombre risueño que antaño lanzaba, bajo el sol anaranjado del oeste, grandes gestos entusiastas que ahora recupera, mientras da vueltas a ritmo de vals para entregar con delicadeza sus gestos al mantel liso. Gestos suaves y amplios.

El crepúsculo se vuelve azul, tranquilo, lo ilumina un cuarto de luna, y él sugiere un paseo por la playa. Las olas susurran, pacíficas y discretas, historias de lugares lejanos en un idioma extranjero. Deambulan un momento en silencio, luego vuelven sobre sus pasos y suben de nuevo las escaleras hasta la terraza. El viento catabático de la noche baja de las montañas y sopla sobre su rostro, con el aroma de la clorofila picante y la corteza húmeda.

—Cerca del mar, entre los acantilados y los árboles, cada mañana hay una bruma ambiental que cubre las hojas. Es como un velo que oculta el rostro de la costa, como la tímida sonrisa de una novia joven. En México, a la salida del sol, a veces no tenía ganas de nada, solo de flotar en la absoluta indolencia del viento, que acaricia la orilla, bordea la playa y vuelve hacia altamar…

Su voz es tan apacible que los amarra a la noche.

—¿Era su sueño?

—¿Cómo dice?

—¿Soñaba con trasladarse a Gaspesia?

—En realidad, no…

—Hay quien dice que el exotismo sienta bien, cambia el lugar del dolor.

—¿Para enviarlo adónde, exactamente? No lo sé.

—Entonces, ¿por qué se muda?

Se encoge de hombros. De repente, el resto de su vida, los últimos treinta años, vuelven a él y deja de respirar. ¿Qué decir a la joven Garant? ¿Que a los cincuenta y dos años ha renunciado al placer? ¿Que ha perdido la capacidad de soñar? ¿Que enhebra las semanas ordinarias en el ábaco monocromo del tiempo, en tictacs mecánicos y uniformes, sin preguntarse casi nunca dónde ni por qué? ¿Que surfea la ola de su mujer porque la suya se ha agotado y aplanado? ¿Que se ha acostumbrado, que así es menos complicado? ¿Cómo decir que lo único que quería era la salida fácil, pero que, sin poder pararlo, lo inextricable ha llegado, en la sordina de la vida cotidiana, porque no prestó atención? ¿Que perdió el hilo de sus deseos en el nudo bobinado de los días e ignora qué hacer para desenredar lo complicado, y entonces ya no sabe hablar?

Se vuelve hacia ella. Es preciosa. Su pelo se riza húmedo en su cara, el aire salado la hace vaporosa y, de repente, a su lado, parece que se entreabre un espacio. El vino se le sube a la cabeza y la joven Garant huele deliciosamente.

—¿Y usted, Catherine, tiene un sueño?

Dudo. ¿Un sueño, yo? Mirando hacia el mar, me hago esa pregunta. ¿Un sueño? Permanezco mucho tiempo en silencio. En un momento dado, Joaquín Morales se apoya en la barandilla y me doy cuenta de que me está mirando.

—Ya no sé lo que son los sueños, señor Morales.

Entonces lo hizo. Se inclinó sobre mí y me besó. Fue el desenlace ilógico de ese encuentro, pero hay tardes en las que lo inesperado no nos deja respirar, y Gaspesia es una tierra sin tregua.

«Con las manos abiertas y agarrándome al mar, grité, y el cristal endurecido de mi silencio estalló en miles de fragmentos de colores, que se esparcieron por la ola».

—El teléfono… ¿Dónde está el teléfono…?

—¿Qué?

Aún no sabía su nombre de pila.

—El teléfono suena…

Silencio desordenado en la galería.

—Disculpe, Catherine, yo…

Entró. Me senté frente al mar para respirar. Tenía ganas de entusiasmo, de recuperar el sabor salado de la vida.

Me llegaban retazos de la conversación, llenos de ellos mismos.

—No, no me estás molestando.

Murmuraba palabras que yo oía a mi pesar.

—Tu carrera, entiendo, sí…

Y.

—¿Nuestros planes, Sarah? ¿Nuestra relación?

En ese momento, por primera vez, sentí que me iría. Que yo también tomaría el horizonte como destino. Me levanté, di la vuelta a la casa, crucé el césped y bordeé el seto hacia la entrada. Estaba enfadada. ¿Cuánto tiempo más iba a vagar fuera de mí?

En la penumbra, me di contra un coche. Al rodearlo, las palabras de Yves Carle volvieron a mí en un eco indigesto: «¡Tiró todo eso en su coche, como una caja de cervezas!». No lo dudé. Abrí la puerta del conductor y el maletero. La caja seguía allí, olvidada con los nervios del momento.

Levanté la tapa. La caja estaba llena de cosas metidas en bolsas de plástico impermeable. Cosas de mi madre. En cada una de ellas, todavía estaban las huellas dactilares de Marie Garant. En cada una, todavía, las marcas de sus dedos.

Cogí el GPS náutico. Antes de llegar aquí, ni se me habría ocurrido. Si me hubieran preguntado qué pensaba que había en la última caja de mi madre, no habría respondido que un GPS. Pero ¿qué sabía de ella realmente? ¿Qué sabemos de los demás, de una madre que te abandona, de los hombres casados que te besan, o de… uno mismo?

¿Y qué habrá en mi caja? ¿Un par de zapatos gastados, una bufanda deshilachada, unas cuantas fotos de la infancia, grabadas en la memoria de un disco duro indiferente?

¿Quién querrá contar mi historia, poner sus manos en mi rastro solitario? ¿Quién me hará una caja después de mi muerte? ¿Quién se preguntará adónde me llevaron mis últimos kilómetros? ¿Tendré huellas que no pueden tocarse, ordenadas, embolsadas y numeradas, o solo una maleta patas arriba, escupida por una ventana enfadada?

¿Y Marie Garant? ¿Realmente yo quería su historia?

Tenía que decir que sí. Que incluso la necesitaba. Necesitaba su ruta, probablemente guardada en el GPS, una línea roja en la pantalla luminosa. Sus últimos kilómetros debían de estar encerrados en ese cacharro. Kilómetros secretos, kilómetros propios, que sus ojos habían visto antes de hundirse entre dos aguas.

Era consciente de que, a ojos de la ley, estaba cometiendo un delito. Me sudaban las manos cuando volví a dejar el GPS, puse la tapa y levanté la caja, pero no me temblaban. Lo cogí todo, sin dejar nada, y lo metí en mi coche. Los recuerdos de Marie Garant ahora me pertenecen solo a mí.

«Mi corazón late al ritmo de la marea. Y me embarco. Embarco, zarpo, izo y me alejo de tierra».

Con la conciencia tranquila, me llevé la caja a casa, la dejé en la mesa del comedor y me fui a la cama.

Cadenas, cuerdas, anclajes

Cuando abrió el expediente en la mesa de la cocinilla recalentada, Joaquín Morales no había vuelto a llamar a su casa. Sarah se lo había ordenado: «Ya me llamarás cuando puedas volver a hablar», le dijo antes de colgar. Pero ahora la marea también subía en su interior.

El gato beis clavado en el tablón de anuncios de Marlène lo había asustado. Aún con cuentas que rendir, y el mundo mirándote. Definitivamente, prefiere la cocinita.

Ayer besó a otra mujer y esta mañana solo puede pensar en eso.

Abre el expediente. Con la muerte frente a él, se pasa una mano por el pelo. Marie Garant. Papeles, informes, fotos de ella sobre la mesa.

¿Y si no hubiera sonado el teléfono? Habría sido... ¿Adulterio? ¿Cuántos años de matrimonio? Casi treinta. Treinta años de fidelidad, trabajo, paternidad y compromiso. Porque de repente todo parece compromiso. ¿Dónde estaba la alegría, el placer, el entusiasmo? ¿La libertad? Esta mañana, se ahoga y explota al mismo tiempo. ¿Culpabilidad? Cuando cierra los ojos, imagina las caricias en la piel de Catherine, su cabello perlado de sudor, sus gemidos y su suavidad, su canto, su ola... ¿Culpable? ¿Feliz? ¿Realizado? ¿Viril? ¿Qué es peor: buscar un culpable o buscarse a sí mismo?

Informe de la autopsia: alcohol en el cuerpo, un golpe en la cabeza con lesiones graves, traumatismo craneoencefálico. Probable causa de la muerte, incluso si no hubiera caído al agua. Y eso es exactamente lo que ocurrió: cayó de espaldas y se deslizó hacia el mar. Agua en los pulmones.

Morales recuerda la expresión de felicidad de Marie Garant. ¿Qué había hecho para ser tan feliz? Había perdido a su marido, había entregado a su hija y llevaba una vida errante. ¿Eso es la felicidad? ¿Dormir bajo un cielo diferente cada noche? ¿No tener a nadie, en ningún sitio, esperándote? Quizá las mujeres tengan un don para la felicidad. Saben cómo rendirse. Ayer...

¿Ayer? Su olor... Lo había olvidado, las mujeres huelen diferente, tienen curvas diferentes, movimientos diferentes, ritmos diferentes. La humedad de los besos, la delgadez de su cintura... Pensar en eso aún lo confunde. Hace calor en la cocina.

Son ajenos los que dicen que el mar no pudo matar a Marie Garant. Obviamente, murió por accidente. Hojea el informe de la autopsia. Seguir investigando sería inútil. ¿Quién habría querido matarla cuando ni siquiera nadie sabía que volvía? Tampoco hay sospechosos en este maldito caso. Morales se ríe para sus adentros. Como de costumbre, está investigando la muerte de una mujer que no pudo haber sufrido un accidente, que no se suicidó y a la que nadie mató.

Huellas dactilares, informe del equipo técnico. Informe médico. Fotocopia del testamento. ¿Marie Garant sabía que su hija la esperaba aquí? ¿Tenían una cita?

Tal vez debería volver a llamar a Lapointe. Le gustaba oír a Lapointe hablar despacio. ¿De qué habló el otro día? Ah, sí: del consuelo.

¿Por qué Marie Garant fondeó allí? ¿Por qué razón se detuvo allí? ¿Por cansancio, realmente? Si tenía una cita con su hija, ¿por qué retrasar su llegada? No hay un desarrollo lógico en todo esto. Olvidaba algo. Pero ¿qué? Algo importante... ¿Un testimonio? ¿Un interrogatorio?

Suena el teléfono. Mira el número: Sarah. Joaquín Morales no contesta. Para no herirla, deja el teléfono con cuidado en la mesa. Ayer besó a una desconocida.

Se siente viejo. Tal vez debería pasarle el caso a otra persona. Por conflicto de intereses. ¿Cómo quedaría, si confesara haber besado y acariciado a la heredera, y única posible sospechosa, durante su primera investigación en Gaspesia? Ridículo.

—¡Ah, inspector! ¡Por fin lo encuentro aquí!

A Joaquín casi le da un infarto.

—No hemos tenido ocasión de conocernos: soy Joannie.

Ahí está ella, en pie frente a él, con un café en la mano, el escote en caída libre y las caderas atiborradas de herramientas.

—Eh... Encantado.

—Joannie Robichaud.

Traza sus curvas hasta la cara.

—Robichaud...

—Sí. La sobrina del forense. Dice que está haciendo un gran trabajo.

—Er... Gracias.

—Es de Montreal, ¿verdad?

—Sí.

Se acerca, posa la nalga izquierda en el borde de la mesa, con los pechos moldeados en el uniforme, y la porra y las esposas alrededor de la cintura.

—Me encantaría trabajar en Montreal. La gente de aquí es tan... Ya me entiende, ¿no?

—No. Er... Sí. Sí, entiendo.

Sacude el pelo rubio, que acentúa su escote verde oliva.

—¿Cree que hay trabajo en Montreal para ser inspectora?

—Es... Tiene que empezar desde abajo...

—Ya he hecho mi primera investigación.

—¿En serio?

¿Cómo se hace para mirar a mujeres como ella? Antes sabía, pero ahora una feminidad tan explosiva lo abruma.

—Sí, un caso de robo, en el cuarto distrito. Sabe lo que sucedió, ¿no?

—No.

—¡El tipo se robó a sí mismo para cobrar el seguro!

—A veces ocurre.

—Se enfadó cuando se lo pasaron por las narices. Gaspesia no es fácil: todo el mundo se conoce. Por eso me gustaría trabajar en una gran ciudad; tal vez usted podría ayudarme...

De repente, quiere volver a verla. A Catherine Garant. Tocar su piel, arder bajo el duro sol de su mirada, ser arena y roca, coral contra su carne salada. Se levanta. Rápido. Demasiado rápido, pero le importa un bledo. Cierra la carpeta y guarda el expediente sin ningún cuidado, frente a la mirada atónita de la novata Robichaud.

—Me ayudará, ¿verdad, inspector?

—Hasta luego, señorita.

Morales sabe dónde está la puerta trasera, no quiere darse de bruces con la teniente Forest. Sale y rodea el edificio. ¿Dónde está Catherine? Tiene su número de móvil en alguna parte...

—¡Inspector Morales! ¡He de decirle que lo buscaba a usted!

Sin tiempo para llegar al coche, Joaquín se da de narices con el forense.

—Buenos días, señor Robichaud.

—Tengo que decirle que Langevin llevó el cuerpo de Marie Garant a la sala de Caplan, así que debe de haber recibido el informe de la autopsia...

—Sí. Iba a estudiar todo eso en casa, porque aún no tengo despacho aquí.

Morales intenta abrirse paso hasta su coche, pero Robichaud lo bloquea.

—¿Estudiar? ¿Tiene alguna idea de las conclusiones?

—Un accidente. Hay rastros de alcohol en el organismo. Un vaso de vino, un movimiento en falso...

—Puedo confirmar que cuando se descubrió el barco, la botavara estaba floja.

—Sí, también tengo su informe.

—Debo decir que me alegra pensar que por fin se cerrará este caso, porque una mujer muerta crea bastante revuelo en un pueblo pequeño como el nuestro...

—Me parece haberlo notado.

—Hubo que exigir la investigación, pero yo esperaba esta conclusión.

—Muy bien.

Segundo intento, Morales hace un truco para llegar al coche, pero el forense sigue obstinado.

—Para el funeral no hay disposiciones testamentarias. Tendrá que pedir a la hija de Garant que se encargue. ¿Sabe dónde está?

—No... ¿Y usted?

—No, pero tendremos que avisarla.

—Yo me encargo.

Morales habló rápido. Demasiado rápido. El forense lo percibió.

—¿La conoce? Es toda una mujer, ¿verdad?

Ahora lo somete a un interrogatorio. Acorralado, contra la pared. Quizá, comportarse como ellos, serpentear, culebrear, evitar. Burlar al adversario.

—Justo ahora acabo de encontrarme con su hija. Joannie.

—¡No es mi hija, es mi sobrina!

—Sí, disculpe.

—Debo decirle que no tengo hijos. De hecho, llevo soltero toda la vida. Pero si hubiera conocido a una mujer tan hermosa, ¡le juro que habría hecho todo lo posible por hacerla mía!

¿De qué mujer habla? ¿Joannie? ¿Catherine?

—¿Sabe qué les falta a los hombres de hoy?

—No, forense, no lo sé.

—¡Arrojo! ¡Mano dura! Tengo que decírselo: ¡cuando uno está enamorado, hay que ir a por todas! ¡Los hombres de hoy ya no saben conquistar a las mujeres como antes!

—Tiene mucha razón.

Robichaud parpadea, sorprendido de tan severa aprobación, mientras Joaquín Morales aprovecha, se despide, lo rodea, y al fin llega al coche.

Orgulloso y victorioso, con palpitaciones, conduce hasta la orilla del mar, se detiene en la parada de autobús, frente a la playa, rebusca en los bolsillos, encuentra el número, respira hondo y marca. Cruza los dedos. Oye el tono de llamada.

«Hola, este es el buzón de voz de Catherine Garant. Deje un mensaje».

El pitido.

—Catherine, soy... er... el inspector Morales. Yo... er... el estudio del expediente de su madre..., Marie Garant..., prueba que su muerte fue, efectivamente, accidental. Presentaré el informe mañana. Esto significa que puede reclamar su herencia, si lo desea. El cuerpo ha vuelto a la funeraria de Caplan. Puede... er... disponer de él. Y ya está. Eso es todo lo que tenía que decir... er... oficialmente. Si necesita algo, no dude en llamarme.

Cuelga. Uf. Se debate como un adolescente. Vuelve a marcar.

«Hola, este es el buzón de voz de Catherine Garant. Deje un mensaje».

El pitido.

—Hola, Catherine. Soy Joaquín. Me gustaría... er... invitarla a cenar esta noche. En mi casa. Cocinaré... er... una paella. Sobre las siete. La espero.

Cuelga.

La pescadería, la tienda de ultramarinos, la cooperativa de alcoholes. Así pasará el día. Dando vueltas, esperando, deseando. Joaquín se afeita y se mira en el espejo. Cincuenta y dos años, todavía capaz de seducir.

Hacia las cuatro y media, el móvil vuelve a sonar. Mira el número. Marlène Forest. Que se fastidie la teniente. Lo desconectará. Tendrá el informe mañana. Hasta entonces, las crisis del mundo pueden esperar unas horas.

Porque hoy tiene esto: la audacia de la seducción. Su vida de casado se ha vuelto complicada, incluso aburrida. ¿Por qué se privaría de un renacimiento? Aún es joven, enérgico y entrena tres veces por semana. Todavía puede atraer, ¿por qué no? Después de todo, ¿no es eso lo que hace su mujer?

Suena el timbre y Joaquín Morales mira el reloj. Las seis y media. Catherine se adelanta, pero él está preparado. Tenía prisa. Se ha tomado su tiempo, porque la paella es un plato que no permite ninguna precipitación.

Preparó las verduras, el marisco, los crustáceos. No utilizó pollo ni conejo, sino cangrejo, langosta, gambas, almejas, langostinos y mejillones. Puso música mientras preparaba la cena. Sus gestos se volvieron flexibles y largos, canturreaba y, de pronto, se dio cuenta de que estaba bailando. Joaquín Morales bailaba mientras cocinaba una paella y reía.

Extendió el mantel blanco y sacó los cubiertos y la vajilla de domingo, que había traído en las primeras cajas porque nunca los usaban.

Encendió las velas antes de abrir la puerta.

—¿No va a devolver mis llamadas, inspector?

—¿Teniente Forest?

La mujer acerca la nariz a la puerta.

—Um… Esta cena tiene buena pinta.

¿Qué clase de país de locos es este, donde la jefa se entromete, como una bofetada glacial, en las horas más intempestivas del día?

—Velas, vino… ¿Espera a alguien?

—No.

—Es usted un romántico, inspector. Y discreto. ¿Cuándo llega su mujer?

Está sonriendo. Debe de haberlo visto hablando con Joannie. Si no, ¿qué?

—¿Ha venido a verme por esto?

—No. Ya he cenado, gracias. Como no se digna a estar en su puesto de trabajo, ni a contestar el teléfono, he venido a decirle que mañana espero su informe.

—¿Mi informe?

—Su informe acerca de la investigación, Morales. ¿Sigue siendo inspector, aunque esté enamorado?

—Sí, sí. Casi lo he terminado.

—Sabe elegir la música…

—Gracias.

—¿A quién espera para cenar, Morales?

—A nadie.

—Mañana pase por mi despacho. Quiero ver su informe. Ah, y el cuerpo de Marie Garant ya está en la funeraria de Caplan. Tendrá que avisar a su hija de que puede proceder con el entierro.

—Se lo diré. No se preocupe.

Morales echa un vistazo al reloj. Casi las siete.

—¿Siempre anuncia ese tipo de noticias alrededor de una cena a la luz de las velas? Si Catherine Garant se parece en algo a su madre, dudo que pueda echarle el guante…

Morales aprieta la mandíbula.

—Hasta mañana, teniente.

Forest sonríe irónicamente y se encoge de hombros.

—Hasta mañana, inspector.

Marlène Forest desaparece y Joaquín Morales la maldice. Porque, a pesar de todo, sabía que tenía razón. A partir de ese momento, vio desgranarse los minutos de su soledad como las notas de una canción triste, mientras la paella se enfriaba. ¿Cuánto tiempo puede retrasarse una mujer? Ya no lo sabía. Realmente, después de tanto nerviosismo, en ese momento se sentía... desbordado. ¿Eso son también los cincuenta? ¿Sentirse desbordado?

Quizá solo estaba en su cabeza. En su cabeza, los susurros, las caricias, los ojos de la otra, los cuerpos asqueándose.

En su mente, esa noche de amor en la playa, en los rayos azules de la luna contra las olas. En su cabeza, ese deseo de ella que cree necesitar, el aliento que le quema la piel, y también algo más, con lo que sueña en silencio pero que no se atreve a expresar a sí mismo: el ardiente deseo de ser amado.

A las nueve coge el móvil. La cera de las velas gotea en el mantel.

—¿Hola?

—¿Señor Lapointe? Soy Joaquín Morales.

—¿Inspector?

—No. Esta noche no. De todos modos, el caso está cerrado: la muerte de Marie Garant fue accidental.

Paul Lapointe mira el reloj y se sirve una copa de oporto.

—¿Esperaba a Catherine para cenar?

—¿Cómo lo sabe?

—Es la hora en que las citas se convierten en fracasos.

Morales guarda silencio unos segundos.

—Soy viejo y ridículo, especialmente esta noche.

—¿Qué había preparado?

—Paella. Una receta de mi abuela materna, que era española.

—¿Sabe, señor Morales? Me he pasado la vida dibujando magníficos paisajes, pero las curvas de una mujer no pueden dibujarse. La belleza es inalcanzable. Y aún no hemos hablado del amor...

—Llevo treinta anos casado. Mis hijos se han ido, hemos comprado una casa en Gaspesia, pero mi mujer tarda en venir a reunirse conmigo. La semana pasada, estaba furioso. Esta noche, ni siquiera sé si quiero que venga...

—Lo entiendo perfectamente.

—¿Cuántos años tiene, señor Lapointe?

—La misma edad que usted, señor Morales. O un poco más.

—¿Sigue enamorado?

—Sí, pero mentiría si dijera que no he experimentado la duda. Cuando una mujer guapa entra en mi despacho y se quita el abrigo, girándose ligeramente, ¿sabe? Cuando ve la nuca por el rabillo del ojo… Tengo dudas. Pero cada vez que mi mujer se quita las medias de nailon, sé lo que es el esplendor de la gracia. Quizá sea eso el amor, señor Morales: una gracia que nos eleva por encima de la duda.

Joaquín piensa en Sarah. Y sin embargo, la amaba.

—La gracia debe de haberme abandonado.

—No mire excesivamente a Catherine. Las mujeres como ella tienen demasiados horizontes. No sirve de nada insistir.

—Me despierto en medio de la obra preguntándome si esto es realmente lo que soñaba construir.

—¿Tenemos los sueños acertados? No lo sé.

—No ha venido.

—No la culpe. Ella no tiene la culpa de lo que es. No más que cualquier otra. Ninguna mujer tiene la culpa de que su paella se haya enfriado. Mala suerte. O buena, según se mire.

4. La sal del mar

El *Alberto* (1974)

Lo primero que vio O'Neil Poirier al doblar el rompeolas, al amanecer, fue el bidón con la cuerda flotando, como un pecio solitario en el fondo de la bahía. Metió un poco de gas, aunque nunca es muy inteligente hacerlo en la entrada de un puerto deportivo, porque le fallaba el corazón. El balandro apoyaba la cadera contra el muelle.

O'Neil Poirier dejó a sus hombres amarrar el *Alberto* y fue al velero con tímida familiaridad. Al reconocerlo, la mujer lo saludó con un gran gesto y le dijo: «Espere, voy a subir al muelle». Él la observó. Reconocía su pelo y sus manos. El verano tocaba a su fin, pero él no había olvidado nada. Cuando la mujer se le acercó, le explicó. La mujer había vuelto el día anterior, había soltado la segunda ancla para amarrar, y subir a bordo las provisiones. Fue muy amable al ocuparse del *Pilar.* Gracias. Había tenido que dejar el barco ahí por el bebé… No pudo levantar la otra ancla, ya ve, ¡es demasiado pesada! O'Neil Poirier permaneció en silencio, enredado entre sus enormes manos, que acabó escondiendo en los bolsillos mientras la escuchaba. No podía navegar con un bebé, usted ya me entiende, es demasiado peligroso. Él la miraba moverse. ¿Cuántos años tenía? ¿Treinta? Un poco más joven, quizá. Llevaba el pelo trenzado y ya había recuperado algo de complexión atlética. Bautizó a la criatura aquí y se la llevó a la ciudad. Poirier asentía con la cabeza: probablemente la dejaría con su madre mientras traía el velero. Lo comprendía. La observó con ternura y sonrió, porque si fuera por él, las acogería a las dos, en su casa de Mont-Louis, ahí mismo, en la ladera de la montaña. Incluso había sitio para más niños. Ella siguió contando su historia. Pasó unos días en Quebec, destetando al bebé —había planeado dar a luz allí, ¡pero el bebé llegó diez días antes!—, y luego lo llevó a Montreal, ya me entiende, a casa de una pareja generosa. Conoció al tipo hace mucho tiempo, en Gaspesia. Gente seria. O'Neil Poirier titubeó: ¿debía arrodillarse y hablarle de usted? ¿Cómo se pide eso? Llamó al timbre y entregó el bebé. La mujer era estéril, así que le dijeron que sí, compraron los biberones y firmaron los papeles. Poirier se sobresaltó

—¿Lo ha dado en adopción?

—No, no, en adopción no, en custodia legal. Ya sabe, es menos complicado, más rápido, y así podría localizar al bebé con facilidad si alguna vez le pasaba algo a la pareja. Pero ella prefería no pensar en eso. En fin, ya sabe.

El capitán del *Alberto* miró hacia el agua, con los hombros repentinamente más pesados. No, no entendía.

La mujer del velero le puso la mano en el brazo. Una manita cálida en su brazo varonil, y le dio las gracias.

—El viento está virando al oeste, así que, usted lo entiende, tengo que zarpar.

El hombre asintió con la cabeza mecánicamente, como una marioneta desorientada, mientras ella saltaba a su balandro, soltaba las amarras, izaba las velas y, poco a poco, la perdía de vista, en el horizonte.

Todavía no eran las diez cuando el *Pilar* desapareció en la lejanía. Solo entonces, al desvanecerse el triángulo blanco de las velas de sus mudas pupilas, Poirier se dio cuenta, con las manos aún metidas en los bolsillos, de que no le había propuesto matrimonio.

Cascos estancos (2007)

Cyrille decía que si elegimos el mar, el mar se compromete con nosotros, para bien o para mal. Dijo que deslizaba el anillo plateado del sol en nuestro dedo, que prometía el horizonte y cumplía su promesa. Cyrille contaba, en un susurro, que había conocido sus danzas gráciles, su fricción murmuradora, su cabeceo turbulento, sus furias excesivas, sus tormentas nocturnas, sus aullidos furiosos. Decía, desarmado, que el mar era duro, exigente, pero que arrodillarse al alba era un privilegio.

Delante de la puerta doble del jardín hay un perro. Una mezcla de *husky* malamute de Alaska y labrador, o algo así, con los ojos muy azules, bajo el brillante sol de la tarde. Suenan las campanillas pesadas y sobrias del timbre de la entrada.

Responde Langevin, o su hermano, inútil averiguar cuál, son gemelos.

—¡Señorita Garant! Tenía muchas ganas de conocerla. Se habla mucho de usted en el pueblo…

Me mira con curiosidad.

—¿Así que ha venido a Gaspesia a conocer a su madre?

—Sí.

—Debe de estar decepcionada.

—…

—Ah, se me olvidaba, mis condolencias…

—Gracias.

Me arrastra.

—Esta es la sala donde exponemos a los difuntos, pero venga, charlaremos en mi despacho. Ya está. Siéntese.

Capitonés, cajas de pañuelos de papel, un lienzo —flores sedosas en un halo de luz prometedora— y una foto de los

171

gemelos, colgada detrás de él, triplica su presencia en esa habitación estrecha, decorada en beige y negro.

—Mi hermano volvió anoche con el cuerpo de su madre. Tiene suerte, dentro de su desgracia, porque, como vamos de lejos, en el centro de autopsias de Montreal nos hicieron un favor y nos pasaron rápidamente. Mi hermano durmió en la ciudad para acelerarlo más.

—…

—Pensamos que le gustaría ver a su madre, así que mi hermano la está arreglando un poco. Casi habrá terminado…

—No sé si…

—No se preocupe: ¡se la dejaremos muy guapa!

—No quiero que la embalsamen.

—¡No la está embalsamando! No, no. Solo dejará el cuerpo en condiciones, porque, cuando los cuerpos salen de la autopsia, no quedan muy bonitos, y no queremos que se decepcione. ¡Sobre todo, si solo la verá una vez! Por eso, ¿seguro que no quiere embalsamar el cuerpo?

—Seguro.

—Perfecto. En cualquier caso, ¿sabe qué nos dicen todas las personas que decidieron embalsamar a sus seres queridos cuando los ven? ¡Dicen que el muerto no parece el mismo! Es normal: la última vez que lo vieron ¡estaba vivo! Se me ha ocurrido un truco: cuando vienen, rezo una oración. Eso los calma y, luego, dicen que el muerto tiene un aire apacible. Pero, en el fondo, ¡los que se han apaciguado son ellos! ¡El muerto está muerto! En cualquier caso, como nunca la conoció, no podrá decir que no se parece…

—No.

—Así que, ¿nada de embalsamar?

—No.

—En lo que se refiere a los ataúdes, ¡hay mucho donde elegir! Aquí, los ataúdes de madera son muy populares, porque la gente está muy cerca de la naturaleza. Pero también los tenemos de acero, si lo desea… A no ser que prefiera incinerar el cuerpo. Cada vez está más de moda, por razones ecológicas, y eso le permitiría colocar la urna en nuestro nuevo columbario. El columbario es una opción a considerar, sobre todo porque, aquí, los caminos del cementerio no están pavimentados. Así que decide ir a ver a su madre un domingo, con un vestido limpio y, de camino al cementerio, se ensucia los zapatos, resbala en la hierba mojada; empieza a llover, tiene frío y coge un catarro terrible... ¡No merece la pena para una visitita! En cambio, en el columbario siempre hace buen tiempo. ¿Que un día llueve? Pues trae un libro y lee una hora o dos, junto a las cenizas de su madre. Es una forma maravillosa de reflexionar en buena compañía.

—No, gracias. No voy a incinerar a mi madre.

—Así que estamos hablando de un entierro. ¿Tiene panteón familiar en el cementerio?

¿Mi madre tenía un lugar para enterrarla? No había pensado en eso. ¡Marie Garant, enterrada en un panteón familiar, que domina un piedra de ocho cifras, rodeada de familia, maridos, padres, hijos, durmiendo en la tranquilidad de la tierra fértil? Ella, que el único lugar en el que había encontrado la paz era el agua, ¿dormiría allí?

—Debe de haber una fosa común aquí, ¿no?

—¿Una fosa común? ¡Un momento! Si no tiene panteón, ¡puede comprar un nicho! De hecho..., sin pecar de indiscreto, ¿tiene usted un nicho? ¡Porque puede comprar uno lo suficientemente grande para dos!

—¿Para mí?

—Podemos aprovechar para hacer sus preparativos. Nunca se es demasiado previsor. Los enterradores siempre dicen: «¡Adivina quién se pudrirá!». Usted, yo... ¡Todo el mundo acaba saliendo con los pies por delante, señorita! Es triste decirlo, solo somos números en la lotería de la vida.

¿Yo? ¿Querré que me encierren en una caja y me entierren? ¿En qué tierra? ¿Y para quién? ¿Quién cuidará de mi cuerpo cuando no queden más que mis huesos calcinados en un joyero? ¿Quién se arrodillará y rezará por mí?

—Déjala en paz.

Me doy la vuelta.

De pie en la puerta, el otro gemelo, igual de alto, pero más delgado que su hermano, llega para terminar con el caudal inagotable del vendedor de pompas fúnebres.

—Vaya, señorita, es mi hermano. Por lo visto, ya ha terminado con el cuerpo de su madre. ¡Ya verá cómo un tanatólogo es un artista efímero!

—Está bien, yo me encargo. Ve a ver a tu mujer, te estaba buscando hace un rato.

El vendedor se levanta, molesto.

—¿Cómo lo sabes?

—Te has dejado el móvil en mi mesa...

El teléfono cambia de manos.

—Pues bien, señorita, ¡la dejó con el especialista! No es muy hablador, pero sabe lo que hace. ¡Que tenga un buen día!

Con un remolino, el vendedor de ataúdes sale de la habitación, cruzando la sala a toda prisa. Se oye abrir, vacilar y volver a cerrar la puerta exterior. Luego, la sala fúnebre se queda en silencio.

Entra la mezcla de *husky* malamute y labrador. Llega despacio y se sienta a los pies de su amo. A diferencia del otro, este gemelo no parece nervioso. Ni locuaz.

—¿Está bien?

—Sí.

—Tendrá que disculpar a mi hermano, antes vendía coches...

Me levanto y me dirijo hacia él.

—Mis condolencias, señorita Garant.

Me ofrece una mano firme, que acepto. Tiene una especie de benevolencia apagada, ligeramente distante, que me tranquiliza.

—¿De verdad tengo que ir a verla?

Se agacha y acaricia al perro.

—No tiene que hacerlo si no quiere. Pero dicen que es lo mejor. Forma parte del proceso de duelo. A las personas que incineran un ser querido sin ver antes el cadáver les cuesta creer que haya muerto de verdad.

—Nunca he visto a mi madre.

Continúa acariciando al perro de raza mixta.

—Cuando los pescadores la trajeron el otro día, me quedé helado. Quizá fue una bajada de tensión, pero no podría jurarlo. Era incapaz de acercarme. No me dan miedo los muertos, pero no conseguía creerlo...

Acaricia al animal, lentamente.

—¿Por qué la gente abandona a sus hijos? ¿Lo sabe?

Se endereza, se apoya en el marco. No me pone una mano indebidamente compasiva en el hombro, no intenta consolarme con palabras artificiales, que no puedo entender. Simplemente me mira, fijamente, al centro de los ojos.

—Vamos.

Salimos del despacho y bajamos las escaleras del sótano. El perro nos acompaña, tranquilo. Un pasillo beis, luces de neón silenciosas. A la izquierda, una ventana con una persiana de color verde bosque cerrada. El hombre se detiene, sienta a su perro y se vuelve hacia mí.

—Como el cuerpo no está embalsamado, no podrá estar en la misma habitación que su madre. Debo pedirle que se quede en este lado.

No tengo nada que decir.

Cruza, enciende una luz detrás de la ventana y abre la persiana.

«Avanzo por la proa y levanto la cabeza hacia el amanecer. Me mantengo erguida sobre el oleaje, el agua en calma extiende el horizonte en mis ojos y mi cuerpo, por fin, se llena de felicidad. Te quiero, hija mía. El único lugar donde me siento en casa es donde baila el mar. Hija mía, amor mío, no pasa un día sin ti, ni uno, y, cuando cierro los ojos, solo estamos tú, yo y el viento en nuestras velas».

Cierra las persianas y apaga la luz.

Retrocedo tres pasos, las rodillas me chocan con el borde de un banco y me siento. El tanatólogo regresa. Se agacha y acaricia al perro.

—Envuélvala en una gran sábana blanca. Deposítela en un ataúd de madera, el más sencillo que tenga, un ataúd pequeño, sin adornos, solo una caja de madera, y métala en la fosa común.

—¿Cuándo?

—En un par de días. Tengo que avisar a alguien. Iremos directamente al cementerio. Le pediré al cura que venga y rece una oración.

Asiente en silencio.

—¿Señor Langevin?

—¿Sí?

El perro me mira fijamente con sus pálidos iris.

—Usted debe de saberlo…

—¿El qué?

—Por qué vivimos, por qué morimos…

—Por qué vivimos, no. Pero sé cuándo morimos…

Lo miro fija e intensamente a los ojos.

—Cuando nuestro corazón deja de latir.

Antifouling

Compré un plato preparado en Sicotte. Olvidé que me esperaba una paella adúltera. Si lo hubiera recordado, tampoco habría ido.

Volví a su casa, que ahora era la mía, y calenté el plato. Mientras comía, desembalé todo. La carta testamentaria, la caja, las bolsas de plástico. Dejé de esperar. Porque era eso exactamente: había estado esperando todo este tiempo... ¿A qué? ¿A que llegara un hombre? ¿A que el destino me cayera encima?

Estaba enfadada con el amor por defraudarme, con mi madre por navegar, con mis padres por morir. Estaba enfadada con mi trabajo por aburrirme, con mi ciudad por ser impersonal, con mi vida por no estar a la altura de mis sueños.

Pero mis verdaderos sueños, los que Marie Garant debió de inculcar en mis genes y mis padres, al enseñarme a navegar, desarrollaron en mí, los había dejado desvanecerse bajo la luz mortecina de mi cobardía. Me puse en camino pensando que, gracias a la receta del médico, saldría de mí misma, pero seguía implosionando.

Era libre, sin familia, sin amante y sin trabajo. Sin nadie a quien esperar, sin nada que lamentar. ¿Y qué hacía con tanta libertad? Nada.

De pie, en casa de mi madre, admití, por fin, que, mientras Marie Garant se eligió a sí misma, yo no había sabido hacer nada con mi vida y culpaba al entorno de ser incapaz de divertirme. Por pereza o cobardía, me confinaba en un ambiente crispado que me imponía, complaciente con el vacío de mi tierra de nadie interior.

Desde la ventana oeste se veía el *Pilar* encaramado en la basada. Yves Carle habló de partir. Hacia el este, un velero fondeado se mecía suavemente en la noche clara. Hay quien va ahí, quien se marcha, y a pesar de las derivas, quien se atreve. Pero ¿y yo? ¿A qué esperaba para llenar mis pulmones, para escucharme cantar? ¿A que mi corazón dejara de latir?

Cogí el móvil. El entierro de Marie Garant sería dentro de dos días. Calculé tres, cuatro a lo sumo, para terminar ciertos proyectos y hacer los preparativos de la partida. El barco estaba acostumbrado al mar y Marie Garant, como había dicho Yves Carle, lo mantenía bien. Las previsiones meteorológicas anunciaban algunos días de llovizna, pero después, cielos despejados.

Marqué el número escrito en el papel.

—¿Hola?

—¿Yves?

—¿Sí?

—Soy Catherine. Necesitaría su ayuda a primera hora de la mañana. ¿Sobre las cuatro, en el muelle?

—¿Quieres botar el Pilar?

—Yves… Siempre he sido una cobarde. Nunca he tenido el coraje de mis sueños. Y ahora me gustaría que mi corazón empezara a latir de nuevo.

—No te preocupes, Catherine. Allí estaré.

Botadura

—¡Bueno, solo le diré una cosa, ¡su visita es muy agradable! ¡Señorita Catherine! ¡La última vez que la vi, pensé que era la última vez que la vería! ¡Me alegro de que haya vuelto!

—¡Renaud! ¡Me muero de hambre!

Me siento en la barra. Había sido una noche de insomnio y la mañana empezó temprano.

—¿Significa esto que ya no está enfadada?

—Sí, he dejado de estar enfadada.

—Pues me alegro, de verdad. Porque solo le voy a decir una cosa, ¡el cura me obligó a decir que sentía mucho haberme entrometido, y que no debería haberlo hecho! ¡Historias así abren el apetito! ¡Tome!

Me pone la carta delante.

—¡Eso me recuerda, señorita Catherine, que el velero *Pilar* está en el agua! ¡Lo botó temprano!

Jérémie, el amerindio alto, vino a mi encuentro, como si fuera obvio, y nos ayudó con su furgoneta. Por primera vez, subía a bordo del velero de mi madre.

—El menú del día es filete de lenguado.

—Perfecto. Un filete de lenguado.

Anota mi pedido en un papel.

—¿Yves Carle ha ido a echarle una mano?

Se le cae el papel al suelo y lo recoge.

—No podemos ocultarle nada, Renaud.

Yves Carle me guio por el barco. Lo recorrimos todo, intentamos limpiar las huellas de los investigadores, revisamos los aparejos, el motor y el sistema de agua, e hicimos un listado de las tareas pendientes. Tenía que volver a la mañana siguiente para ayudarme con el mantenimiento del motor.

—Solo le diré, señorita Catherine, que es porque su velero estaba fondeado esta mañana. El *Vuelo nocturno*. Comprendí lo que hacía allí cuando vi que el *Pilar* estaba en el agua. El *Pilar*. Es curioso lo de los nombres de los barcos, ¿no le parece? A veces son juegos de palabras, *La Mer Veille*, *Le Cache à l'eau*, cosas así, y otras, nombres de personas: el *Marie-Sylvie*, el *Marie-Antoinette*. ¿Se dice la o el *Marie-Antoinette*?

—Creo que de las dos maneras.

Da unas vueltas por la cocina, deja la comanda, vuelve y se inclina hacia mí.

—Lo he pensado largo y tendido y no creo que fuera usted quien mató a Marie Garant.

—Gracias.

Mientras recorríamos el velero, Yves me explicó su teoría sobre la muerte de mi madre. Comprendí por qué le habían asignado el caso al inspector Morales: porque no sabía nada del pasado.

—¡Y aunque hubiera sido usted la asesina, las historias familiares no son asunto mío!

Se endereza, se da la vuelta con aire pomposo, se pone el delantal de «Ayudante de cocina» y su gorrito ridículo, va hasta el final de la barra, abre la nevera y coge una col condenada por el destino.

—¡Solo le diré que nos costó lo nuestro calmar al investigador! Nos esforzamos mucho para quitárselo de encima, y Guylaine limpió todas sus huellas, ¡como si nunca hubiera dormido ahí!

Vuelve a dar vueltas a la col en la tabla de cortar con la ternura de un asesino.

—¡Lo tiró todo por la ventana, por eso vimos que no había nada en su maleta con lo que matar a alguien en un barco! Y solo voy a decirle una cosa: Guylaine no está muy enfadada con usted. ¡Pero no vuelva a dormir allí! No estuvo bien ir a dormir al hostal sin decirle a Guylaine que era la hija de Marie Garant. Pero ya no está tan enfadada. Incluso ha dejado de gritar…

Arranca las primeras hojas y las tira.

—Solo le diré, usted no puede saberlo, porque no es de aquí, señorita Catherine, pero Guylaine y Marie Garant eran muy amigas. Solo que la amistad terminó cuando el sobrino de Guylaine se ahogó en la misma tormenta que el matrimonio de Marie Garant. Yo no entiendo todo porque, entonces, era demasiado joven. Es más, el sobrino de Guylaine se ahogó en la misma canoa que mis dos hermanos, ¡así que ya teníamos bastante gente gritando en casa como para preocuparnos de los gritos de los demás!

—¿Marie Garant perdió a su marido en su noche de bodas?

—¡Sí, señorita!

Se detiene un momento, suspendido en el recuerdo.

—Creo que Guylaine le echó la culpa a Marie Garant, porque siempre hace falta un chivo expiatorio. Es más, ¡la impresión fue tal, que su hermana gemela intentó suicidarse y se volvió loca! Por eso solo le diré una cosa, que, con una pena tan grande, ¡las melindres de Marie Garant no le hacían gracia a nadie!

Se estira, coge un cuchillo y me apunta con él.

—Pero me alegro mucho de que no se deje influir por las habladurías, ¡porque es casi imposible que todo sea cierto! De lo que no hay duda es de que su madre era una gran marinera. Hay quien dice que hay que elegir entre el amor y los barcos. ¿Cree que es cierto?

—No lo sé.

Si el marido de Marie Garant murió la noche de bodas, ¿quién era mi padre?

El ayudante de cocina gira la daga sobre el repollo.

—¿Renaud?

Suspende su gesto.

—Sí, señorita Catherine, ¿qué puedo hacer por una bella turista como usted?

—No entiendo muy bien qué pasó el día de la boda de mi madre...

Apoya su mano protectora en la espalda de la verdura el tiempo suficiente para responderme.

—¡Solo le diré una cosa, no es la única! Pero Cyrille se lo podría contar. Él, entonces, ya era viejo.

—Esta mañana no ha ido a pescar. Los amerindios le recogieron las nasas...

—Ay, eso, señorita Catherine, solo le diré una cosa: aunque Vital se queje de los amerindios, Cyrille ha podido pescar este año gracias a Jérémie. Porque Vital no le ha echado una mano, ¡claro que no, señorita!

El repollo se resigna mientras Renaud lo gira una y otra vez, intentando llegar al epicentro de su médula.

—¿Y eso por qué?

—Los viejos celos duran mucho entre dos hombres…

—¿Vital no está casado?

—¡El matrimonio no impide que el corazón ame, señorita Catherine! ¡No lo crea!

Apuñala al repollo.

—¡Y le voy a decir que, si Jérémie no hubiera sacado sus nasas, Cyrille habría tenido a los guardapescas pegados al trasero!

—¿Qué le harían?

—Le confiscarían el material: las nasas, la licencia, el barco, la furgoneta, la cabaña, la camisa…

—¿Solo eso?

Abierto en dos.

—Bueno, solo le digo que, si anda por aquí, igual quieran enredarla…

La campana de la cocina tintinea. Una pirueta y el plato del día aparece ante mí.

—Aun así, señorita Catherine, ¡la gente del mar es rara! No raros, raros, pero un poco diferentes.

—¿Usted cree?

Un movimiento del tenedor. El lenguado está bueno.

—¡Pues sí! Y no solo su madre… Se lo voy a decir: ¡por ejemplo, Yves Carle!

—¿Yves Carle?

Bajo la sierra, la col desparrama sus cuartos destripados, víctima de la implacable hoja del verdugo.

—Bueno, no conozco todos los detalles, porque es mayor que yo, pero sé que se casó con Thérèse cuando era joven. Luego tuvieron sus dos hijos, él se echó una amante y se divorciaron.

—¡Eso no es así! ¡Yves Carle todavía vive con Thérèse!

—Bueno, ¡eso es lo raro! ¡Han estado separados por lo menos veinte años y ahora, solo le diré, están juntos de nuevo!

Un corte severo destruye la pobre verdura.

—¿Qué?

—Fue Thérèse quien lo dejó. Él tenía una amante y ella pidió el divorcio. Yves se fue a Percé, de donde es. Se quedó con sus hijos, porque Thérèse se había echado un novio al que no le gustaban los niños. Y le diré una cosa: en algún momento, debe de hacer unos veinte años, se hartaron de divorcios y volvieron a vivir juntos.

Renaud se limpia las manos, se quita el gorrito ridículo y el delantal de «Ayudante de cocina», y va a cobrar a algunos clientes, mientras yo me trago, nerviosamente, el resto del lenguado de un bocado. Recordé lo que me había dicho Yves Carle sobre las amarras que no podían soltarse. ¿Me había mentido? ¿Por qué? ¿También amaba a mi madre? Chiasson, el notario, me dijo que Yves Carle había amado *demasiado* a Marie Garant…

Dejo mi plato vacío a un lado.

—¡Está muy seria para ser una turista muy muy guapa!

Dos mujeres de unos cincuenta años, con sombrero para el sol, risueñas, salen del restaurante cantando.

—Me gustaría ver a Cyrille, pero no sé dónde encontrarlo. No estaba en la cabaña…

Pomposamente, Renaud vuelve a ponerse el gorrito ridículo y el delantal de «Ayudante de cocina», coge el cuchillo y lo levanta en el aire por encima de la segunda mitad de la col.

—¿Cyrille? Se lo diré: vive con su hermana. Es la gran casa amarilla de dos plantas del distrito cuarto, justo al otro lado de la curva, camino de Saint-Siméon. No tiene pérdida, está al lado del cementerio, y solo hay una casa al lado del cementerio.

Y se le cae el cuchillo.

—Si no está pescando, es porque está demasiado malo para salir.

La col sufre un destino tan atroz que apenas me atrevo a mirarla. Seguramente, preferiría que la cortaran con dignidad, pero la vida de las verduras es injusta en manos de Renaud.

—¿Qué le pasa?

Renaud para un momento la aserradura enloquecida y me mira.

—Cáncer generalizado. Por eso se mudó con su hermana el año pasado.

Señala la casa invisible con el cuchillo, que se acerca a un palmo de mi nariz.

—¡Porque le diré que los tratamientos fueron agotadores! Lo radiaron… ¿Era radio o quimioterapia? No sé mucho de esas cosas, pero cuando te inyectan líquido, debe de ser quimio…

Su hoja vuelve, despiadada, a masacrar el repollo.

—En cualquier caso, lo debilita tanto que no puede salir durante días. No sé por qué siguen con eso, porque, solo le voy a decir una cosa, Cyrille está condenado… No le queda mucho tiempo… No creo que llegue a Navidad.

Mecánicamente, saco el dinero del bolso. Con el corazón encogido, alargo la mano para dejar el dinero en la barra. Renaud me hace señas con la espada, para que me incline hacia él.

—Tenga cuidado, señorita Catherine: si va durante el día, su hermana no querrá que vuelva, porque dice que las visitas lo cansan. Pero sé que Cyrille se alegrará de verla, así que solo voy a decirle una cosa, espere a la noche. Suba por el camino de Ruisseau-Leblanc. Es un atajo. Pase por debajo del viaducto, siga adelante y llegará a la casa. La ventana de su habitación está encima de la pila de leños. Es fácil.

Le di las gracias, emocionada, antes de marcharme. En la barra, la pobre col no era más que un montón de jirones apagados. Así fue como entré por primera vez por esa ventana abierta, subiendo por el camino de leños apilados. No había mosquitera. El viejo pescador dormía pesadamente, sin moverse. Me senté en la única silla de la habitación. Una vieja silla de madera, con un cojín desgastado. No me atreví a balancearme para no hacer ruido. Él tampoco se movió, pero, al cabo de unos minutos, su voz ronca empezó a susurrar.

—Ufufuf… Marie Garant hablaba al mar de tú a tú.

Se me derramaron dos lágrimas, que formaron senderos salados por mis mejillas. Lloraba a mi madre: su soledad, su confusión y todo lo demás que yo desconocía, el arrepentimiento, tal vez, el perdón y su muerte.

—Hablo sin saber, pequeña. Ufufuf… Probablemente no se atrevió, pero tenía derecho. Podía hacerlo, ¿entiendes? Ufufuf…

Seguía con los párpados cerrados. Yo sollozaba en silencio.

—La llamaron loca durante mucho tiempo. La llamaban loca porque se iba al mar muchos días, y volvía a casa pateando las algas. Ufufuf… Es cierto que lo hacía. ¡No hay un fondo de algas en toda la marina que no recuerde las suelas de las botas de Marie Garant! Ufufuf… Tenía los pies inquietos y sangre en el cuerpo, pero no estaba loca. Ufufuf… Coge un pañuelo antes de mojarte entera, pequeña. Se enfurecía con razón. Si quieres saber mi opinión, el mar le debía muchas disculpas. ¿Me oyes? Ufufuf…

—Sí, Cyrille.

Apenas se movió.

—Marie Garant, perdió a sus hombres en el mar. Dos hombres, pequeña. Lo sé porque esos dos hombres eran mis dos hermanos. Ella no tuvo tiempo de casarse con el primero. El segundo… Ufufuf… Casi no estuve en la boda. Lo vi todo desde lejos, como el pobre enfermo que siempre he sido. Pero tampoco le dio tiempo a amarlo… Ufufuf…

«Probé el mundo y el amor. Mi vestido aún estaba blanco y me chispeaban los ojos por el vino de misa».

—Se fueron de luna de miel, pequeña. ¿Te imaginas? Te acabas de casar. Has perdido a tu primer amor en un accidente en el mar, y te casas con su hermano, ufufuf…, porque piensas que es imposible que venga la muerte a buscar a un segundo de la misma familia. Que sería demasiado injusto y que la parca pocas veces incomoda de la misma manera. Así que preparas la casa para tu futura vida, pintas las habitaciones una tras otra, montas la habitación del niño, y pones en las paredes fotos, en blanco y negro, de tus antepasados, para bendecir las generaciones que parirás, porque estás tranquilo. Llenas la despensa de latas y buenas salmueras…

«Había puesto sábanas limpias y colgado un pequeño ramo de flores frescas en el frontón de la galería».

—Ufufuf… Y vas a casarte.

Yo casi no podía respirar. Esa noche contenía la historia de mi madre. Y pronto la mía.

—Ella no planeó volver inmediatamente. Ufufuf… Pensaron: «Vamos a pasar unos días en el mar. Una luna de miel en velero».

185

«No mucho tiempo, el ramillete no se secaba».

—Solo una noche o dos. Ufufuf… De todos modos, ya era octubre. Pero brillaba un sol extraordinario para la boda. Se casaron temprano y se marcharon al caer la tarde. Tenían caballa fresca y champán: a Marie le encantaban las extravagancias. Dijeron: vamos a fondear en el Banc-des-Fous y comeremos despacio, Ufufuf… mirándonos a los ojos. Luego, haremos el amor.

«Con mi vestido blanco, a pesar del mar, me acostaré junto a él».

Cyrille se puso boca arriba, mirando hacia la esquina entre la pared y el techo.

—Apenas les dio tiempo de empezar a cenar cuando se levantó el viento. Un viento inesperado, ufufuf…, como pasa a veces. Pensaron que no era para tanto.

«Incluso nos reímos cuando empezó a llover. Terminamos a toda prisa la botella, que habíamos jurado beber rápidamente, para que, si empezaba a granizar, no nos pillara».

—Ufufuf… Entonces llegó la tormenta. La tormenta.

«La cortina negra se acercó a nosotros en la noche aullante».

—Nunca pensé que estuvieran demasiado borrachos para navegar. Aquí, navegamos a ojo, aun borrachos, aun congelados, aun viejos. Ufufuf… Pero, en una tormenta, imposible.

«Quería comprobar el anclaje. Era testarudo».

Mi hermano subió a cubierta. Se tropezó y cayó por la borda.

«Lancé el salvavidas con todas mis fuerzas. Se aferró a *él*. Lo vi aferrándose a *él*».

—Ufufuf… Le llevó su tiempo ir a su encuentro. Marie tenía que levar el ancla en la tormenta, y buscarlo en la oscuridad. Ufufuf… Buscó mucho tiempo.

«Luché con el mar».

—Lanzó un SOS, pero la tormenta había arrancado la antena de la radio. Ufufuf… Hizo todo lo que pudo, estoy seguro.

«Todo lo que pude, lo juro».

—Más de lo que cualquier otro marinero podría hacer, nunca lo dudaré. Ufufuf…

Se quedó en silencio, se volvió de lado, agotado, bebió un poco de agua con una pajita y cerró de nuevo los ojos sobre la almohada enferma.

—Volvió al muelle medio enloquecida y fueron a buscar a mi hermano. No lo encontraron. Ni ellos ni los demás. Nunca volvió. Ufufuf…

En el silencio de la habitación, recogí mis lágrimas. ¿Dónde estaba Cyrille la noche que murió su hermano? La noche que Marie Garant regresó sola al muelle de Ruisseau-Leblanc, ¿quién la recibió? ¿Quién fue al mar para seguir con la búsqueda? ¿Quiénes eran «ellos»? Esperé a que continuara. Confiaba en conocer mi historia antes de marcharme, por supuesto, pero no estaba segura de conseguirlo. Esperé en vano.

—Ufufuf… Desde que tu madre murió, los recuerdos me suben a la garganta.

Las lágrimas brotaron de sus pestañas cerradas.

—Ufufuf… Aún no lo sabes, porque eres joven, pero a medida que envejecemos, nuestros corazones se vuelven más y más densos. Ufufuf… Cuando acuden los recuerdos, es como si te arañaran por dentro.

Me levanté de la silla y fui a sentarme a su lado, en la cama. Entreabrió unos ojos alargados de cansancio, cargados de imágenes.

—Me habría encantado ir al mar contigo, Cyrille.

—Ufufuf… A mí también, pequeña, me habría gustado que embarcaras… ¡Allí el amanecer es mucho más bonito que en Buenaventura! Y no digo nada de las puestas de sol, hay algunas espectaculares. Pero los amaneceres… Ufufuf, eso es lo que cuenta, porque son por la mañana y aún tienes los ojos frescos y nuevos, como vírgenes, porque están muy descansados, ¿sabes? La pesca no vale el esfuerzo, pero cuando paras el motor de cara al levante y la brisa hace pliegues de agua en el mar, ufufuf… ya no tienes ninguna duda de por qué estás ahí.

—He botado el *Pilar,* Cyrille.

—¡Yo no embarcaré ahí arriba! Ufufuf… ¡En esos barcos siempre vas escorado! ¡No echas sopa en el tazón y parece que está lleno! Ufufuf… Yo prefiero los de fondo plano, donde puedes ordenar la pesca, pero entiendo que es poético querer embarcar en un velero. Poético, como el final de una película romántica… Ufufuf… Seguro que te parecía más romántico antes de que Marie muriera, ¿no? Ahora no es tan divertido, eso seguro... Me siento viejo, de repente, pequeña, ni te lo imaginas. Ufufuf... Y no es una cuestión de años.

—Cyrille, ¿por qué no me dijiste que tenías cáncer?

—Cáncer... No es precisamente una proeza de la que un hombre se vanaglorie, ufufuf..., sobre todo cuando sales del chute de quimio.

—Pensé que ya no querías ir al mar porque...

—¿Porque ahí murió? Ufufuf... Me conoces mal. El mar es como una mujer: cuando decides amarlo, aceptas dejarte la piel en el intento. Ufufuf... Si no estás de acuerdo con eso, con esa posibilidad, no te embarques.

Sus ojos eran tan pesados como una marea otoñal.

—Catherine, voy a ir a morir al mar. Por eso no quiero vender mi barco. Ufufuf... Cuando el manto vaya a alcanzarme, saldré al agua, lejos de la orilla y de las redes. Conozco algunos lugares huecos, fosas profundas. Mis hermanos me esperan. Con ellos me iré al otro mundo. Ufufuf... Me llevaré la marihuana, fumaré un último porro e iré a su encuentro. Y no volveré a subir. Nadie va a tirar de mí hacia arriba.

Sentada en la cama, veía las piedras grises del cementerio por la ventana. Tenía que decírselo, porque también había ido por eso.

—Cyrille... Mañana entierran a Marie Garant...

—Ufufuf...

—Ayer elegí el ataúd. La enterrarán aquí, junto a tu casa.

—¡Aquí o allá, no tiene ningún sentido, pequeña! Ufufuf... Cuando has amado el mar, te has casado con él y has vivido toda tu vida con él, el mundo después de la muerte no debería poder quitártelo. Ufufuf... Hay algo antinatural en obligarnos a dormir bajo tierra el resto de nuestras vidas. El agua debería haberse quedado con Marie Garant, comerse su piel y sus huesos, tragársela, sedimentarla, y convertirla en un hermoso coral. ¡Todavía quieren que seamos la sal de la tierra! ¿Y por qué no la sal del mar?

Me tumbé a su lado. Le puse el brazo en el pecho jadeante. Me dedicó una gran sonrisa, una de esas sonrisas que se forman con facilidad.

—Vete ya, pequeña. Ufufuf… Los tratamientos me ponen malo. Prefiero estar malo solo y aguantar de pie delante de la gente. Sobre todo, delante de una chica guapa como tú.

Con el corazón encogido, le puse la mano en el brazo. Cerró los ojos.

—Vete, pequeña. Ufufuf… Vete.

～

Cyrille no me contó qué fue de mi madre después. Cyrille habría sido incapaz de decirme que la mujer que todo el pueblo amó, como se ama el retorno de la primavera, la esperanza y el renacimiento, se convirtió en la mismísima imagen de la consternación y la escoria. Él, que la amaba de verdad, quizá habría sido incapaz de recordarlo.

Nadie compartía esos recuerdos. Estaban bajo llave en el cajón del pasado, y yo tuve que forzar las cerraduras, incluso imaginar trozos, porque la memoria falla cuando intervienen los sentimientos.

Incluso Yves Carle tuvo dificultades para hablarme de eso, al día siguiente, cuando cambiamos el aceite del motor del *Pilar*.

—No es que estuviera loca… Sino, más bien, ella… molestaba. Tienes que bombear el aceite viejo.

Me pasó la bomba.

—¿Dónde está el aceite nuevo?

Me dio las pintas.

—¿Y luego?

—Luego cambias los filtros y pones aceite nuevo en el motor.

—¡No! ¿Qué pasó después?

—Es complicado.

Quizá no necesitaba que me lo contaran, o solo un poco.

«Así que me voy otra vez, a pesar de todo y a pesar de ti. Y cada vez que me voy, él vela por mí».

Debía gritar, hacerse al mar sin rumbo; probablemente se la veía luchar, desconsolada, contra el viento y maldecir la tormenta. Volvía, chocaba brutalmente el muelle con el casco de su barco, y saltaba a tierra, pateando las piedras, las algas y los

189

detritus de los cangrejos, que las gaviotas dejaban caer en la orilla, para romper el caparazón y comerse la carne.

Iba al bar casi todas las noches. Se emborrachaba. A veces se reía... Era hermosa, Marie Garant, pero una belleza que ahora hacía daño. Culpaba al mar, a los hombres, al amor.

«Mantente despierto, Cyrille, porque me estoy ahogando».

—Me han dicho que Cyrille la protegió durante un tiempo.

—¿De quién?

Yves Carle se levantó y se sentó en el banco de estribor.

—Normalmente, en estas situaciones el peligro es uno mismo.

Hacía mucho que Cyrille Bernard había sacrificado el corazón a la mujer de los mares, y, cuando vio sufrir a Marie Garant, instaló una hamaca en la cocina de verano de su cuñada para cuidar de ella. Allí durmió el tiempo que hizo falta.

«Vela por mí delante de este firmamento sucio. Cuídame cuando la noche se envuelva en sudarios que opriman el cielo».

Las noches que se emborrachaba en el bar, él la llevaba a casa, sin importarle la hora ni cómo iría a pescar al día siguiente. La subía en brazos por las escaleras, que ella se empeñaba en volver a bajar, hasta que un día colocó una hamaca en el salón, una hamaca sólida en la que dormiría toda la noche, condenando las habitaciones de amor y de hijos para el resto de su vida errante.

«Frota las estrellas tú, que dices que me amas, haz brillar las constelaciones, para que pueda ver, a través de la negra cortina de mi vida, un resto de efemérides, un trozo de Casiopea, y que se me permitan de nuevo los deseos».

A veces apuntaba la borrachera agresiva a Cyrille. De pie, frente a él, con el pelo sucio y el cuerpo desequilibrado de alcohol, lo retaba a empalmarse. Tenía que gritarle sandeces dolorosas, desnudarse insultándolo, y él, triste delante de ella, volvía a vestirla con obstinación, la acostaba una y otra y otra vez cuando se levantaba, hasta que ella lo dejaba; entonces, y solo entonces, volvía a la hamaca, agotado, y lloraba como un pescador que ve, de rodillas, destrozarse, delante de él, a la mujer que ama.

«Me sacudí todo lo que había de *ángeles y* de noches. El pescador me cuidaba. Me amaba. Pero me fui de nuevo. Porque tengo que beber el mar».

A veces, al contrario, igual de delirante, pero conmovida, debía ofrecerle plegarias como a un dios, ella, que ya no iba a la iglesia y mentaba a todos los santos del cielo cuando se ponía furiosa. Pronunciaba oraciones breves, inesperadas y cariñosas, tristes y puras, como las de una niña ante la tumba de su padre. Entonces, en esos murmullos etílicos de las doce campanadas de medianoche, debían resurgir toda la belleza y la primavera que había sido.

«Protégeme del oleaje de las mareas altas. Pon tu mano sobre mi cabeza para que ya no tenga miedo. Pon tu mano sobre las olas».

Con el extraño poema testamentario que me dejó, reescribo este escenario agujereado en la cabeza. Cuanto más sé, más encajan las piezas y más fechas me faltan.

Se casó en octubre. Quizá ya estuviera embarazada. Probablemente no. Su marido muere en la noche de bodas. Cyrille se muda a su casa. Ella grita. Una semana, dos semanas, tal vez más. Pero tiene que sacar su barco del agua para el invierno; no se le ocurriría perderlo también. Ahora bien, los congeladores de pescado ocupan el muelle, por lo que Marie Garant no puede sacar el *Pilar*. Así que, antes de que lleguen las heladas, el barco tiene que invernar en otro parte. Lo lleva a Percé y ¿con quién se encuentra ese otoño? Con Yves Carle, que se había separado. Él quizá tiene una amante, o no. Tal vez Marie Garant pasa el invierno en Percé. ¿Con él? Yves era joven, le fascinaba el mar y admiraba el coraje de Marie Garant. En primavera, quiere marcharse con ella, pero Thérèse le entrega a los niños, ¿a lo mejor para retenerlo?, porque su nuevo novio los odia.

—¿Yves? Tú botaste su barco aquella primavera de 1974, ¿no? ¿En Percé?

No contesta.

—Alguien tenía que ayudarla, porque estaba embarazada. Y tú lo sabías. Por eso el abogado me envió a verte. Dedujo las fechas y se dio cuenta de que lo sabías. Marie volvió a echar discretamente el velero al agua y remontó el río hacia Quebec, donde, probablemente, esperaba dar a luz en la casa-cuna de las monjas. Pero nunca llegó. Porque el tiempo estaba en su contra o porque yo fui prematura. Dio a luz en el mar, sin testigos, inscribió al padre con un nombre falso en el certificado de bautismo, fue a Montreal, me dejó en casa de mis futuros padres y se marchó de nuevo… ¿Y después, Yves? ¿Qué pasó?

Sus palabras son confesiones difíciles.

—Estuvo fuera mucho tiempo. El padre de Cyrille vendió el barco. Entonces, como no tenía barco, Cyrille se fue a trabajar a Alaska. Los americanos contrataban gente para los transatlánticos. Pagaban bien. En cualquier caso, a él también lo llamaron loco mucho tiempo. A veces debió de pensar que lo estaba.

—¿Adónde fue Marie Garant?

—Se fue al mar. Amarró en el horizonte. Tardó años en volver.

—¿Por qué nos hacemos al mar, Yves?

Me sonríe con cariño.

—El mar no es una elección, Catherine. A unas personas les atrae el Gran Norte, otras no quieren abandonar sus hogares; algunas se dedican a la política, otras quieren tener hijos. Vamos al mar porque es la única puerta que se abre cuando tocas el timbre, y porque te despierta por la noche, Catherine. Cada vez que atracas, que te metes entre la multitud, te sientes diferente. Te sientes extraño. Te haces al mar porque no encajas en el mundo y tu sitio únicamente está en el silencio del viento.

Se miró los pies durante un buen rato.

—Para los marineros, lo complicado es la tierra, no altamar. Vivimos y morimos en el mar, porque estamos hechos para el horizonte.

La conversación había terminado, el tiempo avanzaba hacia las doce. Pronto tendría que ir al entierro. Nos quedamos un rato ahí sentados, como si firmáramos juntos un pacto secreto.

—No creo que el amor hubiera hecho feliz a Marie Garant.

No regresó para ver a los hombres que había amado, sino porque Gaspesia era su hogar. Y para tener noticias de mí. Yo sabía que ella iba y venía, discretamente, pero siempre me negué a que mis padres me hablaran de eso. Debió de enterarse de su muerte y pensó que podría conocerme. Pasa el tiempo. Está enferma y quiere que nos veamos, explicarme. Me escribe una carta muy corta desde Cayo Hueso, y, por fin, se atreva a fijar un encuentro conmigo, pero muere antes de acostar.

—¿Catherine?

Sin darme cuenta, jugaba con el GPS portátil de mi madre.

—¿Qué?

—¿Cuándo naciste?

—No tengo la fecha, Yves.

—¿Aparece el nombre de un padre en tu partida de bautismo?

Sacudí la cabeza.

—¿Por qué? ¿Tienes miedo de que te reclame la pensión alimenticia?

Yves Carle se quedó mirándome un buen rato, sin responder, y luego salió a la bañera.

En el muelle, donde estaba amarrado el balandro, esperaba un grupo de personas. En los tablones medio destrozados, alguien había hecho un montaje muy bonito y delicado, que evocaba el viento, el mar y altamar, con estrellas de mar, algas, trozos de madera y conchas. Y una langosta de regalo.

Yves Carle bajó a tierra.

—Tienes un admirador.

—No digas tonterías.

Saltó a su lancha neumática.

—Puedes decir lo que quieras, pero llevo más de cincuenta años navegando y ningún pescador me ha hecho una obra de arte…

Cerré el velero, recogí la langosta y algunos trozos del paisaje marino.

Jérémie, el gigante amerindio, había recogido el mar con sus manos de madera dura y había depositado parte de él a mis pies. Lo busqué durante un rato, pero no estaba. Volví a casa, lavé suavemente las estrellas de mar, las conchas y las virutas de madera y las puse a secar en el porche. Pensé en todos aquellos trozos de mar que poblaban la casa de Marie Garant y que, al principio, me parecieron objetos inocuos. Unos recuerdos discretos y cariñosos.

Desde la ventana del comedor, vi pasar el triángulo de las velas del *Vuelo Nocturno*, por delante de casa, y a Yves Carle con una mano levantada para saludarme.

Defensas y nudos de cabestrante

¿Joaquín Morales se comió la paella fría? Sí. Enamorado o no, Morales nunca ha tirado ni una cucharada de paella a la basura. Simplemente, cambió el vino por abundantes cervezas frías, soportó el dolor de hígado toda la noche y se despertó despeinado. Obediente, por supuesto, dejó por la mañana el informe en la mesa de Marlène Forest, quien le dio uno o dos días libres para limpiar la casa y recuperar fuerzas antes de que llegara su mujer.

Sarah que, por cierto, le había enviado un juego de llaves, se prepara, según lo previsto, para desarrollar una carrera internacional, con el infumable Dji-Pi. Frustrado, Joaquín ya no contesta sus llamadas. ¿Qué otra cosa puede hacer? Al fin y al cabo, ¡tiene su orgullo!

Indeciso respecto al giro de los acontecimientos, y respetando el duelo de Catherine, limpia la casa sin intentar volver a verla, pero, por supuesto, hace muchas compras por el pueblo, por si acaso. Pero el caso no se da.

Así que, llevado al límite de la paciencia, esa tarde, Morales decide ir al funeral de Marie Garant, víctima de un accidente y de ella misma.

Se da una ducha larga, se mira la piel oscura en el espejo, elige una camisa color crema y se encamina hacia la iglesia. Allí, pide indicaciones para llegar al cementerio del cuarto distrito —a la izquierda en la carretera secundaria y a la derecha en la señal de «stop»—, aparca alejado y se empapa los pies en la hierba blanda.

Llega tarde.

Leblanc, el cura, apenas levanta una ceja indolente, y se pregunta, para sus adentros, si conseguirá sacar otro vaso de vino al investigador Morales, en nombre de la abstinencia sexual de su esposa o del glorioso retorno de la libido conyugal, antes de volver a sus oraciones. Hay tan pocos asistentes que pueden enumerarse a modo de acta: Yves Carle, Cyrille y su hermana, Robichaud, el forense, el notario y sus mentones, dos o tres meapilas y cuatro o cinco turistas, de pie, a un lado, mirando con cierto descaro la escultura anónima, erigida en 1922, en honor al naufragio del *Vagabond des Mers* y sus cuatro tripulantes, perdidos en el mar: Maurice y Émile Thibaudeau, Joseph Bujold y Ernest Hudon, todos de Caplan.

Y, por supuesto, está ella. Catherine Garant. Ha recogido su larga melena castaña en un moño. Elegante y sobria, lleva un ligero vestido veraniego beis y azul, de tirantes estrechos, que pone los pelos de punta al inspector Morales. Joaquín se atiborra las pupilas. Fantasea, escondido, como un adolescente sobreexcitado, a la sombra de un arce.

Catherine está de pie junto a la fosa. Reza, tan hermosa como la virgen de una vidriera que domina olas embravecidas desde una nube resplandeciente de rayos blancos. ¿Catherine será creyente? ¿Por quién reza? ¿Qué pide? ¿Qué puede pedir una mujer como Catherine Garant? La otra noche estaba tan… ¿Tan qué, Morales? Suspira.

A su lado hay un perro grande, mezcla de *husky* malamute y labrador. A lo lejos, los hombres de negro y los trabajadores del cementerio.

Morales lamenta haber cerrado la investigación tan rápidamente. Podría haberla alargado, multiplicar las hipótesis, las trampas, los interrogatorios. Podría haber investigado, o fingirlo. Tomarse su tiempo y volver a ver a Catherine.

Ella no le ha devuelto las llamadas, ni para agradecerle la información ni para disculparse por perderse la cena. Está de luto, es cierto, pero después de los besos que se habían dado, él pensaba que… ¿Qué, Morales? ¡Sarah llamó justo en ese momento! Tal vez no debería haber contestado…

Joaquín se aparta discretamente.

Si Sarah no hubiera llamado, él habría podido… ¿Podido qué? ¿Engañarla? Morales piensa que el engañado es él, que sus cincuenta años le han jugado una mala pasada, han cubierto sus sueños de traiciones sucesivas, que destruyen lo que él, pacientemente, construyó.

Se sobresalta. Desde el otro lado de la fosa, Catherine le lanza una mirada que, rápidamente, desvía para recogerse ante la tumba de su madre. ¿Hay amantes que cumplen sus promesas?

El padre Leblanc comienza la última oración.

De repente, un coche se acerca a toda velocidad, frena en seco a la entrada del cementerio y Guylaine Leblanc, la dueña de Le Pointe de Couture, sale casi corriendo. Bajo la mirada atónita de los presentes, camina hacia la fosa, se detiene a un metro de la tumba y, con todas sus fuerzas, escupe al ataúd de madera tosca. Joaquín Morales se acerca para intervenir, pero el viejo pescador extiende una mano.

—Ufufuf… Déjela.

De todos modos, ya se ha marchado, ha dado un portazo y ha reventado la grava bajo sus agresivos neumáticos. El padre Leblanc reanuda la oración fúnebre y Catherine mira obstinadamente el pequeño ataúd de madera tosca, como alguien que se niega a responder a las preguntas. Se santiguan.

Morales regresa a su coche un poco dubitativo: la modista acaba de escupir en la tumba de Marie Garant, es raro. Ha ignorado por completo los motivos que provocan la rabia de Guylaine contra Marie Garant y su hija. Habría, al menos, por una cuestión de conciencia, que intentar averiguarlos.

Morales vuelve al coche y se dirige al pueblo. Había subestimado el bar como fuente de información: un lugar de cotilleos puede dar el pistoletazo de salida a toda una investigación.

—¡Ah venga, solo diré que, si no es el inspector, yo pregunto: ¿quién llega para el aperitivo?!

En el bar había unos cuantos veraneantes rezagados en la hora digestiva de la sobremesa, mientras Renaud, fiel en el puesto, despellejaba cruelmente, con el gorrito ridículo y el delantal de «Ayudante de cocina» encasquetados, unas ensaladas que, en cambio, nunca habían hecho daño a nadie. Sentado a la barra, borracho y gesticulando, Vital tiraba a Victor santos copones y hostias como si buscara contenedores para su ira.

—¡Santo copón de todas las hostias, aquí llega la policía! ¿Es cierto que no lo perderemos de vista?¿Es cierto que se ha comprado una casa por aquí?

—Sí, en la zona de la isla.

—¡Cerca de sus víctimas!

—No fue al entierro…

—¡Eso no es de su incumbencia, santo copón!

El pescador se levanta con dificultad, termina el vaso de un trago y deja el dinero en la barra. Victor lo sigue. Renaud abandona momentáneamente su gorro ridículo, el delantal de «Ayudante de cocina» y su tormentosa disección, para devolverle el cambio.

—¡Solo le diré que si ha venido para enfurecer a mis clientes, coja la puerta por muy doctor que sea!

—Es-es-es Vital quien-quien-quien busca problemas.

—No busco problemas, ¡solo quiero que me dejen en paz!

Morales se sienta tranquilamente a la barra.

—No se preocupe: el caso está cerrado.

—¡Y mal cerrado! Pero da igual…

—¿Por qué?

Sin dignarse a responder, Vital se mete el cambio en el bolsillo y va tambaleándose hacia la salida.

—¿Adó-adó-adónde vas?

—¡Al barco, santo copón de todas las hostias! ¡Al barco!

Victor lo sigue y en la puerta choca con el cura Leblanc, que, una vez terminado el oficio, va a saciar su garganta, que el sermón ha resecado, con el vino profano del bar. Renaud se pone su gorro ridículo y su delantal de «Ayudante de cocina», y vuelve a su puesto detrás de la trituradora.

—¡Ay, bueno, le diré, padre, que Vital acaba de dejar un buen lugar caliente en la barra! Se alegrará, inspector: el cura ha vuelto del entierro de su víctima y podrá contárselo todo.

—¡No es mi víctima!

El cura Leblanc atrapa al vuelo un trozo de salchicha y lo coloca en la tabla de Renaud.

—Honestamente, no tengo mucho que decirle, usted estaba allí.

Se sienta a la barra.

—Sí, hermosa ceremonia.

—Gracias.

—Pocos asistentes.

—La familia era pequeña.

—Cyrille Bernard, el pescador, estaba con una mujer…

—Su hermana.

—¿Era muy amigo de Marie Garant?

—Era su cuñado, sí.

—Solo le diré, inspector, que no intente sonsacar información antes de la tercera copa de tinto…

—La verdad es que me tomaría muy a gusto un vinito…

Morales solo esperaba eso para tirarle de la lengua.

—Renaud, creo que invitaré al cura a una copa.

Renaud deja la ensalada y se limpia las manos en el delantal.

—¿Le importa si no me quito el uniforme de ayudante de cocina?

—No se lo quite, Renaud. Estamos acostumbrados.

Aliviado, coge una botella.

—¿Un vaso de vino tinto?

—Sí. Una cerveza para mí y un vaso de vino de misa para el sacerdote deshidratado.

—No soy sacerdote, soy cura.

Renaud le da una cerveza a Morales.

—¿Hay alguna diferencia?

—Pues claro, le diré que sí, ¡hay diferencia! Un cura tiene una parroquia, en cambio, un sacerdote tiene, tiene… ¿Qué tiene, padre?

Sirve un vaso de tinto para el padre Leblanc.

—Nunca me he ordenado.

—Lo pongo en su cuenta, inspector…

Renaud vuelve a poner el corcho a la botella y la deja en la barra.

—Pero solo le diré una cosa, para nosotros, el asunto de la ordenación no cambia nada. Bendito o no, mientras sostenga la hostia con las dos manos, ¡ya estamos contentos!

—En realidad, yo era sacristán. Ayudaba al viejo cura Bujold, que fue párroco de aquí durante veintitrés años. Normalmente, los párrocos tienen la obligación de rotar, pero creo que el episcopado se olvidó de él.

—¡O no lo querían en otro sitio!

«O nadie quería venir aquí». Morales se guarda la idea para sí mismo, mientras Renaud llena los cuencos con una triste ensalada.

—Gaspesia nunca ha sido una tierra de curas. Durante la Ley Seca, íbamos a buscar alcohol a San Pedro y Miquelón… ¡Y fumábamos hierba antes de que Montreal supiera dónde estaba Jamaica!

Renaud desaparece hacia la cocina con los cuencos de ensalada precariamente apilados en las manos.

—La verdad es que usted viene de la ciudad, inspector, donde todo se mueve rápido y tienen los horarios precisos y calculados, pero aquí el tiempo gira de otra manera. Para muchos hombres, la eternidad es más larga que un verano sin pescado.

Renaud sale de la cocina y se limpia las manos en el delantal.

—¡Solo le diré que es muy gracioso que le hayan asignado este caso a *usted!*

El inspector sonríe afablemente: exacto, hablemos de eso…

—¿Por qué dice eso, Renaud?

—¡Porque hay que enseñárselo todo! Un tipo de aquí lo habría entendido…

—¿Entendido qué? ¿Que un sacristán sea cura?

—¡Eso es porque no conoció al antiguo cura! ¡Bebía tanto que, a veces, se quedaba comatoso durante días! Y le diré que una mañana cualquiera, se despertaba del coma, convencido de que era domingo, y nos mandaba a misa mayor. A veces, caía exacto, pero casi siempre se despertaba el lunes por la tarde, o el martes por la mañana. Y le diré que del sermón ni siquiera hablo.

Renaud coge la botella, llena el vaso del cura, vuelve a taparla y la coloca de nuevo en el mismo sitio.

—¡Le diré que no es divertido vivir en un pueblo con un cura borracho!

—La verdad es que empecé a sustituirlo, de vez en cuando, cuando no conseguíamos despertarlo.

—Nosotros, eso era asunto nuestro…

—Siempre quise ser cura, pero mi padre tenía tierras en el distrito cuarto y, como era el único chico, me obligó a quedarme para que lo ayudara. Cuando cumplí veinte años, me casaron con una vecina…

Al otro lado de la barra, Renaud saca un lote de tomates que no sospechan nada.

—¡Juliette la gorda!

—Era increíble. Yo nunca quise tener hijos, pero ella se las arregló para quedarse embarazada cuatro veces, ¡y juro que yo no tuve nada que ver!

—Solo le diré, sin ánimo de deshonrarlo, padre: ¡esos cuatro niños no se parecen a usted y tampoco entre ellos!

—Así es.

—¡No puede decirse que haya puesto freno a la familia!

—Dejé que hiciera lo que le diera la gana. Yo me escabullía a la casa parroquial y, cuando el cura roncaba, me hacía cargo de todo. Leía el breviario, rellenaba los documentos parroquiales y empezaba a sustituirlo en el oficio. La verdad es que nadie me dijo nunca nada.

Morales termina su cerveza con una sonrisa. Renaud le sirve otra.

—Solo le diré una cosa: cuando la cirrosis mató al viejo cura con un ataque en toda regla, ¡nadie insistió en pedir otro!

—La verdad, me incomodaba un poco, pero una noche…

—¡Ay, sí! ¡Cuente la noche de su milagro!

—Una tarde, tres jóvenes salieron al mar…

—Solo le diré que el mayor de los Bernard acababa de comprometerse con Marie Garant y se fue con Jeannot, que acababa de llegar de Quebec. Querían celebrarlo, entre hombres. Pero ¿qué? O estuvieron despiertos hasta muy tarde o bebieron demasiado, ¡pero sufrieron un accidente! ¡Cuéntelo usted, señor cura!

—En realidad, nunca supimos muy bien qué pasó, pero el mayor de los Bernard cayó al agua…

Morales ralentiza el consumo de cerveza. Entonces, ¿cuántos hombres, prometidos o casados con Marie Garant, se ahogaron?

—Y ¿sabe qué? Cyrille se había escondido en la barca, porque era un adolescente envidioso, y también quería ir. Así que cuando su hermano se cayó, el crío salió de su escondite para ayudarlo. ¡Dígaselo, señor cura!

—Estaba oscuro, había tormenta y, con la torpeza del momento, la verdad, se enredó con los sedales…

Renaud, emocionado con el acontecimiento, gesticula exageradamente, aún armado con un cuchillo de cocina, que escupe tomate en todas direcciones.

—¿Y sabe qué? Jeannot recogió a Cyrille y lo trajo de vuelta, pero estaba muerto, ¡muerto también! ¡Se asfixió con los sedales!

—Regresaron hacia las cuatro de la madrugada.

—Y ahí es cuando, ya se lo digo, llegó usted…

—Estaba encerrado en casa con los niños y la gorda de Juliette. Vigilaba la noche tormentosa y rezaba por los pescadores.

—Solo le diré, ¡tronaba en el muelle! ¡Uf!

—De repente, la chica Bernard llama a mi puerta. Le abro, entra y, muy reverente, me dice: «Padre, tiene que venir al muelle a rezar la oración de los muertos. Por mis dos hermanos». La envió su madre. ¿Qué quería que respondiera? La pobre chica lloraba.

—¡Le voy a decir que no podíamos ir a buscar al cura de Buenaventura en plena tormenta! ¿Y qué podría haber hecho el cura de Buenaventura? ¡Ni siquiera conocía a los Bernard! La extremaunción es un sacramento bastante personal…

El dueño del bar deja el filo, por fin, y se limpia las manos.

—La verdad es que no lo dudé.

—¡Si aquí lo tomaban por cura, es porque algo de eso tenía!

Renaud coge la botella, llena el vaso, vuelve a poner el corcho y la deja de nuevo en la barra. Sirve otra cerveza a Morales, que apenas bebe.

—Fui a la casa parroquial, me puse la sotana, cogí el agua bendita y los santos óleos y bajé al muelle. Cuando llegué, todos se pusieron de rodillas.

—Solo le diré una cosa: la vocación no te la da un papel, ¡no, señor!

Renaud va a la cocina para, presumiblemente, buscar un caldero de una pila especialmente ruidosa.

El cura Leblanc alza la voz para continuar.

—Di la extremaunción a los dos chicos y, a partir de esa noche, todo el mundo empezó a llamarme señor cura. La verdad es que siempre esperaba que alguien me sustituyera, pero nunca llegaba. Incluso fui a pedir consejo al cura de Buenaventura. Me respondió que faltaban sacerdotes en la iglesia. Añadió que, como yo ya estaba habituado, y todos somos hijos de Dios, y yo ya sabía qué hacer, lo mejor sería que asumiera el puesto yo mismo. Me di cuenta de que, si hubiéramos solicitado un cura, le habría tocado a él oficiar en nuestra parroquia, además de en Buenaventura, Saint-Siméon y New Carlisle.

Cuando vuelve de la cocina, Renaud no se ha perdido ni un ápice de la conversación. Su caldero es, a todas luces, demasiado pequeño. Duda.

—En el fondo, ese cura prefería que siguiera usted, eso le quitaba trabajo.

—Sí. Mi mujer se fue no sé dónde, mis hijos se colocaron y yo vendí las tierras. Me mudé a la casa parroquial. La verdad, estoy bien. Tengo una casa grande, mi hermana me ayuda con las tareas domésticas y no digo más tonterías que los demás en los sermones.

—Solo le diré que está justo en la media.

—Lo único que no hago es confesar...

Renaud llena el caldero. Demasiado pequeño.

—Nos gustan más los cotilleos...

—Prefiero que mi rebaño guarde sus pecados en casa. No quiero cargar con sus secretos.

—Cada uno con sus secretos, ¡y las ovejas estarán bien cuidadas!

Renaud duda, piensa en los platos que tendrá que lavar, y tira el resto de los tomates a la basura.

—¿Y qué haría si Arseneault viniera y confesara que ha tenido hijos a sus espaldas? No podría perdonarlo, ¡y eso sería un conflicto de intereses!

—Preferiría no saberlo...

—Solo le diré que ¡Dodier y él, seguro! Y no me extrañaría que el último fuera de Ferlatte, ¡sin pelo y con los dientes torcidos! ¡Ferlatte debería haber pagado la ortodoncia!

—Las historias familiares siempre son complicadas.

Morales bebe un trago. Renaud deja el caldero. Trapo en mano, seca la barra, que está chorreando.

—Hablando de familia, Guylaine no ha venido a por su café. Espero que su hermana no esté enferma, padre...

Morales examina al cura.

—¿Guylaine Leblanc es su hermana?

—Para ser sinceros, sí.

—¿La modista que escupió en la tumba de Marie Garant es su hermana?

—Delante de Dios y de las tumbas.

—¿Por qué lo hizo?

—Todo el mundo tiene tics, inspector. También mi hermana.

—Pero… ¿por qué odiaba a Marie Garant?

—Soy buen bebedor, pero no de lengua larga. Pregúntele a ella, no a mí.

Renaud coge la botella y termina de vaciarla en el vaso del cura Leblanc.

—Solo le diré que la botella está vacía, inspector, ¿abro otra?

La mente de Morales está en otra parte.

—¿Dijo que, aquel día, Cyrille Bernard se ahogó con los sedales?

—La verdad es que no, lo llevaron al hospital y salió de esa.

—Solo le diré que es todo un milagro, ¿no?

—Pasó año y medio en el hospital y nunca pudo volver a respirar con normalidad. Pero está muy vivo, ¡créame!

—¡Si no, el cáncer no podría matarlo!

—¿Encontraron el cuerpo del otro hermano?

—No, pero solo le diré que es bastante normal, ¡los muertos de aquí siempre se van a altamar! ¡No hay manera de traerlos de vuelta!

—Triste historia. El chico iba a casarse unos días después…

—Solo le diré una cosa: ¡a Marie Garant no le hizo ninguna gracia!

Morales esperaba esa oportunidad.

—Era el primer novio de Marie Garant, no su marido, ¿no?

—Sí. Se cayó por la borda. Demasiado borracho.

El cura sacude la cabeza, también demasiado borracho o francamente apenado.

—Jeannot dijo que intentó salvarlo por todos los medios, pero solo le diré una cosa: ¡no estoy nada seguro de ello!

—¿Quién es Jeannot? ¿Alguien de aquí?

De pronto, Renaud y el cura Leblanc se callaron, incómodos. El hombre de Dios terminó su copa y se levantó, con una prisa repentina por volver a la casa parroquial.

—La verdad es que estoy ocupado. Que tenga un buen día, inspector. Adiós, Renaud.

El dueño del bar recoge la botella.

—Solo le diré, inspector, que debe pagar antes de irse.

Después del entierro, no organicé nada de picar. ¿Para quién lo habría hecho? Cyrille se fue a casa, cansado, sofocado y triste. Yves volvió con su mujer; esperaban a sus hijos para cenar.

Fui a la ferretería de New Richmond a por algunas piezas de repuesto antes de bajar al muelle. Tenía que ordenar el barco y asegurarme de poder salir al mar rápidamente, la noche siguiente o la otra, a más tardar.

«Tenía sed de izar las velas más grandes, de poner en ellas los vientos dominantes y apoyar el Pilar en la ola».

Cuando llegué, Jérémie estaba trabajando en el barco de Cyrille. Reduje el ritmo y me saludó.

—Gracias.

Inclinó la cabeza sin contestar y recordé que, la primera vez que lo vi, me pareció un mástil de madera dura. Pensé que también podría ser una baliza o, desde luego, un faro.

Intimidada, continué mi camino hasta el velero, donde guardé las piezas, las latas de comida y algunas cosas que quería conservar. Miré el reloj: el día avanzaba y me apetecía echarme una siesta. Cerré el velero y fui al coche.

—¡Ah, santo copón de todas las hostias! ¡Si viene a vernos la mismísima hija de Marie Garant! ¡Vaya visita!

De pie, en medio del muelle, me bloqueaba el paso.

—No presumías de eso, ¿eh?

No había visto a Vital desde el día que sacó el cuerpo de Marie Garant de sus redes.

—¡Ahora entiendo por qué tenías tantas ganas de ver a Cyrille! Cyrille por aquí, Cyrille por allá…

—¡Pa-pa-para, Vital!

Cuanto más intentaba calmarlo Victor, más gritaba Vital.

—¿Y Guylaine, santo copón de todas las hostias? ¿Te ha dicho ya por qué te echó?

—¡La-la-la estás asustando!

Retrocedí lentamente, aturdida.

—Qué pasa, Vital, ¿te ha morrrdido un pez?

Jérémie se había acercado en silencio. Vital encontró a un enemigo digno para desatar su rabia, y dejó que su ira aumentara de grado. Se acercó peligrosamente al amerindio.

—¡Santo copón de todas las hostias! ¡Y ahora se mete el indio! Ni siquiera me sorprende, ¡porque ella también era una salvaje!

—Serrría mejor que bajarrras los humos, Vital, porrrque errres tú el que parrrece un salvaje…

Jérémie seguía sólido, lo llenaba una amenaza alojada en el mismo lugar que mi miedo y la ira de Vital, en algún sitio en el centro del pecho, cuando el cuerpo se tensa y se convierte en un muro. Se interpuso entre nosotros. Yo ya no veía a Vital, solo la espalda de Jérémie, una espalda ancha, de madera maciza, que deseaba tocar para infundirme valor. La voz de Vital apenas se alejó un poco, pero lo dijo de todos modos. Lo escupió como un trozo de odio, lo clavó como un hacha de guerra entre él y yo.

—¡Tu madre era una loca, santo copón de todas las hostias! ¡Guylaine te echó de casa, Garant, porque tu madre era una puta!

De repente, Jérémie se acercó a Vital, lo levantó del suelo y lo arrojó al agua. Retrocedí, empujada por la onda expansiva que las palabras del pescador habían creado en el aire. Eso fue todo lo que conseguí, retroceder, paso a paso, alejarme, siguiendo un arco de círculo, cuyo centro era Vital, el hombre que me pareció guapo el día siguiente a mi llegada. Corrí hacia el coche.

No vi a Robichaud, el forense, salir del Café du Havre ni preguntar qué pasaba, pero oí a Jérémie responder desde lejos.

—Es Vital, forrrense. Dice que la marrrrea está demasiado baja para salirrr al marrr. Perrro ya ve, Vital, ¡si hay suficiente agua para tu bocaza, hay suficiente agua para mi barco!

Un ojo en el retrovisor. Frente al mar, Jérémie, el amerindio alto y poderoso, plantado en el muelle, fijaba, sin saberlo, una baliza permanente en mi mapa de la costa de Gaspesia.

Anidados en la ladera del acantilado, los pacíficos cormoranes, que han cerrado sus alas durante la noche, dudan en volver a abrirlas. El viento se levanta a lo largo de la piedra gris y barre suavemente sus plumas, que las bambolea ligeramente. La mañana deja hablar al mar.

Morales vacila. Imágenes delirantes lo persiguen.

Marie Garant, azul y delgada, tumbada en la cubierta del pesquero, abre los ojos. Sus pupilas tienen la forma hipnótica de las conchas vacías. Sus rasgos se desdibujan, como huellas en la arena agitada por las olas del oeste. Su rostro se metamorfosea en el de Catherine, sus suaves labios susurran: «El mar no le habría hecho eso», un reproche que la voz de Sarah repite en eco: «¿Qué me estás haciendo?». Su mujer desaparece lentamente, con el corazón destrozado. Intenta retenerla, tiende las manos hacia ella, pero el cuerpo de Sarah no es más que agua, mar, olas, y sus manos se disuelven, sus dedos se derriten como la sal.

Ya está, se despierta. Las cinco en punto y las sábanas empapadas en sudor. El viento aúlla enloquecido, se raspa contra las rocas duras del acantilado.

Se levanta y toma un café. Cuanto más lo piensa, más duda de la teoría del accidente, pero le cuesta admitirlo porque, en el fondo, lo humilla un poco haber permitido que los gaspesianos lo engañaran. Esa mañana se plantea qué no ha entendido. O, mejor dicho, ¿ha entendido algo de esta historia?

¿Por qué Marie Garant fondeó en el Banc-des-Fous? ¿Por qué no le gustaba a Vital? ¿Porque gesticulaba mucho? ¿A quién le molesta que una mujer patee las algas? ¿Por qué la modista borró las huellas de Catherine y luego escupió sobre la tumba de Marie Garant? Yves Carle y Cyrille Bernard le dijeron que Marie Garant no murió accidentalmente. ¿Por qué no les preguntó nada? Y hay algo más… Algo se le escapa, está seguro de eso. ¿Qué? Busca, Morales. ¿Qué te oculta el viento?

Como si subiera de una larga inmersión en apnea, y tanteara el sol con los ojos aturdidos, Joaquín Morales recupera de pronto el aliento, con la impresión de que toda la investigación se le ha escapado, que ha dejado volar información importante, que ha omitido interrogatorios, que ha hecho una chapuza de caso, como si fuera un investigador cansado. ¿Se ha convertido en eso? ¿En un investigador viejo y ridículo, que intenta seducir a huérfanas tristes?

Sale a la escalera de entrada y contempla pasivamente el mar. Está avergonzado, quiere huir de sí mismo. Como un autómata, baja los escalones. Cada vez más rápido. Deja la taza. Cada vez más rápido. Corre. Trota junto a las olas, se dirige al oeste, bordea el oleaje. Habría que revisarlo todo. Replantearse la investigación desde el principio, escudriñarla de nuevo: el continente y el mar, los hombres, sus secretos, sus derrotas. Y afrontarlos.

Al llegar a Ruisseau-Leblanc, Morales se da cuenta de que el velero está en el agua. Es verdad, ya estaba allí ayer. ¿Quién lo bajó? ¿Catherine? Disminuye la velocidad y se acerca al muelle. Un pescador está ocupado a bordo de un barco. Probablemente vuelve de alta mar, y está dando vueltas en el puente de mando. Morales se acerca.

—Disculpe...

El pescador le da la espalda.

—¿Es usted Cyrille Bernard?

El anciano está delgado, consumido y agotado.

—Ufufuf... Sí.

—El otro día me dijo que me había equivocado en el informe de Marie Garant.

—No he cambiado de opinión.

—¿Tiene más información que aportar al caso?

—¿Sobre qué?

Aún de espaldas, parece ocultar algo que el investigador no consigue ver.

—Sobre la muerte de Marie Garant.

—Ufufuf... No sé de qué quiere que hable.

—¿Seguro que no tiene nada que decir?

El viejo pescador por fin se da la vuelta.

—Ufufuf... Escúcheme bien, Sherlock Holmes. Ufufuf... Acabo de enterrar a mi mejor amiga y me voy a morir pronto, ufufuf... así que no me interesan sus adivinanzas de mierda. Si tiene alguna pregunta, ¡hágala de una vez o váyase! Ufufuf...

Morales da un paso atrás, avergonzado por su brusquedad.

—Mis condolencias, señor Bernard, por la muerte de su amiga.

El pescador asiente, se da la vuelta para comprobar algo y finalmente sale del puente de mando. Agotado, sube al muelle.

—¿Ha sido dura la pesca?

—Hemos acabado hasta con los bueyes de mar. Ufufuf…

Cyrille continúa su camino hacia la furgoneta, acompañado, a su pesar, por un tenaz Morales.

—Señor Bernard, el otro día me dijo que Marie Garant no sufrió un accidente. ¿Por qué? Si sabe algo, seguro que puede ayudarme a aclarar las circunstancias de…

—Ufufuf… No me interesa.

—¿Marie Garant era su cuñada y no le interesa saber cómo murió?

—No.

—¿Debo deducir que no la quería mucho?

Cyrille se gira de golpe. A pesar de la diferencia de edad y de su debilidad, el investigador retrocede ante el pescador enorme.

—Ufufuf… ¡Tiene razón! ¡No me interesa su muerte! Ufufuf… ¿Sabe por qué? ¡Porque yo amaba a Marie Garant viva! ¡A Marie Garant con su risa y con sus ataques de ira! A Marie Garant, la que navegaba sola, ufufuf… ¡a pesar de lo que dijera el mundo! A Marie Garant, con su boca en forma de corazón, sus ojos vueltos hacia el horizonte y su pelo revuelto… Ufufuf… ¿Sabe cuál es su problema, inspector? ¿Sabe por qué no encuentra a los culpables?

—¿Por qué?

—Ufufuf… Porque no quiere saber quién era, cómo vivía, qué amaba. Ufufuf… ¡Nada! ¡Está tan pegado a su cadáver que ni siquiera recuerda que era una mujer viva! Solo busca una conclusión para su informe, ufufuf… Y ha encontrado una. No es la buena, pero ¿a quién le preocupa eso?

El viejo pescador siguió caminando hacia su furgoneta.

—¡A mí!

Cyrille ni siquiera se da la vuelta.

—¡No es verdad! Ufufuf… Es un mal inspector. Por eso le dieron este caso. Una anciana muerta en su velero, en Gaspesia,

209

no debe de interesar a los grandes especialistas, ¿no? Ufufuf... Lo envían a *usted*, porque saben que no es un gran caso, justo de su calibre... Ufufuf... ¡Y encima, ni se entera de la mitad!

—¡No diga estupideces!

Abre la puerta de la furgoneta y, en el mismo movimiento, se vuelve hacia Morales, que le pisa los talones.

—¿En serio? Ufufuf... Pregúntele a Yves Carle, él le confirmará que ha cerrado el caso demasiado pronto, que lo han engañado. ¡Y le dirá que es imposible que la botavara tirara a Marie al agua! Ufufuf... ¡Se ha quitado de encima la investigación porque tiene demasiado miedo de acusar a los verdaderos culpables!

—Si conoce a los culpables, ¿por qué no los nombra?

—¿Yo? Ufufuf... ¿Qué sé yo de eso? No soy inspector de policía... Ufufuf... Solo soy un pescador... Un viejo pescador cansado.

Cyrille ya ha subido a la furgoneta. En lugar de coger la carretera, sigue por el camino de tierra, de debajo del viaducto, el que bordea el arroyo Leblanc, y desaparece en el bosque.

Cuando Cyrille Bernard se va, Morales regresa al muelle y llega hasta el velero. Está vacío, cerrado. Catherine limpió más mal que bien los rastros que dejó el equipo técnico durante la recogida de huellas. Morales abre un cuaderno y saca el móvil.

—¿Dígame?

—¿Yves Carle?

—Sí.

—Al habla el inspector Morales...

—Estoy en el agua, inspector. Dese prisa, por favor.

Joaquín se siente ridículo, pero sigue hablando.

—¿Es posible que la botavara del velero *Pilar* tirara a Marie Garant del barco con un golpe en la cabeza?

Yves Carle ríe irónicamente al teléfono.

—Marie estaba fondeada. La vela mayor estaba plegada y el toldo, instalado. Para plegar la vela mayor, probablemente tensó las escotas. La botavara no podía soltarse.

—No entiendo del todo...

—Para plegar la vela mayor sobre la botavara, la botavara debe estar inmóvil.

—Pero entonces… ¿un descuido, un mala maniobra?

—No. La botavara podría haberlo tirado a *usted* del barco, pero no a ella.

—No me dirá que el barco no quería hacerle daño, ¿verdad?

—Escuche… Marie Garant medía un metro cincuenta y cinco, pelo incluido, pregúntele a Catherine, ella eligió el ataúd. La botavara está regulada a uno setenta y ocho de altura. No es que el barco no quisiera hacerle daño, ¡es que es imposible que lo hiciera!

Morales mira hacia el velero. ¡Idiota!

—Disculpe, inspector, tengo que dejarlo.

Yves Carle cuelga el teléfono y Morales corre a casa para darse su segunda ducha fría del día.

Se tragó un desayuno copioso y ordenó las cajas del salón, para mantener la compostura mientras se daba cuenta de la magnitud de su incapacidad. De pronto, cuando el experto investigador llevaba sus propias cajas de una habitación a otra, le fulminó el rayo del recuerdo, que le rememoró la caja con los objetos que recogió en el *Pilar* y olvidó en el maletero de su coche. Corrió hacia el mencionado coche, que, desde la cena de langosta con Catherine, alguien había deslastrado cuidadosamente de su valiosa carga. Poco después de comer, llamó en vano a la puerta de Catherine, luego pasó por la comisaría de Buenaventura, antes de aterrizar en el bar de Renaud.

—¡Solo le diré, inspector, que si esto sigue así, este bar va a convertirse en su cuartel general!

—He visto el coche de la teniente Forest. ¿Está aquí?

—En la mesa de la ventana. ¿Querrá un poco de cerveza?

Pero Morales ya está delante de la mesa de su jefa.

—Inspector Morales, espero que esté contento con su permiso. ¿Cómo va su traslado?

—Teniente, necesito hablar con usted.

—Estoy esperando a alguien…

Morales se fija en que lleva una elegante blusa blanca, con encaje, y un collar de aguamarinas.

—Solo serán cinco minutos.

—Le daré dos.

—Quiero reabrir la investigación sobre la muerte de Marie Garant. Pienso que me he cargado el caso, por mi desconocimiento del medio, en concreto, del medio marino. Hay razones para creer que Marie Garant tenía un motivo válido para fondear en el Banc-des-Fous, que pudo encontrarse allí con alguien, y que su muerte no fue accidental.

—Parece que ha pasado por alto algunas pistas…

Llega Robichaud, el forense, bien afeitado y oliendo a colonia.

—He de decir que no sabía que el inspector cenaría con nosotros…

Se planta junto a la mesa de Marlène. Morales, que sigue de pie, no se da cuenta de que le bloquea el paso.

—No, yo no cenaré, gracias. Solo venía a pedir autorización a la teniente Forest para reabrir la investigación sobre la muerte de Marie Garant.

—¿Busca una excusa para llamar a la heredera?

—¿Perdón?

—He de decirle que estamos al corriente de su aventurilla…

Morales se sonroja, pero continúa.

—Escuche, teniente, la botavara estaba demasiado alta para alcanzar a Marie Garant…

—Marie podría haberse subido a uno de los bancos de la bañera, como suelen hacer los marineros.

—Tengo serias razones para creer que alguien quiere impedirme que lleve a buen término esta investigación.

—He de decirle que hay serias razones para querer cenar tranquilos, inspector, ¡y que ya ha delirado bastante!

Morales no se rinde.

—¡Incluso han robado la caja de los objetos que se recogieron en el barco!

Marlène Forest tose antes de pronunciar su veredicto.

—Creo que no ha lugar a la reapertura del caso, inspector.

—Escuche, teniente…

—¡No, Morales! ¡Usted es quien va a escuchar! ¡Y escúcheme bien!

Señala a Joaquín con el dedo índice de forma tan enérgica y amenazadora que Renaud Boissonneau, que se ha acercado con la carta, se pone en posición de firmes.

—Dejó tirados a testigos clave en el inicio de los interrogatorios, omitió la comprobación de detalles técnicos, que habrían llamado la atención de un novato, y ha extraviado documentos probatorios. A pesar de todo, las conclusiones de la investigación son lógicas, y está claro que hablamos de un accidente. Lo autorizaré a reabrir el caso si me aporta una pista lo suficientemente relevante como para que lo haga. De lo contrario, si persiste en enumerar sus meteduras de pata, no dudaré en mencionar en su expediente la negligencia con la que actuó, ¿está claro?

—Solo diré que sí, que está bastante claro.

Boissonneau deja las cartas y vuelve a la barra. Morales da un paso atrás. El forense acerca una silla y se sienta, seguro de cuál es su sitio.

—Tendrá que tranquilizarse con la heredera... ¿No está casado?

Morales sale del bar enfurecido, sube al coche y conduce hasta el muelle. Los barcos están vacíos. La pesca ha terminado. ¿Qué va hacer? Se le ha escapado la investigación y Gaspesia no le proporcionará otra oportunidad, de eso está seguro. No obstante, no se dará por vencido. Pone el coche en marcha, dispuesto a volver a casa, pero, justo antes de girar hacia el camino asfaltado, para incorporarse a la 132, frena en seco. ¿Adónde lleva el camino de tierra por el que se ha ido Cyrille esta mañana?

El investigador gira a la izquierda y se mete por el camino. La curiosidad es a veces una buena consejera.

A los cuatro kilómetros, más o menos, desemboca entre una casa y el cementerio.

Hay un hombre en el cementerio. Morales lo reconoce como uno de los tanatólogos que estuvieron presentes en el funeral de Marie Garant. Se detiene, sale del coche y camina hacia él. El hombre lleva botas y, con su pala, está reponiendo la tierra alrededor de un monumento.

—¿Puedo ayudarlo?

—¿Trabaja aquí?

—Langevin y Hermanos, servicios funerarios de todo tipo, completos y satisfactorios, para usted y sus seres queridos.

Le estrechó la mano y le entregó una tarjeta de visita, que Morales guardó mecánicamente.

—Actualmente hacemos un treinta por ciento de descuento en las cremaciones. Esto también se aplica a los arreglos previos. Las incineraciones son lo mejor, sobre todo si elige depositar sus cenizas en nuestro nuevo columbario. Tomemos, por ejemplo, un día como hoy: llueve y la hierba está mojada. Viene a recogerse delante de la tumba de un ser querido, y se encuentra con los pies empapados. Eso es lo que intento explicar a nuestros clientes: no hay nada como el columbario para una visita cómoda y sin preocupaciones.

»Y, además, fíjese, ¡los patos silbadores se pasan el día alborotando! ¡Cavan madrigueras por todas partes! ¿Se lo imagina? Viene a la tumba de su madre para rezar un poco y ¿qué ve salir de la tierra? ¡Una marmota que coge tres flores del ramo de la vecina y vuelve a alimentar a sus crías debajo de la lápida! Le dije a mi hermano que no era de sentido común. He venido a poner trampas. Poco a poco las expulso, hay que matarlas. Volveré mañana. En mi opinión, deberíamos trincarlas rápidamente. Pero no se preocupe, no creo que hayan cavado cerca de la tumba de Marie Garant.

—¿Qué le hace pensar que he venido a visitar esa tumba?

—Lo vi en el servicio. No fue un funeral muy bonito.

Langevin, o su hermano, parece dispuesto a continuar. Morales lo anima a hacerlo.

—¿Por qué dice eso?

—Porque no entiendo cómo la hija enterró a su madre en la fosa común. Venga a ver...

Langevin se llevó al investigador a unos pasos de allí.

—Mire, la familia Garant tiene su propio panteón. ¡Y comprobé que aún hay sitio para un cuerpo! Llamé a Catherine Garant para contárselo, pero no quiso saber nada del asunto, ¡un ataúd de tablas en la fosa común! Mi hermano dice que hay que respetarlo, pero a mí me parece extraño: ¿por qué enterrar a tu madre en un rincón oscuro, junto al bosque, cuando puedes venir a verla aquí mismo? Si sigues el camino de grava, ¡apenas te ensucias los pies! No es una decisión práctica.

Langevin tiene razón. Morales examina la lápida a dos pasos de la entrada. ¿Cuál es el motivo de la decisión de Catherine?

—¿Ha vuelto usted a la fosa común hoy?

—No. Pero justamente iba allí, para comprobar. Aunque estoy seguro de que no habrá marmotas.

—Lo acompaño.

—¿Es usted de la familia?

—No, soy inspector. Estaba a cargo del caso de la muerte de Marie Garant.

—No se preocupe: estaba muerta de verdad.

Morales cree que los de las funerarias tienen un peculiar sentido del humor.

—¡Ay, no! ¡¿Quiere explicarme qué trabajo de cerdos ha hecho el enterrador?! ¡Estaría borracho otra vez!

En efecto, la tumba está mal rellena. La tierra, desnivelada, y el césped, sucio. Sin perder un segundo, Langevin coge la pala y se pone a nivelar el terreno.

—¿Ve por qué insisto en el columbario? Sigo diciendo que…

—¡Espere! ¿Y si alguien hubiera profanado la tumba de Marie Garant?

El enterrador hace una pausa y mira a Morales.

—¿Qué está diciendo? ¿Profanar la tumba? ¿En nuestro cementerio? ¡Está completamente loco! ¡Nadie haría algo así! ¡Aquí no! Solo echaré unas paladas y…

—¡Alto ahí, señor Langevin! ¡No vuelva a tocar esta tierra!

Langevin se vuelve hacia Morales.

—¿Perdón?

Morales coge el móvil: es la ocasión perfecta para convencer a Marlène.

—Voy a pedir que se abra una investigación…

Pero Langevin no lo ve así y, de repente, vuelve manos a la obra… ¡a toda velocidad!

—¡Deténgase!

—¡No, señor! ¡No dejaré que perturbe mi cementerio! ¡Nadie abre tumbas aquí! Nadie, ¡ni siquiera usted!

Rápidamente pisotea la zona alrededor de la fosa.

Morales se lo queda mirando, atónito, y luego vacila. El de la funeraria tiene razón. Llamar a la teniente Forest, volver a pedir que se reabra el caso, exhumar la tumba… Si hace algo así, en un pueblo tan pequeño, lo odiarán durante mucho tiempo. Por no hablar de Catherine… Hay mejores formas de seducir a una mujer que desenterrando el cadáver de su madre. Vuelve a guardarse el móvil en el bolsillo.

—Tiene razón, señor Langevin. Sería estúpido imaginar algo así.

—En cualquier caso, pronostican lluvia para esta noche y mañana. Esto se limpiará.

Morales se despide del hombre de la funeraria y regresa a su coche. Al pasar, se da cuenta de que corren una cortina en la ventana de la casa. La furgoneta del pescador está aparcada en la entrada. ¡Mañana, Cyrille Bernard! De momento, Morales decide volver a ver a Catherine. E insistir.

Aquella tarde estuve meciéndome mucho rato en la galería. Seguía el suave ritmo de la ola. El viento del sur giraba hacia el oeste, y el ojo del sol, semicerrado en el horizonte cubierto de nubes, anunciaba lluvia. El cielo debía despejarse pasado mañana.

«Anhelo el horizonte. Izar mi corazón al viento del oeste».

Mi tiempo en Gaspesia se acababa. Había terminado el mantenimiento del velero, leído en el GPS la ruta que siguió mi madre, y repasado las maniobras con Yves Carle. Lo que tenía que hacer allí tocaba a su fin. Solo me quedaba una pregunta y me di veinticuatro horas para responderla. Después, con respuesta o sin ella, soltaría amarras.

«Dormir entre el cielo y el mar, entre ciento ochenta grados de estrellas y ciento ochenta grados de olas, en el vientre crujiente del casco, con el soplo poderoso del viento en mis velas».

Me tomé una tisana y, cansada de los últimos días, me adormilé.

Joaquín Morales deja el coche un poco apartado y camina hacia la casa. Ella está ahí, en la galería. Morales se da cuenta de que ocurre algo terriblemente desconcertante: cuanto más avanza, más le flaquean las piernas… y, además, no sabe qué ha ido a decirle.

Está dormida en la hamaca. Morales sube los cinco escalones y la contempla. ¿Cómo se toca a una mujer? ¿Tender la mano? ¿Acariciar? ¿El pelo? El corazón le palpita con fuerza. Lleva días soñando con esto y, aunque todos los meses se enfrenta a criminales, ¿ahora tiene miedo de una mujer dormida? Sí, tiene miedo. Podría despertarse, rechazarlo, empujarlo, gritar. Esta mujer dormida es un detonador.

En él, todo suplica.

No me digas que no, Catherine, hoy no, porque mi vida va tan mal y mi alrededor está tan hueco y silencioso y vacío, que me aferro a tu esperanza como a un salvavidas. Tú duermes y, mientras tú descansas, yo me ahogo; mi mujer ausente, esta investigación que me ridiculiza, mi soledad y tu presencia me han derrotado. Tú entierras a tu madre, pero yo me arrodillo. Te toco el hombro, despacio, deja que me acerque un poco, no digas que no, por favor, deja que abrace tu cuerpo de mujer joven contra mi cuerpo cincuentón y torpe, que te atraiga aquí y apoye tu cabeza en mí.

Abre los ojos y se despierta.

—¿Inspector Morales?

—Joaquín.

Morales está agachado delante de ella.

—¿Has botado el velero?

—Sí.

No se mueve. Vacila.

—¿Eh… Eh… Recibiste mis mensajes el otro día?

—Sí.

—No viniste a cenar…

—No.

—Te esperé.

Se sumerge profundamente en sus ojos, intentando alterar el agua de sus iris.

—La otra noche, Catherine, cuando nos besamos…

Me estremezco.

—La otra noche, Joaquín Morales, usted me besó, sí, y, luego, tras los besos, las caricias y los gritos de las gaviotas, ¡entró en su casa y le dijo a su mujer que la amaba!

—No, escucha…

—¡Hizo como si nada, como si ella no importara nada!

—¡No es verdad!

—Uní mi cuerpo al suyo, Joaquín Morales, y, tres minutos después, oí…

Entonces decidí marcharme. Y esa decisión ahora iba de suyo.

—Escucha… yo… er…

—Inspector Morales, ha cerrado el caso de la muerte de mi madre. No tiene nada más que hacer aquí.

Se levanta, incómodo.

—Catherine…

—Joaquín Morales, quiero que mi corazón vuelva a latir, ¡pero no en brazos de un hombre que miente!

—¿Que miente?

—¡Sí!

Vuelve a inclinarse sobre mí.

—¿Qué sabes tú de mentir, Catherine Garant? Qué sabes tú del amor, ¿eh? ¿Qué edad tienes? ¡Treinta y tres, sin hijos y sin pareja estable! ¡No sabes lo que es eso! Cuando un hombre pregunta a su mujer, después de treinta años de matrimonio, si lo sigue queriendo y ella responde «Sí, sí…», pensando en el menú de la cena y le parecen francamente ridículas ese tipo de preguntas; cuando buscas su mirada, sus labios, y te suelta: «¡para, que tengo muchas cosas que hacer!»; cuando tienes las manos vacías, día tras día, y tu cuerpo grita… ¿qué significa la fidelidad? Quizá sea mi matrimonio lo que se ha convertido en una mentira.

Se enderezó mientras hablaba.

—Eso no es asunto mío.

—Sí lo es. ¡No puedes aparecer una noche, irrumpir en mi casa, decir: «soy lo que busca», preguntarme qué sueño, dejar que te toque y luego fingir que eres inocente!

—Voy a desearle buenas noches, señor Morales…

Me levanté para indicarle que se fuera, pero calculé mal el gesto y, de repente, me vi pegada a él.

—Deja de huir, Catherine.

5. Amarradas al horizonte

El empuje de Arquímedes

Cyrille decía que el mar se bastaba a sí mismo, y que nos bastaba a nosotros. Decía que, frente a las olas, las mentiras se debilitaban a fuerza de pelear y se iban a pique. Añadía que solo los gestos francos podían salvarnos cuando el viento se levantaba y ponía nudos en nuestras velas.

Esa mañana terminé de hacer las maletas y bajé al muelle para acabar de cargar el barco. El cielo debía despejarse al final del día y esperaba soltar amarras bajo la mirada enternecida de la luna llena anunciada.

La pesca había terminado, pero Jérémie estaba allí, paciente como la arena devuelta de la playa.

Me ayudó a llevar las bolsas de viaje al barco.

—¿Te vas?

—Sí.

—¿Mucho tiempo?

—Sí.

Tenía ternura en los ojos. Cuando hablaba, dejaba las manos quietas. Tranquilas.

—¿Podrrré esperrrarrte?

No sabía qué decir. El gigante amerindio asintió con la cabeza lentamente.

—Cuando tu madrrre se fue, Cyrrrille la esperó. Eso me dijo.

—Marie Garant no quería que la esperasen.

—Él la amaba.

—No. Amaba esperarla, amaba amarla, pero no conocía realmente a mi madre. Dudo que alguien la conociera de verdad. Desde que llegué, me he dado cuenta de que nadie conocía realmente a mi madre. Cada uno se ha hecho una imagen diferente de ella para canalizar su rabia, sus fracasos, sus amores perdidos, pero nadie sabía quién era, nadie sabía que tuvo una hija, nadie puede decirme quién era mi padre, nadie sabía adónde iba ni cuándo volvería. Es fácil amar un sueño, una fantasía, a una mujer esquiva, pero, quizá, en la vida cotidiana, en el día a día, Cyrille, como cualquier otro hombre, se habría cansado de ella, de su necesidad de independencia, de su intensidad.

—Puede que no.

—No sé qué es el amor, Jérémie. No he aprendido a amar. No sé cómo lo hacen las parejas con treinta años de desgaste, que aún fantasean, se conocen de jóvenes y hacen promesas que cumplirán.

—¿No quierrres intentarlo?

Me volví hacia mar abierto.

«Con los ojos abiertos, miré ese mar, fiel y poderoso, extenderse como una llamada; oí el murmullo del oleaje, como un canto de sirena, y la vacilación que quedaba en mi corazón de péndulo se disolvió en la sal húmeda de la mañana».

Quería irme de Gaspesia. La gente que había conocido aquí vivía en el pasado, en la nostalgia de una época pasada que todos estaban de acuerdo en amar como tal. El presente solo tenía la belleza de la mirada del ayer, y no asumía las comparaciones. Los grandes veranos pesqueros, los muelles llenos de velas, la abundancia de turistas e incluso el esplendor de los amaneceres no se parecían en nada a los de antaño. Si me quedaba, el pasado me perseguiría, mientras que yo quería un amanecer que se pareciera al futuro.

—Me voy al mar, Jérémie. No quiero que me esperen.

—Los que esperrraban a tu madre nunca le pidierrron perrrmiso…

Se despidió y lo vi alejarse. Luego, subí a bordo para guardar mis cosas.

Morales, por su parte, da vueltas en círculo.

No tiene noticias de su mujer, pero no quiere pensar demasiado en eso. Por ahora solo tiene unas pocas cajas y vive en una casa prácticamente vacía. Le parece bien. No es que sea especialmente zen, no, pero las tareas domésticas no son su punto fuerte. Así que mejor no extenderse en el aspecto actual del salón.

Deja los platos sucios del desayuno en el fregadero, junto con los de los últimos días, y vuelve a subir al cementerio, como un destartalado tiovivo de feria que se obstina en seguir un movimiento circular y espasmódico. Acaba debajo de la ventana de Cyrille Bernard, espiando al viejo.

Cyrille levanta la cabeza y ve a Morales.

—¿Puedo pasar?

—Ufufuf… Recuérdeme que ponga un candado en esa ventana de ahí.

Morales cruza el marco.

—Necesito hablar con usted.

—¿Y por qué? ¡Su investigación ha terminado!

—Presenté un informe porque me lo pidieron. Pero usted tenía razón el otro día: no sería un buen investigador si no averiguara quién mató a Marie Garant. Por eso he venido a verlo.

—Ufufuf… ¡Me hace reír!

—¿Por qué?

—Le digo que se equivoca y busca otra conclusión. Ufufuf… Es usted como una veleta de tormentas que apunta a cualquier parte y no encuentra el verdadero origen del viento. Ufufuf… Los pájaros lo encuentran enseguida, aunque su cerebro no sea más grande que una nuez.

—Tengo unas preguntas que hacerle, señor Bernard.

—Eso es. Ufufuf… Ahora va a pedirme que responda a sus preguntas… Lo haré. Y después, ¿qué? Luego comparará mi versión con las de los demás y decidirá quién miente. Quién llena más su historia a golpe de mentiras, ¿eh? Ufufuf… Soy demasiado viejo para esas tonterías.

—¡Si todos mienten, dígame usted la verdad! ¿Qué tiene que perder?

—¿Yo? Nada. Pero aquí nadie le dirá la verdad sobre Marie Garant. No porque no queramos, sino porque nos falla la memoria y los recuerdos nos engañan. Ufufuf… El tiempo es un mentiroso y la emoción difumina la imagen. Ufufuf… Solo quedan viejas fotos descoloridas, sentimientos endurecidos y condensados, que los años han secado en la esquina del mostrador y que su agua hirviendo se empeña en querer disolver de golpe. Ufufuf… Viene de lejos para hacernos tanto daño.

El anciano cierra los ojos, visiblemente agotado. El inspector duda.

—Solo dígame una cosa, Cyrille. Solo una cosa. ¿Quién estaba con usted, en el barco de pesca de su padre, el día que murió su hermano mayor? El día de su accidente.

Cyrille Bernard levanta la cabeza. El pescador, medio tumbado en la cama y agonizando en su osamenta, hace retroceder al inspector con una mirada. Pero Morales se empeña.

—Escuche, Cyrille…

—¡No! ¡Escuche usted! ¡Porque yo también tengo algunas preguntas! Ufufuf…

Se sienta en la cama.

—La mujer que amé está muerta, la ha asesinado un hombre de mi pueblo. Tal vez fue un accidente, tal vez no. Ufufuf… Pero todos sospechan que fue él. Porque en esta tierra, llevas tu secreto como un sombrero de carnaval. Ufufuf… Ese hombre habrá acarreado toda su vida un saco de remordimientos que yo no querría. De esos que, cuanto más avanzas, más pesan, que te enredan en medio de la calle y tienes que llevar tú solo. Ufufuf… Sabe que lo sabemos. ¿Qué cree que conseguirá deteniéndolo? ¿Quitarnos el dolor? ¿Hacer justicia? ¿A quién? Marie ya no volverá. La justicia la equilibra tu conciencia, ¡y sus informes no tienen nada que ver con eso! Ufufuf… Ese hombre ya no hará daño a nadie. Excepto a sí mismo. Su investigación es inútil.

El inspector se da la vuelta, desconcertado. Los fardos más pesados son los que nadie ve. Es consciente de ello. Todo hombre lo siente, a cada paso, e incluso sentado. Entonces, ¿por qué seguir? ¿Por qué empeñarse en encontrar y castigar? ¿Qué será menos ridículo, abandonar aquí o forzar la verdad?

—Marie Garant está muerta y usted ha venido a investigar. Ufufuf… ¿Por qué? ¿Qué sentido tiene rellenar informes y más informes? ¿Quién va a leer sus informes? ¡Solo papel mojado! Ufufuf… ¿Por qué se empecina? ¡Probablemente, no por Gaspesia! ¡Y tampoco por Marie Garant!

Joaquín mira hacia fuera. La mañana cubre el cementerio de una niebla pertinaz.

—Por Catherine…

Cyrille arruga los ojos, inquisitorio. Morales sigue mirando, pero sin ver.

—Por ella. O por mí. Ya no lo sé.

En la quietud, una lamparilla de noche se apaga automáticamente, en algún lugar entre la cama y la puerta, haciendo que el cementerio brumoso se aclare un poco más por contraste.

—He cumplido cincuenta y dos años. Cincuenta y dos, ya sabe lo que es… Vas al médico, porque de repente necesitas un médico, y te habla del colesterol, del hígado, del corazón, de todo lo que ya no está tan bien como antes. Te dice que no bebas demasiado, que dejes de fumar, que duermas mejor. Y luego está la revisión de la próstata.

A pesar de la lluvia, la niebla brilla con el sol naciente.

—Un hombre de cuarenta años siempre es atractivo, viril. Cincuenta es… es medio siglo, el comienzo de la vejez, las arrugas y el pliegue, ahí, que nunca perderé, a pesar de las caricias. ¡Las caricias! Después de treinta años de matrimonio y dos hijos, de tardes de *tupperwares* y los hábitos de mal aliento, hay que ser muy fuerte para acercarte a tu mujer y empalmarte de repente. Para mí, ya no es como antes. Ahora necesito tiempo, preparación, un poco de vino… ¿Cómo se siente un hombre que envejece?

Joaquín Morales se vuelve hacia Cyrille, delgado debajo de las mantas.

—Lo envidio por haber amado a una mujer toda su vida.

El anciano sigue quieto.

—Desde que estoy aquí, he estado soñando con otra mujer. Con engañar a la mía. Usted ha hablado de remordimientos. Debo sentirme infiel, pero ¿infiel a qué? Ya no sé quién soy… ¿Un cincuentón que fracasa en su matrimonio y en su carrera? Desde que llegué a Gaspesia, no tengo dónde esconderme. Hago el ridículo. Parezco un bufón con un sombrero de carnaval en un día laborable…

Cyrille sigue observándolo.

—Por eso quiero cerrar la investigación. No es por Marie Garant, tiene razón. Ni siquiera por Catherine, ni siquiera por saber la verdad. Me empeño por mí, señor Bernard. Para probarme a mí mismo que no estoy completamente acabado. Viejo y ridículo.

Joaquín Morales mira hacia abajo, avergonzado o aliviado de su vergüenza.

—Ufufuf… Abra el armario de la izquierda. Hay una taza y dos vasos. Ufufuf… Creo que tomaremos un *whisky,* inspector Morales. Sin hielo. Ufufuf… Y vamos a charlar.

Previsión meteorológica

Yves Carle había dicho: cuanto más tardas, menos sales. La cita con el doctor estaba muy lejos. Y el mar, delante de mí.

Ese día, entré por última vez por la ventana de Cyrille.

—Ufufuf… ¡Mira a los dos lados cuando te vayas a casa, porque esa ventana se está convirtiendo en una autopista!

—Caramba, Cyrille, menudo éxito con las mujeres. Si esto sigue así, ¡vas a acabar durmiendo acurrucado a tu pesar!

—Ufufuf… ¡No solo mujeres! El inspector pasó por ahí, por la mañana.

—¿Morales?

—Él se acostaría contigo, ¡y no solo para acurrucarse! Ufufuf… ¡Está perdidamente enamorado de tus hermosos ojos!

—Va a tener que espabilar, Cyrille, porque me voy.

Fuerte y un buen rato, sostengo el azul de sus aguas. Estoy harta de desviarme, a partir de ahora, tendré el mar de frente y a mi alrededor.

—Eres fuerte como tu madre, pequeña. ¡Una estirpe de mujeres que rompe el corazón a los hombres! Ufufuf…

—No lo hacemos a propósito.

—¡Lo sé, pequeña! Ufufuf… No lo hacéis a propósito, pero nos coméis el corazón con una cucharilla.

Me senté a su lado, en la cama.

—Ufufuf… Es adecuado. Nosotros amamos amaros. Como unos locos. Ufufuf… Y estamos dispuestos a esperaros. Como idiotas.

—No sé por qué se fue mi madre. Pero creo que sé por qué volvía tan a menudo…

Cuando volvió a hablar, tenía agua en los ojos y una voz pesada y triste.

—Ufufuf… Gaspesia es una tierra injusta, pequeña. Tienes el mar, que hemos vaciado, la tierra, que no da nada, ufufuf… y la ruta de los turistas que lleva a Percé. Lo demás es viejo, pequeña, ufufuf…, y vive en el recuerdo. Es una buena idea marcharse. Puede que no sea lugar para una joven hermosa como tú…

—Voy a echarte de menos, Cyrille.

—Ufufuf… No, Catherine. No hagas eso. No vivas con lo que falta, vive con lo que hay.

El silencio no se agita. Habla despacio.

—Ufufuf… Cada vez respiro menos. Cada vez menos aire, cada vez más agua. Es el mar subiendo por mis bronquios. Te das cuenta, pequeña, ufufuf…, cuando mis pulmones se queden sin aire, cogeré mi barco y me iré al mar. Lejos. Más lejos que el Banc-des-Fous. No fondearé. Apagaré el motor, ufufuf…, y escucharé las olas crujir contra el casco. Si es de día, veré el sol brillar por todas partes. Si es de noche, ufufuf…, podré ver por última vez las estrellas posarse en los huecos de las olas. Olas por todo el horizonte. No esperaré a que me maten con morfina, ¿entiendes? Llevaré la medalla de la Virgen María de mi madre en la palma de la mano, ufufuf…, y me quitaré las botas. Eso es importante, ¡no se puede llamar a la puerta del cielo con botas de pescador en los pies! Algunas personas llegan al cielo bajando dos metros bajo tierra. Yo iré por mar. Ufufuf… Me dirás que no sé nadar, pero no importa, Marie estará allí. Ella me aguarda. Ufufuf… ¿Sabes qué espero? Espero una marea alta. Ufufuf… Solo eso: una gran marea otoñal, que suba y me lleve mar adentro…

Me mira profundamente a los ojos.

—Yo también zarparé pronto, Catherine. Ufufuf… Eso significa que volveremos a vernos.

Sonrió.

—Vete, pequeña, ya es hora.

—Cyrille… Tengo otra pregunta…

Asintió con la cabeza. Se lo esperaba. Todos queremos respuestas, no podemos evitarlo.

—Ve a ver a Vital, pequeña. Ufufuf…

—¿A Vital?

—Morales pasó por su casa, pero, ufufuf…, a estas horas, ya estará en la comisaría. Ufufuf… Ve a ver a Vital antes de irte…

Besé a Cyrille en la frente con toda la ternura que debería haber sido la de mi madre. Se hundió en la cama. Trepé por la ventana y me encontré en la penumbra lluviosa del cementerio. Me armé de valor. Para irme, tenía que plantearme que todo podía ser distinto a mi posible regreso, y que no era responsable de nadie.

La primera reacción de Vital fue salir a la galería y plantarle el dedo índice derecho en el pecho.

—Santo copón de todos las hostias, ¿qué hace aquí?

Morales no se inmuta.

—Señor Bujold, tengo una pregunta para usted.

—¿Aún no ha terminado la investigación?

—El día que encontró el cuerpo de Marie Garant, en el interrogatorio dijo que odiaba a esa mujer. Hizo todo lo que pudo para evitar mis preguntas.

—¿Qué quiere?

Cae la lluvia, fina y cálida. Vital no lo invita a entrar. Morales se queda erguido en la escalera de entrada.

—Me preguntaba por qué odiaba a Marie Garant. Pensaba: no se odia a una mujer porque gesticule, todas las mujeres lo hacen un día u otro.

—…

—También me pareció extraño que la hermana gemela de su esposa, la modista Guylaine Leblanc, odiara a Marie Garant tanto como usted. Entonces, me di cuenta de que podía tener algo que ver con la muerte de su único hijo, Guillaume, que se ahogó con los hermanos de Renaud Boissonneau en la gran borrasca, que también se llevó al marido de Marie Garant en su noche de bodas…

Vital da un paso atrás.

—Pensé que las gesticulaciones de Marie Garant, que había perdido a su marido, deberían recordarles, a los dos, no solo la muerte de su hijo, sino también la reacción de su esposa al intentar…

—No tuve nada que ver con el asesinato de Marie Garant. ¡Nada!

—Lo sé.

Vital respira hondo. De cara al mar, cruza los brazos sobre el pecho.

—¿Qué quiere preguntarme?

—La noche del asesinato de Marie Garant, robaron la caja fuerte de Clément Marsil, en el cuarto distrito. La investigación reveló que lo había hecho él mismo, para cobrar el seguro.

—No lo creo, santo copón, ¡estaba con su hermana en Gaspé!

—Al día siguiente, encontraron la caja con su mazo en una zanja, detrás de su casa.

—A menudo presto mis herramientas.

—La oficial de Policía que investigaba el caso omitió anotar a quién había prestado usted su maza, el día anterior.

—¡Tenía demasiadas herramientas en la cintura como para pensar en preguntármelo!

—Para eso estoy aquí.

Vital suspira.

—¡Santo copón de todas las hostias! Ya era hora…

Parte meteorológico

En la niebla deshilachada de la tarde, llamé a la puerta de Vital. Nadie respondía, así que, como el cerrojo no estaba echado, la abrí.

Entré pensando en llamarlo, pero no pude. Me quedé helada ante la escena que me esperaba. La casa, impecablemente cuidada, tenía un aspecto femenino y anticuado, que desentonaba por completo con la imagen que me había formado del pescador. Cortinas de encaje, un mantel de colores, jarapas, marcos con fotos de niños risueños, mecedoras, lámparas con pantallas de vidrieras con motivos florales y, sobre todo, ella, frente a la ventana que daba al oeste. Una mujer, réplica inerte de Guylaine, se mecía lentamente, sosteniendo en las manos unas agujas de tejer inmóviles. Sus ojos miraban fijamente sin ver nada.

La saludé dos veces. No respondió. Me acerqué. Sus labios susurraron algo y volvió a tejer. Me retiré hacia la puerta. Allí estaba, de pie en el umbral. Vital.

—Sabía que vendrías.

Su voz es tan baja que parece venir del suelo. Todo mi cuerpo se echa a temblar. Abro la boca en vano. Él da un paso atrás, me indica por señas que salgamos. El silencio se llena con el traqueteo constante e ininterrumpido de las agujas de tejer. Nos sentamos en un amplio banco de madera de la galería. Las manos me tiemblan tanto que las aprieto contra las tablas para calmarlas.

—¡Santo copón de todas las hostias! Esto acabará por volverme loco…

Toda mi energía se concentra en mi respiración y oigo la voz del pescador a través de una niebla, que se disipa lentamente a medida que asimilo la extrañeza de este encuentro. El ruido de las agujas teje el aire. Las olas se juntan al pie del acantilado.

—No vivo de recuerdos. Claro que pienso que la pesca no se paga bien y veo que el mar se queda sin peces, pero no soy nostálgico. Para mí, el pasado es miseria. La miseria de mi madre, que murió demasiado joven, de mi padre, a quien le endosaron las malditas gaspasianas del Gobierno y unos buenos golpes en el pescuezo. Nunca he conocido otra cosa. ¡Santo copón! ¡Aquí nadie ha conocido otra cosa! ¡Ni un francocanadiense se ha hecho rico con la pesca! ¡Solo los ingleses! Los que querían probar algo diferente se fueron a la papelera. ¡Santo copón de fábrica! ¿Sabes por qué la cerraron? ¡Porque tres cuartas partes de los hombres pillaron cáncer! La fábrica cierra, los jefes se van... ¿y a quién denuncian los cancerosos? ¿Dónde? ¡Nadie responde! ¿Y qué conseguirían esos hombres? ¿Diez mil pavos? ¿Para hacer qué? ¿Para morir en el hospital, en una habitación privada? Prefieren morir en una habitación con cuatro personas, ¡al menos no están solos!

Una ola, dos.

—Gaspesia es una tierra de pobres, cuya única riqueza es el mar, y el mar se muere. Una mezcolanza de recuerdos, una región que mantiene la boca cerrada y no hostiga a nadie, una comarca miserable a la que consuela la belleza del mar abierto. Y nos aferramos a ella como hombres de nada. Como pescadores que necesitan consuelo.

Las agujas siguen agitándose. Vital deja pasar dos olas más y me mira.

—¿Has venido por el testamento?

—No. Por Cyrille.

Un movimiento de sorpresa.

—Cyrille... Cyrille, ¿qué tiene? ¿Cinco o seis años menos que yo? No son muchos, pero los suficientes para que nunca hayamos ido en bici juntos. No éramos amigos de jóvenes. Después, cuando Marie Garant creció y se volvió una mujer hermosa, casi nos convertimos en enemigos. ¡Santo copón! Me fastidiaría mucho decirte a cuál de los hombres que la rodeaban amó de verdad.

—A todos ellos, tal vez.

Me mira, indeciso.

—Tal vez. Se casó con Lucien porque su primer novio murió. Jeannot lo mató, en una salida de pesca. Cyrille estaba allí. Se había escondido en el barco. Estuvo a punto de morir también. Se convirtió en un discapacitado. Él nunca lo dirá, pero estoy seguro de que los chicos se pelearon por ella. En mi opinión, Jeannot también intentó matar a Cyrille. Lo trajo de vuelta porque debió de pensar que estaba muerto. Dijeron que fue un accidente, pero Cyrille ha sido incapaz de volver a hablar con Jeannot después de aquello. ¡Si solo es un accidente, no te enfadas con el tipo! Pero al final, el cáncer va a cargarse a Cyrille, y antes que los cangrejos, si esto sigue así…

Tres, cuatro olas.

—Estaba borracho la noche de la boda. Cuando era joven, salía de fiesta a menudo. Marie y Lucien se fueron al caer la tarde. Se casaron pronto para irse de luna de miel al mar…

Apenas se mueve, con los antebrazos apoyados en las rodillas. Se frota suavemente las manos.

—Irène, mi mujer, se disgustó porque yo estaba de juerga. Pasó algo, no sé qué, pero se desgarró el vestido. Guylaine le dijo que subiera al Point de Couture, que ella lo arreglaría. Así que vino a verme y me dijo que vigilara a Guillaume.

Respira hondo.

—Mi chico tenía diez años. El parto fue difícil y el médico nos dijo que no podíamos tener más hijos. Mi mujer y su hermana siempre estaban encima del crío. Guylaine era joven, pero siempre fue una solterona, así que solo se ocupaba de cuidar al pequeño y mimarlo. ¡Santo copón de todas las hostias! Yo también lo quería, claro que lo quería con locura, pero ¿qué más podía hacer por él? Las mujeres siempre estaban detrás de él: «Guillaume, ¡no hagas eso! Guillaume, ¡no hagas lo otro! Guillaume, ven a probarte el pantalón que te ha hecho la tía Guylaine».

»En cambio, yo quería dejarlo en paz y enseñarle cosas de hombres, para que no se convirtiera en un pelele.

»Pero todo lo que hacía siempre estaba mal. Siempre. ¿Qué debería haber hecho? ¿Lo sabes? ¿Qué más podría haber hecho? No debería haberlo llevado a pescar, no debería haberlo llevado a nadar, ¡no debería haberlo llevado a ninguna parte! Las mujeres me regañaban como si fuera un crío: «¡No digas eso! ¡Le hieres los sentimientos! Es muy sensible». A veces me preguntaba si estaba capacitado para ser su padre. ¡Santo copón! Ya me habría gustado ser moderno, hablar de filosofía y de negocios, ¡pero yo no sabía! ¡No podía darle eso! ¡No se me puede pedir lo que jamás tuve! ¡Yo solo he tenido pescado, mal pagado, paro en invierno, trabajillos en negro y los golpes en el pescuezo! ¡Así que no, nunca supe hablar a mi hijo!

Inclina la cabeza hacia el suelo.

—Ya había bebido demasiado. Estábamos de fiesta. No recuerdo que Guillaume viniera a pedirme permiso para dar una vuelta en la canoa con los hermanos Boissonneau. ¿Qué podría haberle dicho? ¿No vayas a jugar a la orilla del mar? Vivimos al lado del mar, ¡santo copón! No iba a decirle veinte veces al día que era peligroso. De todas formas, las mujeres lo mimaban demasiado.

»Seguramente le dije que sí. Supongo que le dije que sí. Ya no lo sé...

Había dejado de llover y el sol empezaba a calentar la niebla.

—Las mujeres tardaron lo suyo, yo seguí bebiendo. No sé a qué hora subió el viento. Alguien dijo que se estaba levantando viento. Así que pensé que tenía que ir a comprobar los amarres de mi barco. ¿Por qué pensé en eso? ¿Por qué no pensé en mi chico? No lo sé. Tal vez, solo buscaba una excusa para bajar al muelle y ver hacia dónde se habían ido después de la boda...

»Bajé al barco y me fumé un porro. El tiempo empeoraba cada vez más. Me encerré en la cabina de mando, me recosté en el banco y me quedé dormido.

Marie me despertó. Golpeaba el barco como una loca, como si fuera a romperlo todo. Aún llevaba el vestido de novia, pero estaba sucio y roto. El pelo le caía por los hombros, y el maquillaje le hacía unos enormes ojos de fantasma; nunca la había visto tan guapa...

»Temblaba, gritaba que no había buscado suficiente, que debíamos volver. No había nadie en el muelle. Nadie, excepto yo. Marie Garant, con su vestido de novia lleno de barro, pi-

234

diéndome a mí, un pobre pescador, que la ayudara a encontrar a su marido, que se había caído por la borda. ¿Qué se suponía que debía hacer, santo copón? La subí a bordo y fuimos…

»Buscamos todo lo que pudimos. Avisé a los guardacostas, pero estaban saturados de alertas y tardaron horas en llegar. Llovió durante tres días. ¡Tres días! Había una niebla que se podía cortar con un hacha. El viejo Marticotte te diría, si siguiera vivo, que todos los muchachos se dejaron la piel en el intento y que Bernard, el padre, lloró cuando le dieron el chaleco salvavidas sin su hijo dentro. ¡Santo copón de todas las hostias! Nunca lo encontramos.

»Al atardecer del tercer día, cuando volvimos, Marie me abrazó. Le había prestado algo de ropa. Flotaba dentro. Aún estaba guapa. ¡Siempre estaba guapa! Victor nos esperaba en el muelle. Dijo que tenía que volver a casa rápidamente. Miró a Marie, sin decir una palabra, pero eso no significaba que le pareciera bien. Eso solo quería decir que sabía mantener la boca cerrada.

»Dejé a Marie en el muelle, Victor dijo que la llevaría de vuelta. Cuando me fui, ella gritó muy fuerte. Luchó tanto que tuvieron que sujetarla tres hombres. Pateaba todo. Así fue como empezó a patear las algas. Santo copón, sí que pateaba las algas, mi Marie…

Se endereza. Las manecillas han dejado de contar el tiempo, pero las olas siguen chocando contra la piedra del acantilado. Se apoya en la pared de la casa.

—Luego regresé a casa…

»Cuando llegué… ¿Tú sabes qué es el silencio? El silencio… Una especie de detonante que te dice que pasa algo, que empieza tu pesadilla y nunca despertarás. Llamé a Irène. No contestó. Ni siquiera me quité las botas. Corrí escaleras arriba. La puerta del dormitorio estaba abierta. Tenía el corazón en la garganta.

»Mi mujer no era la mejor del mundo, y yo no me pasé la vida de rodillas como en las novelas, pero la quería. Tenía sus defectos, era demasiado mandona y su hermana, una pesada, pero era una mujer de buen hacer, en su sitio, y a menudo cuidadosa. Pensaba que yo bebía demasiado, pero no se negaba cuando me apretaba contra ella. Era cariñosa. Eso es: cariñosa. No es habitual por aquí, y, en el fondo, sabía que tenía suerte.

Tres olas, tal vez cuatro, pasan lentamente.

—La habitación estaba patas arriba, como si se hubiera peleado con todo lo que pudo. Había volcado una mesita con un adorno de cristal, lo había roto y se había hecho un corte en el estómago. Tenía muchos trozos de cristal en las manos y en el estómago. Solo respiraba un poquito. No mucho. ¡Santo copón! No sé mucho de filosofía, pero sé cuándo llevar a mi mujer al hospital. La levanté del suelo, la subí al coche y la llevé a Carleton lo más rápido que pude. La saqué del coche y la metí en urgencias, la puse en una camilla y grité tan fuerte que los médicos salieron de todas partes y se la llevaron.

»Durante todo el tiempo que estuvieron con ella, yo me quedé en urgencias, con el traje de la boda, que llevaba puesto desde hacía cuatro días, oliendo a pescado, a otra mujer y a sangre de la mía. La sangre de mi mujer, santo copón, estaba por todas partes: en el suelo del hospital, fuera, en el asfalto, y en el coche. Si hubiera sido rico, habría quemado el coche después. Pero lo único que podía permitirme era limpiarlo y vivir con las manchas.

»En algún momento de la noche, un médico vino a buscarme. Tenía ojeras, parecía agotado. La sala de espera estaba vacía, así que se sentó a mi lado. Él estaba limpio, con el pijama de hospital, y yo estaba hecho un desastre, con el traje de boda. Hizo como si no me oliera, pero era imposible. Quizá también le descansaba de los olores de los productos. Apoyó la cabeza contra la pared, miró al techo con los ojos muy abiertos y las manos apoyadas en los muslos. Recuerdo sus manos, porque pensé que acababan de tocar las muñecas y el vientre de mi mujer y, al pensarlo, me entraron ganas de berrear como un niño. No movió ni un músculo. Me dijo todo sin dejar de mirar al techo y, menos mal, porque no habría soportado que me mirara.

»Me dijo que mi mujer había intentado suicidarse, que había perdido mucha sangre, pero que eso no era lo peor. Dijo que un *shock* nervioso le había causado lesiones cerebrales graves y que tendría que ser valiente. Me planteé qué eran «lesiones cerebrales graves», pero no pregunté.

»También comprendí que no podía llevármela conmigo, porque él quería tenerla en observación. Me dijo que podía verla, pero no mucho tiempo. Me dijo: «Después, váyase a casa a darse una ducha y a dormir. Necesitará todas sus fuerzas». ¡Santo copón de todas las hostias! Recuerdo esas palabras, porque ya nunca más he tenido fuerzas.

Se quedó mirando fijamente el pie de la barandilla, recto delante de él. Podría mirar cualquier cosa, no veía nada. Se seguía oyendo el mar, y la lluvia estaba amainando.

—Debían de ser las tres de la mañana cuando entré en la habitación. Estaba dormida, pálida bajo las sábanas blancas. Había un montón de máquinas a su alrededor. Yo estaba tan sucio que no me atrevía a tocarla. Me daba miedo ensuciarla. Tenía miedo de que estuviera fría y muerta. Es una estupidez, lo sé: por más que la máquina hiciera «bip bip», santo copón, ¡me daba miedo que estuviera muerta!

»Me senté a su lado y hablé con ella. No sabía qué decirle. Le hablé de mi último viaje de pesca. Le hablé de la música que sonaba en el barco, de los chistes malos de Victor, del peso de los peces y del precio al que los había vendido. No tenía nada más que decir. ¡Santo copón, qué tontos somos cuando la vida nos remueve! ¡Estaba a punto de perder a mi mujer y le hablaba del precio del pescado!

»En un momento dado, una enfermera entró y se agachó delante de mí, como si hablara con un niño. Me dijo que me fuera a casa a descansar. Eso me impulsó. Recordé que era un hombre, me levanté y me fui a casa con el coche manchado de sangre.

»Debían de ser las cinco de la mañana y no se había movido nada. La sangre se había secado en la habitación y olía a humedad. Estaba solo. ¡Tan solo! Pensé que tenía que limpiarlo antes de que volviera mi chico, pero mi chico nunca volvió.

Sus manos inútiles.

—La semana siguiente enterré a mi hijo y traje a mi mujer a casa. Mi mujer había perdido la razón y nunca más la encontró. Teje medias. ¡Teje medias de lana para su chico!

»Y yo, mientras la tormenta se llevaba a mi hijo, y mi mujer se volvía loca hasta el punto de querer morir, yo, lugar de cuidar de mi familia, me fui al mar con Marie Garant…

Se vuelve hacia mí. Sus iris azules en los míos. Las olas pasan sin que yo las cuente.

—Tal vez no consigo perdonarme a mí mismo, y por eso estoy tan enfadado con tu madre...

Le tiembla la voz.

—¡Ni siquiera me sorprende que acabara en mis redes! La quise demasiado como para que me dejara tranquilo. Y eso es lo que ella siempre hacía: ¡traernos de vuelta a la superficie! ¡Ella no dejaba que nada se hundiera, santo copón! ¡No había peligro de que dejara de gritar y de patear las algas! No. Ella no nos soltaba. Pero la intensidad duele. Y tienes derecho a querer hundirte en el olvido. Tienes derecho a querer olvidar.

Me mira hasta hundirse en mis pupilas.

—¿En qué fecha naciste, Catherine Garant?

—No lo sé. Entre el 20 de mayo y el 20 de agosto.

—Ah.

—Me gustaría saberlo, pero el certificado de bautismo es falso. A principios de septiembre, es imposible. En el lugar del nombre del padre, pone «Alberto Garant». Investigué un poco: no existe. Es un nombre imaginario.

—Alberto. Parece el nombre de un barco.

Se levanta, me mira por última vez, se inclina y me da un tierno beso en la cabeza.

Luego vuelve a casa. A través de la ventana, lo veo caminar lentamente hacia su mujer, cogerla del brazo y guiarla suavemente por la escalera, que suben juntos.

Bajo los escalones de puntillas y cierro la puerta en silencio. Más adelante, el mar sigue contando olas y mi velero me espera.

Desamarrar todo

Morales aparca el coche junto a la casa.

—Ufufuf… ¡Puede entrar por la ventana, está abierta!

Pasa por encima del marco.

—Tiene mejor aspecto, Cyrille…

—Ufufuf… Algunos días uno se acostumbra a morir, inspector.

—…

—¿Y? ¿ha removido papeleo últimamente? Ufufuf…

Morales acerca una silla a la cama y se sienta frente a la ventana. Ha pasado la tarde en la comisaría de Buenaventura, montó un buen barullo, obligó a reabrir expedientes, comprobó coartadas, encontró fallos, confundió a falsos testigos, anuló conclusiones y comprobó, una vez más, hasta qué punto el mundo es mundo. Ahora ya puede estar tranquilo.

Fuera, el crepúsculo tiñe el cielo de líneas rojas y naranjas. En la esquina del cementerio, aparece un coche y se detiene. Langevin, el de la funeraria, se baja, se atusa el pelo y se sacude los pantalones.

—Sí, un poco.

—¿Y encontró respuestas? Ufufuf…

—Algunas. Si hubiera estudiado mejor el historial médico de Marie Garant, me habría dado cuenta de que estaba enferma…

—Desde hacía tres años.

—… y necesitaba medicamentos.

Langevin cruza el cementerio en diagonal.

—Pero vencía el plazo de su receta, y de las reservas. Su médico sabía que volvería pronto, porque le tocaba consulta médica. También sabía que Marie Garant, cuando regresaba o partía hacia el sur, pasaba por Banc-des-Fous para saludar a su difunto marido. Así que podía esperarla unos cuantos días, en ese lugar apartado, donde, con un poco de suerte, la interceptaría a su regreso.

Langevin se agacha, presumiblemente para observar una trampa que había puesto el día anterior, y se levanta, victorioso.

—¿Por qué interceptarla? Porque está enamorado de ella desde hace mucho tiempo. A los veintitrés años, cuando supo que su hermano, Cyrille, se había prometido con Marie Garant, se volvió loco de celos. Salieron a navegar juntos. Su hermano no desconfiaría, porque eran amigos. Pero todo salió mal. Se pelearon y tiró a su hermano por la borda. Tal vez intentó rescatarlo, pero hacía muy mal tiempo. Esa vez, usted estaba en el barco. Usted debió de pelear también, pero era joven, y él, más fuerte. Intentó estrangularlo con el sedal y disponerlo todo como si se hubiera enredado solo, al querer auxiliar a su hermano. Esperaba silenciarlo para siempre, pero usted sobrevivió. ¿Por qué no lo denunció?

—Era de noche y había bebido cerveza a escondidas. No estaba seguro de haber visto bien. Ufufuf… Mi hermano estaba muerto. Todo el mundo me habría llamado mentiroso.

—¿Por eso le cuesta tanto respirar?

—El cáncer tampoco ayuda.

Morales asiente y sigue observando a Langevin, que ha vuelto al coche.

—Marie Garant envejece. Necesita cuidados y él piensa que, quizá, tras toda una vida esperándola, acepte casarse con él.

—Marie nunca amó a Jeannot Robichaud. Estaba enferma, pero no loca: ¡no habría cambiado su corazón por él! Ufufuf…

Langevin abre el maletero del coche y saca una pala. Vuelve a la trampa.

—Esa noche, fue al Banc-des-Fous y, como esperaba, ella estaba allí, anclada. Acababa de llegar. Él acosta a la espalda de su velero, le ofrece un vaso de vino y empieza a hablarle de amor. Ella se burla, porque Marie Garant tiene una lengua afilada, y él la empuja. Ella cae de espaldas, se golpea la cabeza, se desmaya y se desliza al agua. Está oscuro. El forense Robichaud es viejo y sabe que no podrá salvarla. ¿Y qué parecería, si llamara a los guardacostas? Lo verían como un viejo ridículo, que no ha sabido controlar su despecho de amor y que ha matado a una mujer, quizá accidentalmente, quizá no.

Langevin se inclina sobre la trampa y, con un potente palazo, acaba con la marmota.

—Así que limpia el barco. Quirúrgicamente. Como es alto, choca con la botavara, y entonces se le ocurre liberar las escotas de la mayor, para simular un accidente. Con las prisas, no pensó que la botavara era demasiado alta para alcanzar a Marie Garant...

—No es usted malo cuando se lo propone. Ufufuf...

Langevin coge al animal, lo libera del cepo y lo lleva a un rincón de la arboleda.

—Vuelve a su casa en plena noche, esperando que nadie lo haya visto, pero se topa, mala suerte, con su vecino, Marc Lapierre, el guía de pesca. Lapierre llega del cuarto distrito, de casa de Clément Marsil. Los dos se ven, incómodos, y entran en casa casi sin saludarse.

Langevin cava un agujero.

—Al día siguiente, cuando el forense se entera de que a Marsil le han robado la caja fuerte, se da cuenta de que Lapierre es el culpable. Pero, lo más importante, Lapierre deduce que Robichaud mató a Marie Garant y hace un trato con él. Los dos hombres se proporcionan mutuamente una coartada, dicen que esa noche estuvieron jugando a las cartas. El forense pide a la teniente Forest, que está enamorada de él, que ceda la investigación del robo de la caja fuerte a su sobrina Joannie, a la que guía hábilmente hacia la conclusión.

Langevin mete al animal en el agujero y lo entierra.

—En cuanto al velero, Robichaud planea ir a buscarlo al día siguiente, pero Yves Carle lo gana por la mano durante la noche. Aun así, Robichaud lleva el velero a tierra, y aprovecha para poner los dedos por todas partes. Como resultado, en la elaboración del informe, se descartan sus huellas dactilares.

—Ufufuf... Casi parece un investigador de verdad...

Con la parte trasera de la pala, Langevin golpea el montículo de tierra y luego regresa al coche, visiblemente satisfecho.

—Están registrando la casa de Lapierre. El forense Robichaud ha dimitido, Joannie está desesperada y la teniente Forest ya no sabe qué hacer. Andan discutiendo los detalles. Yo prefiero dejar que laven sus trapos sucios juntos.

—Ufufuf… A veces pienso que el mayor castigo para un hombre es vivir sin amor.

Langevin arranca y se va del cementerio. Sale la luna. Morales se vuelve hacia Cyrille.

—No sé quién robó la caja de objetos de Marie Garant, pero creo que fue Catherine…

—Ufufuf… Si la investigación ha terminado, ya no le sirven…

—Pero todavía falta una pregunta, Cyrille…

—Ufufuf… ¿Cuál?

—¿Quién profanó la tumba?

—¿Qué tumba?

—Alguien excavó y desenterró a Marie Garant.

—No sé de qué me habla, ¡pero lo más seguro es que yo no fuera! Ufufuf… No tendría suficiente fuerza.

Morales contempla durante largo rato la figura moribunda de Cyrille.

—Tiene razón, Cyrille: Marie Garant merecía volver al mar.

El anciano arquea una ceja. Morales se apresura a añadir:

—Han hecho bien, los dos.

Cyrille Bernard asiente y cierra los ojos.

A través de la ventana, la noche es clara: los duendes y los fantasmas descansan en paz.

Joaquín Morales no fue a casa de Catherine esa noche. Ni al bar de Renaud. Se fue a su casa y dejó que el reloj avanzara hacia el nuevo día. Sarah intentó localizarlo, pero no respondió. Necesitaba un rato para confirmar su decisión.

Cena solo un filete de salmón aromatizado, reflexionando sobre la balanza que sopesa, a un lado, la necesidad de consuelo, y al otro, la gracia del amor. Las nubes dejaron el sitio a un cielo puro, lavado, brillante de estrellas, y Morales se instaló, con una copa de tinto en mano, en la terraza, frente al mar. Piensa en Paul Lapointe.

Coge el teléfono y llama al arquitecto.

—¿Inspector Morales? ¿Cómo se encuentra?

—He revisado las conclusiones de la investigación: alguien mató a Marie Garant accidentalmente.

—¿Cómo?

—Sí, un enamorado despechado la empujó.

Sentado en la cama, Lapointe bebe a sorbitos un oporto blanco. La puerta del cuarto de baño está entreabierta y observa cómo su mujer se desmaquilla. Sus movimientos son delicados y etéreos.

—¿Un enamorado despechado? ¿A su edad? Marie Garant debe de haber sido devastadora…

—Como su hija…

Comienza con el maquillaje. Con una toalla de felpa, ligeramente empapada, limpia los colores y deja al descubierto los contornos del rostro.

—Catherine es un espejismo, señor Morales.

—No creo, no.

—La belleza de una mujer joven siempre es engañosa. Cuando mi ayudante, Isabelle, entra en mi despacho, sé que mis clientes firmarán. Su belleza los atrapa.

Morales querría contarle que había abrazado a Catherine, que la levantó del suelo, la metió en casa, la besó y acarició; decirle que se había sentido joven, llevado de nuevo por un impulso. Eso es: ¡un impulso!

—Usted me habló de la gracia del amor…

La mujer de Paul Lapointe coge una esquina de la toalla, estira los labios y se limpia el colorete.

—Existe, señor Morales. Y cuando se desmaquillan delante de nosotros, nos quedamos sin respiración.

—¿Cómo dice?

—¿Su mujer se maquilla?

Decidido. Catherine lo rechazó con delicadeza. Dijo que no. Añadió que ya había oído suficientes mentiras y visto suficientes engaños, que quería gestos francos y un horizonte claro. Él lo entendió.

—Voy a divorciarme.

Ya está, lo ha dicho. Por eso llamó a Paul Lapointe: para expresarlo en voz alta, para oírlo de su boca y hacerlo realidad antes de anunciárselo a Sarah.

—¿Está seguro de su decisión?

En el haz de luz, su mujer se frota suavemente los párpados.

—Sí.

Joaquín incluso ha preparado, en su cabeza, la conversación que tendrá mañana con Sarah. Unas palabras de reproche sobre las largas vacaciones urbanas que está disfrutando con el insoportable Dji-Pi, seguidas de un testimonio desgarrador sobre su necesidad de juventud y pasión. Él también quiere realizarse, porque lo ha sacrificado todo por ella, y ahora le toca a él tener «planes personales». Quiere dar otra oportunidad a su vida de hombre, a su deseo de amar.

—Piénselo despacio, señor Morales.

La mujer de Paul Lapointe se enjuaga la cara con agua clara, se seca con una toalla y se da cuenta de que su marido la mira fijamente. Sonríe. El arquitecto cuelga.

Un viento del suroeste sopla en la Baie-des-Chaleurs y Joaquín observa, satisfecho, que un velero, a lo lejos, traza la estela de su casco perpendicular a la luna. Termina su copa, se mete en la cama y se duerme con el sueño impaciente de un joven enamorado.

Izar las velas

No durmió mucho, no. Se levantó temprano, con prisa por transformar su existencia. Intentó llamar a Sarah, para acabar cuanto antes con las formalidades conyugales, pero saltó el contestador. Debía de estar ocupada con ese insufrible Dji-Pi. Joaquín dejó un mensaje: «Llámame», y bajó al muelle.

El *Pilar* no estaba, pero eso no le preocupaba: Catherine debía de haber salido a dar una vuelta. Entró en el Café du Havre a esperar a su regreso. Cuando atracara, se plantaría delante de ella y la invitaría a cenar. Ella lo entendería.

Abre la puerta del café de un empujón.

—¡Solo le diré, que nos la ha jugado igual que su madre!

—Honestamente, sí.

Renaud Boissonneau y el cura Leblanc están allí, sentados frente a unas tortillas de verduras medio abandonadas.

—¡Inspector! ¿A que no sabe qué ha pasado?

El dueño del bar tiene los ojos llenos de lágrimas. Morales sonríe: Boissonneau tiene un don para lo dramático.

—¿Qué pasa, Renaud?

—¡Es Catherine Garant!

Un sollozo lo interrumpe.

—Solo le diré que se ha ido. ¡Igual que su madre!

Morales se queda helado.

—¿Se ha ido? ¿A dar una vuelta?

—Honestamente, no.

—Ayer vino a vernos al bar y nos lo anunció como si nada, ¡justo delante de una vieira!

Renaud Boissonneau hace un amago de puñetazo en la mesa, derrama media taza, la endereza, amontona servilletas de papel en el charco. La camarera pelirroja se acerca, limpia el desastre y se vuelve hacia el inspector.

—Puede sentarse, ahora vuelvo con el café.

Pero Morales no lo consigue. Se queda ahí plantado, sin comprender, mientras Renaud y el cura Leblanc sorben su amargura a traguitos.

—¡Solo le diré que hasta he devuelto el delantal de «Ayudante de cocina» al chef!

—Honestamente, las partidas nos alteran.

—Porque queríamos a nuestra preciosa, preciosa turista, ¡y porque no hay que hacer eso, irse para siempre!

¿Para siempre? Morales mira al horizonte. La luz deslumbra el mar, un viento favorable agita la espuma de las olas.

—Debe de estar equivocado…

—Se fue anoche.

—¡Solo le diré que pasamos toda la noche con el corazón roto!

—Estaba despejado. Vimos su barco cruzar la bahía.

Morales recuerda de pronto, como una puñalada en la oscuridad, que vio alejarse un velero a la luz de la luna. ¿Era ella? ¿Se iba para siempre?

En ese momento, porque Gaspesia es una tierra sin tregua, suena su teléfono. Morales lo coge mecánicamente y se aleja tres pasos.

—¿Dígame?

—¿Joaquín? Soy yo…

—¿Quién?

—Sarah. Tu mujer.

El silencio cae por su propio peso. Es la primera vez en treinta años que no reconoce espontáneamente la voz de su mujer. Es porque está en otra parte, allá, en ese barco con las velas izadas que le da la espalda.

—¿Joaquín? ¿Estás ahí?

—…

—Me dejaste un mensaje…

Morales sale del Café du Havre.

¿Por qué no se reunió con Catherine anoche? ¿Por qué esperó para comunicarle su decisión? Ella no sabe que va a divorciarse. ¡Se fue sin saberlo! ¿Cómo la localizará ahora?

—No dices nada. Hace días que no hablamos.

Avanza hacia el mar. Hacia Catherine. Con ella, él se siente joven.

—¿Joaquín? —Sarah insiste—. Ayer me reuní con unos coleccionistas de Nueva York y… Dejaré que Jean-Paul se encargue de todo. Lo siento, Joaquín. Siento… mis vacilaciones, mis dudas. Te echo de menos.

Entonces tiene que decirlo, a Sarah. Para evitar que siga, que se haga ilusiones. Venga, Morales, habla. Afirma que estás en otra parte. Impulsado, elevado, ligero. Que es demasiado tarde. ¿Lo comprende? ¡Su vida se mueve, tiene posibilidades! Le explica todo eso… O querría explicárselo. Porque, de hecho, es ella la que habla.

—Si quieres, puedo salir hoy mismo. Puedo pedir a los chicos que organicen el traslado. Yo… me reuniré contigo en Gaspesia.

¿Posibilidades? ¿Realmente? Si Catherine hubiera conocido sus planes de divorcio, ¿se habría ido de todos modos? Morales mira fijamente al mar. Intensamente. El *Pilar* está allí, en algún lugar al final del horizonte.

—¿Joaquín?

A su pesar, reconoce su nombre en la voz de su mujer.

—Sí, Sarah. Te escucho.

—Yo… sé que no hacemos el amor demasiado a menudo…

Añade que se siente vieja y torpe, arrastrada por el movimiento de la vida cotidiana y la sensación de ser ridícula. Ella insiste: le parece guapo, dice, más guapo que antes. Y sigue deseándolo. Allí o en otra parte. En cualquier sitio. Allí, por qué no. Junto al mar.

—¿Y tú?

Mientras habla, Morales se da cuenta de que no está solo. En el muelle, un gran amerindio observa el mar abierto. Plantado en tierra como un faro, el gigante también vigila el horizonte.

De repente, Morales se siente… viejo. Anticuado. Superado. Ridículo.

Agacha la cabeza.

A sus pies, en las suaves olas de una charca, su reflejo le devuelve la mirada. Sí. Aunque lo hubiera sabido, Catherine Garant se habría ido. Para siempre. Ella era un espejismo. Confiésalo, aunque te duela. Y te duele, Morales, con todo lo que significa doler: un dolor en la boca del estómago, un agujero, un vacío.

—Todavía te amo, Joaquín.

Cierra los ojos y, a su pesar, revive las imágenes que ha estado grabando durante años y que, de repente, surgen de las profundidades: su mujer quitándose las medias de nailon, desmaquillándose y pintándose los labios, y luego frotándose delicadamente los párpados. La gracia del amor.

Respira hondo y vuelve a abrir los ojos.

—Yo también, Sarah. Todavía te quiero.

Y se aleja del mar.

Mar e hijas

Cyrille decía que el mar era como una colcha y que, por las mañanas, teníamos la mirada pura, dispuesta a admirar la luz explosiva del amanecer, que nos transformaba en mosaico. Cyrille tenía razón. En la Baie-des-Chaleurs, el ondulante amanecer muestra sus colores, se extiende hasta el casco y me lanza a la red coralina del mar abierto.

Partí de noche, como un ladrón, porque quería trazar mis primeras millas de libertad bajo las estrellas. Solté amarras sin pena ni remordimientos. Feliz. Icé hacia altamar, el viento me empujaba de través, al ritmo regio del zarpar.

Hacia la una, el *Vuelo Nocturno* se me unió. Navegamos en paralelo, a poca distancia. De repente, Yves Carle viró ligeramente para acercarse a mi casco. Señaló una bahía.

—El Banc-des-Fous.

—¡Lo sé!

Nuestras voces resuenan en las olas.

—¿Quién te lo ha dicho?

—Estuve allí la otra noche…

Ladeé mi ruta hacia altamar. Yves se despidió.

La otra noche no había luna. Oscuridad. Me vestí con ropa oscura. El cielo estaba lleno de nubes, los fuegos fatuos estaban tranquilos. No entré por la puerta de hierro forjado, donde están inscritas las letras del descanso eterno, «RIP», entrelazadas con flores, sino que caminé por la linde de la arboleda.

No tuve que contar los senderos, sabía perfectamente dónde estaba la tierra recién removida, dónde habían depositado el cuerpo envejecido, ahogado y descuartizado de mi madre, a la sombra de los árboles altos. Avancé con paso lento y firme. Rodeé, sin verlas, las piedras grises de los otros, grabadas de indiferencia, y me planté delante de ella para pedirle perdón por la ropa sucia, las botas de trabajo y la pala que hundía. Cavé la tierra blanda. Sentir caer las lágrimas, bajar hasta su tumba, el lugar sagrado de nuestra cita fallida.

«Hija mía, te dejo el *Pilar* y, a partir de ahora, el horizonte es tuyo».

No he cometido ningún sacrilegio.

Abrí el ataúd de madera. Allí estaba, blanca, envuelta en el sudario cosido del tanatólogo. Saqué con mucho esfuerzo el cuerpo delgado de la tumba. Lo dejé en la hierba y volví a poner la tierra en su sitio lo mejor que pude. Luego pensé que lo sabrían de todos modos y que no me escaparía, pero me importaba un bledo. Escondí la pala en el bosque y luego volví junto a ella, que esperaba, tumbada tranquilamente, con los ojos cerrados bajo el rocío nocturno. Mamá.

Me juré a mí misma que no la amaría, pero fue más fuerte que yo abrazarla, perdonarla y devolver su cuerpo a las aguas, donde tiene derecho a descansar en paz, más allá de mis miedos, más allá de las promesas que me había hecho y que había acumulado como otros tantos obstáculos para mi propia libertad.

Desgarré la mortaja de tela. Abracé el cuerpo frío y azulado de mi madre, el cuerpo de Marie Garant en mis brazos, y caminé hacia el coche.

Apareció al final del cementerio.

—Si coges el velero, sabrán que has sido tú. Ufufuf… La llevaremos en mi furgoneta y cogeremos mi barco. Ufufuf… Es más seguro.

Compruebo la ruta en el GPS. El sol sigue girando hacia el sur. Mar adentro, un pesquero. Cojo los prismáticos: un arrastrero, el *Delgado.* Y en algún lugar, invisible, sé que Jérémie vela por mí. Dejo los prismáticos y giro hacia el norte por última vez.

¿Quién es mi padre?

No lo sé. He identificado a todos los hombres que se cruzaron en el camino de Marie Garant y trazado su cronología. Demasiados hombres amaron a mi madre. Me falta la fecha de mi nacimiento para conocer mi verdadero apellido. La fecha que me daría un nombre. Sin ese primer día en el que puse un pie en el agua, solo me queda vagar entre quienes me regalaron unos tiernos ojos azules. Pero, si Marie Garant no me dejó ninguna pista, quizá es porque no quería que lo supiera. Así que multiplicaré los rostros de mis padres en el fondo acuoso de mis pupilas.

¿Y qué más da de dónde venga? La belleza del día yace ante mí, extendida sobre el mar. Soy un extraño ensamblaje, una vidriera explosionada: la luz del sol naciente ilumina el caleidoscopio arremolinado de mi camino. Puede que no tenga respuestas, pero el horizonte es mío.

El *Delgado* (2007)

Las cinco y media. O'Neil Poirier y sus hijos se despiertan a bordo del *Delgado*. Este año están pescando en el golfo de San Lorenzo. Desde el puente de mando, O'Neil mira a sus hijos —¡hombres!— que recogen las cestas que tiraron la noche anterior para frenar la carrera del arrastrero.

El sol sale y recorta un triángulo de velas blancas sobre el mar. Mecánicamente, coge los prismáticos y ajusta las lentes. Es el *Pilar*. Se frota los ojos para estar seguro de lo que lee y vuelve a mirar. Ha visto correctamente. El *Pilar* y la silueta de una mujer al timón. A los sesenta y cinco años, viudo demasiado pronto, y solo, el corazón se le sube a la garganta.

¡Es ella! ¡La mujer con la que nunca se casó!

Coge el transmisor VHF. Duda. ¿Qué le dirá? Hola, hermosa timonela, ¿recuerdas el día que te ayudé a dar a luz? Por aquel entonces tenía un arrastrero, el *Alberto*.

Suspende el gesto. ¿Qué impresión le dará eso? Porque O'Neil Poirier nunca ha sido bueno con las palabras. Es más, los hombres del *Alberto* nunca hablaron entre ellos del nacimiento. Ni con nadie. Lo que pasa en el agua, se queda en el agua. Pero tienen una buena memoria, ¡ya lo creo! Poirier miró el calendario. La niña cumplió treinta y tres años el mes pasado, el día 12, para ser exactos. Debería haber nacido diez días más tarde, eso había dicho su madre, ¡pero tenía prisa por vivir!

Vuelve a mirar el velero.

Puede que sea imposible amar a una mujer del mar. Hay algunas mujeres con las que no te puedes casar. Con las que nunca te casarás. Él mismo es más feliz en el agua que en cualquier otro lugar. En el fondo, sabe que el océano es egoísta.

Entonces O'Neil Poirier deja el transmisor VHF. Se mete un momento las grandes manos inútiles en los bolsillos, sonríe y vuelve a pescar.

FIN

Agradecimientos

Aprender a navegar es un proceso lento. Afortunadamente, he tenido algunos aliados generosos. A Sylvain Poirier y Marlène Forest, de Douce Évasion, les debo mucho. Gracias a los navegantes que me ayudaron a descubrir mi amor por la vela: Tom y Marie-Sylvie, Jean-Phylip, Michel, Yvan y Sylvie, Caroline, Diane, Dave y Caro, Bine, Stéphane y Julie. Gracias a la gente del Club Náutico de Berthierville (entre ellos, a Claude Milot e Yves Carle), del Club Náutico de Bonaventure, del puerto deportivo de La Grave (entre ellos, a Luc, Sylvain y Le Pistorlet), entre otros.

Gracias a las personas de Gaspesia que me acogieron tan calurosamente: Michelle Secours (Frëtt), Guylaine, Renaud, Lancelot, Laurie, Cyrille y Jack, de Baie-des-Chaleurs; Michel Chouinard, de Sainte-Flavie; O'Neil Poirier, de Cloridorme; Rob, Bob y Jérémie de Gaspegiag.

Gracias a los investigadores Jean-Yves Roch y Serge Caillouette, y a los incomparables enterradores de Landreville. Gracias al teniente Jean Joly.

Gracias a Mathieu Payette y Gilles Jobidon por sus comentarios, y a mi director literario, Jean-Yves Soucy, cuya aguda mirada convierte a un investigador en héroe. Gracias a Rogé por la magnífica portada y al equipo de VLB (incluida Myriam, por supuesto).

Gracias al Conseil des arts et des lettres du Québec y al Canada Council for the Arts. Nunca nos cansaremos de repetir lo necesarias que son las subvenciones de apoyo a la creación.

Gracias especialmente a mi pareja, Pierre-Luc, que mantiene el faro encendido, incluso en las noches de tormenta.

Por último, me gustaría dar las gracias a todos los que me enviáis comentarios o historias de pesca a través de mi página web, roxannebouchard.com, que estaré encantada de leer.

Principal de los Libros le agradece la atención
dedicada a *Éramos la sal del mar,*
de Roxanne Bouchard.
Esperamos que haya disfrutado de la lectura
y le invitamos a visitarnos
en www.principaldeloslibros.com,
donde encontrará más información
sobre nuestras publicaciones.

Si lo desea, también puede seguirnos
a través de Facebook, Twitter o Instagram
utilizando su teléfono móvil
para leer los siguientes códigos QR: